FLEUR DE CADAVRE

Anne Mette Hancock est une autrice et journaliste danoise. Paru en 2017, son premier roman, *Fleur de cadavre*, a été un best-seller et est resté en tête des ventes durant plus de seize semaines.

ANNE METTE HANCOCK

Fleur de cadavre

ROMAN TRADUIT DU DANOIS PAR CAROLINE BERG

ALBIN MICHEL

Titre original :

LIGBLOMSTEN

Publié chez Lindhardt og Ringhof en 2017.

ISBN : 978-2-253-24163-8 – 1re publication LGF

À ma mère et à mon père

1

Anna le tuait chaque jour en pensée. Elle s'approchait de lui par-derrière, sans bruit, et passait le tranchant d'une lame sur sa gorge d'un geste net et précis. Et ce ne fut pas en sursaut, mais calmement, en clignant des yeux pour chasser un reste de sommeil, qu'elle se réveilla d'un énième cauchemar avec, sur sa rétine, un kaléidoscope de scènes de violence et dans sa poitrine un sentiment d'exultation.

Est-ce que c'était bientôt la fin ?

Elle resta couchée un moment, sans allumer la lumière, attendant de reprendre pied dans la réalité. Elle se tourna vers le réveil, posé par terre sur les tomettes. Les diodes indiquaient 5 : 37. Depuis son arrivée, c'était la première fois qu'elle parvenait à dormir aussi longtemps.

L'aboiement d'un chien résonna sous les arcades du vieux monastère, dans la rue voisine. Deux glapissements suivis d'un hurlement étouffé et bref, puis du silence complet. Anna se redressa sur ses coudes et tendit l'oreille. Alors qu'elle allait se recoucher, une voiture approcha, lentement, son moteur toussotant.

Elle se leva et se précipita vers la fenêtre, submergée par une vague d'appréhension. Elle poussa légèrement l'un des volets vert pastel, laissant entrer dans la chambre un mince rayon de soleil matinal, et jeta un coup d'œil discret dans la rue, deux étages plus bas. À l'exception d'un chat remuant paresseusement la queue sur le mur de la cour envahie de végétation de la maison d'en face, la rue des Trois-Chapons était déserte.

Le regard d'Anna survola les façades de chaque côté de la rue et s'arrêta sur la fenêtre du rez-de-chaussée de la maison voisine. Les deux battants étaient grands ouverts. D'habitude, toutes les fenêtres étaient soigneusement dissimulées derrière des contrevents, et c'était la première fois qu'elle observait un signe de vie dans la vieille bâtisse. Elle avait l'impression que le trou béant dans le mur la regardait avec insistance.

La peur se manifesta par un picotement au bout de ses doigts, et elle sentit son pouls battre dans ses oreilles.

Était-ce lui qui avait retrouvé sa trace ? Ou bien les autres ?

Elle resta cachée derrière les volets à demi clos et continua de scruter la rue jusqu'à ce que sa respiration soit redevenue normale. Puis elle hocha la tête, se rassurant toute seule. Il n'y avait personne. Personne ne la guettait, tapi dans les ombres.

La ruelle était peu fréquentée en général. Étroite et sinueuse, elle reliait la place de l'église à la rue principale du village. En écartant les bras, on pouvait toucher les murs en pierre de taille des deux côtés. Quand on passait par là, on devinait à la puanteur fade qu'elle était le refuge de prédilection des chats de gouttière pour la nuit, qui poussaient leurs miaulements pathétiques, cherchant de la compagnie. À part eux, Anna ne voyait jamais personne.

Elle referma la fenêtre. Toute nue, elle monta les marches irrégulières de l'escalier en pierre permettant d'accéder à une terrasse sur le toit. Elle tourna un robinet, et le tuyau d'arrosage enroulé sur les dalles se mit à se tortiller comme une couleuvre. Elle le ramassa et se doucha sous le jet. L'eau glacée meurtrissait son corps encore chaud de sommeil, mais la douleur la laissait indifférente.

Elle chassa l'eau sur sa peau du tranchant de la main et essora ses cheveux. Elle enfonça les doigts dans ses joues creusées et contempla son reflet dans la vitre de la porte. Elle avait maigri. Pas beaucoup, trois ou quatre kilos peut-être, mais ses seins avaient fondu, ses bras étaient plus noueux et son visage plus fin. Elle se demanda à qui elle ressemblait le plus : à une enfant grandie trop vite ou à une vieille femme. Les deux hypothèses lui donnaient envie de vomir.

Elle redescendit enfiler une robe en jersey et une paire d'espadrilles et se rendit dans la cuisine où elle sortit du garde-manger un morceau de baguette et un pot de confiture de figues. Elle déjeuna debout devant la fenêtre en écoutant le vacarme des étals qu'on avait commencé à monter sur la place du marché.

Hier, elle avait posté la lettre.

Elle avait fait trois heures de voiture jusqu'à Cannes où elle était allée au bureau de poste de la rue de Mimont pour récupérer un colis FedEx. Revenue dans sa voiture, elle avait rapidement arraché l'emballage pour s'assurer que le paquet contenait l'argent qu'elle attendait. Ensuite, elle avait glissé la lettre dans une boîte à l'extérieur du bureau de poste et elle était retournée rue des Trois-Chapons. Dans quelques jours, elle en enverrait une autre. Puis une troisième. D'ici là, elle n'avait rien d'autre à faire qu'attendre. Et espérer.

Son petit déjeuner terminé, elle mit une casquette, jeta son sac à dos sur une épaule et sortit. Elle prit la rue principale jusqu'au marché où elle s'arrêta pour s'imprégner de la vie qui pulsait autour d'elle.

Des enfants étaient rassemblés autour d'une table pliante bancale. Sur la table, dans un carton, un chevreau se laissait caresser par une nuée de petites mains fébriles. Un homme corpulent en salopette de travail se fraya un passage entre deux petits jumeaux et fourra la tétine d'un biberon entre les lèvres de l'animal qui se mit à téter goulûment. De sa main libre, l'homme tendit un panier vers les parents attendris par la joie de leurs bambins. La plupart d'entre eux y jetèrent à contrecœur quelques piécettes. L'homme en salopette remercia mécaniquement et arracha brutalement la tétine au chevreau affamé, du lait giclant de tous les côtés.

Dégoûtée, Anna observa longuement la scène qui se répéta plusieurs fois. Elle allait s'avancer vers la brute pour lui arracher le biberon des mains quand elle remarqua un couple âgé, assis en plein soleil à la terrasse du café qui se trouvait sur le trottoir d'en face. L'homme était chauve et portait un polo jaune fluo. Il se concentrait sur le contenu de son assiette, un croissant au beurre apparemment. Si la couleur du vêtement avait attiré l'attention d'Anna, c'était la petite bonne femme aux joues rondes à côté de lui qui l'avait coupée dans son élan.

Mais pas à cause de sa tenue. Elle n'avait d'yeux que pour l'appareil photo que la femme tenait à bout de bras et le regard étonné qu'elle braquait sur elle.

Anna tourna les talons et s'éloigna, résistant à l'envie de courir jusqu'à ce qu'elle atteigne le coin de la rue la plus proche par laquelle elle s'enfuit.

Aussi vite qu'elle le pouvait.

2

«Cela n'a absolument rien à voir!» L'inspecteur Erik Schäfer lança un regard incrédule à sa collègue assise face à lui, de l'autre côté d'un vaste bureau.

Lisa Augustin et lui travaillaient ensemble depuis bientôt un an et il ne s'était pas passé un seul jour sans qu'ils aient une discussion enflammée, et néanmoins amicale, à propos d'une affaire sérieuse ou d'une broutille. Ce jour-là ne fit pas exception à la règle.

«Bien sûr que si, rétorqua-t-elle. C'est juste que nous ne sommes pas de la même génération et qu'on t'a appris à penser différemment. Tout le monde considère que l'un est normal et acceptable quand l'autre se situerait moralement dans la même catégorie que le détournement de fonds ou le meurtre. Alors que si tu y réfléchis c'est exactement la même chose. Et pourtant, pour une raison ou pour une autre, tout le monde est conditionné à croire que c'est différent.»

L'inspecteur Lisa Augustin appuyait son propos en pointant comme une épée son sandwich à la dinde à demi terminé.

« Bon, résuma Schäfer, si j'ai bien compris, tu penses que massage et sexe, c'est bonnet blanc et blanc bonnet ?

— Je pense que l'un comme l'autre génèrent un plaisir physique dans un domaine intime. Imaginons que Connie et toi preniez tous les deux rendez-vous dans un salon de massage. »

L'hypothèse sembla à Schäfer plus qu'improbable.

« Ton masseur est une femme, le sien est un homme. On vous conduit chacun dans une petite pièce à l'éclairage tamisé dans laquelle se trouve une sorte de lit. Vous retirez vos vêtements et vous laissez de parfaits étrangers passer leurs mains imbibées d'huile partout sur vos corps dénudés. Une odeur de pétale de rose flotte autour de vous et une chaîne stéréo diffuse une musique douce et envoûtante tandis que chacun de votre côté vous pensez : "Mmm, c'est bon, continue, oui, là, putain que c'est bon."

— Tu as de la moutarde sur le menton. » Schäfer la regardait, goguenard, le doigt pointé sur la tache jaunâtre.

Elle tira une serviette en papier du sachet à l'enseigne de Sunset Boulevard, le fast-food de la gare centrale, et s'essuya distraitement la bouche en poursuivant son argumentaire. « Ensuite vous vous retrouvez à l'accueil, vous payez la séance et vous vous racontez mutuellement à quel point c'était agréable. Vous vous sentez divinement bien et aucun de vous ne songe à reprocher à l'autre d'avoir pris son pied avec un parfait étranger. Au contraire, vous vous dites que vous devriez le faire plus souvent. »

Elle tourna les paumes vers le ciel, l'air de dire qu'il fallait être simple d'esprit pour ne pas voir l'évidence de ce raisonnement.

Schäfer faisait la moue, pas convaincu. « Donc, tu penses qu'il devrait être aussi inacceptable de se faire masser que de faire l'amour avec quelqu'un d'autre que son partenaire ?

— Ne te fais pas plus con que tu ne l'es, Schäfer. Je dis au contraire que les deux choses devraient être aussi légitimes. »

Son collègue la regarda d'un air éberlué.

« C'est scientifiquement prouvé, reprit-elle. S'il y avait moins d'interdits dans les relations de couple, cela rendrait le mariage plus viable et il y aurait moins de divorces, en particulier si, pour changer, on laissait les femmes s'envoyer en l'air avec d'autres hommes que leur mari.

— Tu te fous de ma gueule ! »

Lisa éclata d'un rire bruyant.

« En fait, c'est parce que tu penses comme un mec ! » conclut Schäfer, référence au fait que Lisa Augustin avait couché avec plus de femmes à l'âge de vingt-huit ans que lui de toute son existence, alors qu'il avait presque le double de son âge.

« Tu ne me crois pas ? » Elle pivota sur son siège de bureau et se mettait à son ordinateur pour trouver sur Internet de quoi étayer son propos quand le téléphone de Schäfer sonna.

« Sauvé par le gong ! » dit-il en rigolant avant de prendre l'appel. « Allô, j'écoute !

— Oui, bonjour. Il y a une femme à l'accueil qui demande à vous voir, lui annonça la standardiste de l'hôtel de police.

— Comment s'appelle-t-elle ?

— Elle refuse de me donner son nom.

— Elle refuse ? dit Schäfer. Comment ça, elle refuse ? »

Lisa Augustin arrêta de taper sur son clavier et leva les yeux, curieuse.

« Elle prétend avoir quelque chose d'important à vous montrer. Il paraît que cela concerne une enquête de 2013 dont vous vous occupez. »

Schäfer recevait régulièrement des mails et des appels téléphoniques de bons citoyens convaincus d'être en mesure de lui fournir des informations susceptibles de l'aider dans l'une de ses enquêtes. Mais il était assez inhabituel que les gens viennent le voir en personne et encore plus rare qu'ils viennent pour une affaire aussi ancienne.

« Bon, faites-la conduire au deuxième par un planton. Qu'il la fasse attendre dans la salle d'interrogatoire n° 1. »

Il raccrocha et se leva.

« C'était qui ? » lui demanda Lisa Augustin avec un coup d'œil sur son bouton de braguette qu'il avait défait avant de déjeuner, histoire de faire un peu de place pour son ventre.

« C'était ma femme, répondit-il en rentrant son pneu Carlsberg et en fermant son pantalon. Elle m'appelait pour me dire qu'elle venait de se faire sauter par le jardinier et me suggérer de m'offrir un bon petit massage du cuir chevelu. La masseuse est en route, au moment où je te parle. »

3

Depuis cinq jours, une pluie de septembre tombait en fils ténus et silencieux sur Copenhague. L'été, terminé depuis longtemps, avait été plus gris que d'habitude et on aurait dit que toutes les saisons se fondaient désormais en un long automne boueux.

Heloise Kaldan était en train de fermer la fenêtre de la cuisine par où l'eau entrait quand elle entendit son portable vibrer sur la table. Comme il n'avait pas arrêté de le faire tout le week-end. Cette fois, il s'agissait d'un numéro inconnu. Elle refusa l'appel et glissa une capsule vert foncé dans la machine Nespresso qui se mit aussitôt à crachoter dans sa tasse un *lungo* noir comme la suie.

De retour dans le salon, elle contempla l'imposant dôme vert-de-gris de l'église. À l'époque où elle avait décidé d'acheter ces vieux combles aménagés, à l'angle d'Olfert Fischers Gade, l'appartement n'était ni très joli ni très spacieux. Il n'était même pas équipé d'une cabine de douche, et l'ancienne cuisine, qui était devenue la pièce préférée d'Heloise, était répugnante. En revanche, depuis son petit balcon, on avait une vue imprenable sur Marmorkirken, et c'était l'un des rares critères qu'elle avait donnés à l'agent immobilier : qu'on puisse voir le dôme depuis au moins une fenêtre de l'appartement.

Quand elle était petite et qu'elle passait le week-end chez son père, cette église était *leur* endroit. Un samedi sur deux, ils allaient manger des gâteaux à la crème et boire du chocolat chaud au salon de thé La Glace où il faisait la cour aux serveuses en se goinfrant de leur fameux gâteau à étages Othello. Ensuite, ils marchaient tous les deux jusqu'à l'église en passant par l'avenue Bredgade. Ensemble, ils montaient son escalier en colimaçon, leurs pas reconnaissant chaque marche. Ils traversaient les combles, faisant grincer les vieilles lattes du plancher et allaient s'asseoir sur un banc, au sommet de la coupole.

Assis côte à côte, ils contemplaient Copenhague, parfois sous la neige, parfois baignée d'un soleil radieux, la plupart du temps grise et venteuse. Son père lui donnait le nom de chaque bâtiment historique et lui racontait de passionnantes histoires sur les rois et les reines du Danemark. Et elle l'écoutait en le regardant avec des yeux qui disaient qu'il était le papa le plus gentil et le plus intelligent de la terre. À chacune de ces promenades, il lui enseignait trois nouveaux mots qu'elle devait s'entraîner à utiliser en attendant qu'ils se revoient.

« Alors, voyons », disait-il par exemple en humectant son index avant de feuilleter un dictionnaire imaginaire.

« Ah ! J'ai trouvé ! Les mots d'aujourd'hui seront : "écervelé", "baroque" et… "opulence". »

Il lui expliquait la signification de chacun d'entre eux et lui donnait des exemples en les utilisant dans un contexte amusant. Heloise buvait ses paroles. Elle adorait ces tête-à-tête au sommet de l'église et c'est là, appuyée contre son gros ventre rassurant qui remuait de haut en bas au rythme de ses paroles, qu'était né son goût pour les histoires. Dans le premier appartement où elle avait habité seule, elle voyait le dôme par la fenêtre de sa chambre à coucher. Il était devenu pour elle une sorte de porte-bonheur ; le souvenir d'une enfance choyée et riche, et, quand elle partait en voyage, c'était ce qui lui manquait le plus.

Il était rare cependant qu'elle se retrouve comme à présent, un lundi en fin de matinée, devant sa fenêtre à contempler l'église. Normalement, elle aurait dû être en conférence de rédaction au journal à discuter des sujets phares de la semaine et à réfléchir à sa documentation.

Mais pas ce jour-là.

Sur la table de la cuisine, devant elle, était étalée la presse matinale. Plusieurs journaux avaient fait leur une avec l'affaire Skriver.

Elle ouvrit le *Demokratisk Dagblad*, le journal pour lequel elle travaillait depuis cinq ans, à la deuxième page et parcourut l'éditorial. Mikkelsen, son rédacteur en chef, y exprimait ses regrets concernant l'article publié quelques jours auparavant sur les prétendus investissements du magnat de la mode Jan Skriver dans une usine textile à Bangalore qui, non seulement était une catastrophe écologique, mais employait des enfants. La journaliste responsable de l'article ne s'était pas montrée « suffisamment consciencieuse dans sa recherche de la vérité», écrivait-il. Son texte était une tentative de réhabilitation dégoulinante de pathos qui visait à présenter son journal comme un quotidien honnête et impartial et surtout à se dégager personnellement de toute responsabilité.

C'était de bonne guerre. Son rédacteur en chef n'y était pour rien. Elle était la seule coupable. Elle avait écrit l'article, elle avait pris les informations de sa source pour argent comptant et laissé sa crédulité prendre le pas sur son professionnalisme.

Comment avait-elle pu être aussi bête ? Pourquoi n'avait-elle pas vérifié et revérifié les éléments qu'*il* lui avait communiqués ? Comment avait-elle pu lui faire confiance ?

Son téléphone vibra de nouveau. Cette fois, elle devait prendre l'appel. Elle laissa sonner trois fois avant de répondre d'une voix lasse.

« Allôôô.

— Salut, c'est moi. Tu dormais ? » Karen Aagaard, chef de rubrique, semblait énervée.

« Non, ça fait un moment que je suis levée. »

Heloise avait passé la moitié de la nuit debout. Elle avait vidé la bouteille de vin blanc entamée la veille avec son amie Gerda. Elle avait tourné la question dans tous les sens, examiné l'affaire sous tous ses angles et essayé de faire une mise au point, mais, malgré ses efforts, l'image globale restait floue, grumeleuse. Ou alors, c'était parce qu'elle n'aimait pas ce qu'elle voyait. Elle était journaliste, une excellente journaliste même, et cela ne lui ressemblait pas de s'être fourvoyée à ce point. Elle était furieuse contre elle-même. Et furieuse contre *lui.*

« Je sais que je t'ai demandé de rester chez toi, aujourd'hui, continua Karen Aagaard, mais la Pelle voudrait te voir. »

Carl Johan Scowl, mieux connu au journal sous le surnom de « la Pelle », était le nain de jardin adipeux qui tenait la rubrique courrier au *Demokratisk Dagblad*, dans laquelle, s'appuyant sur les règles élémentaires de la déontologie de la presse, il traitait les doléances des lecteurs à propos des erreurs relevées dans les articles publiés. S'il venait frapper à votre porte, vous pouviez être sûr que ça allait être une pénible journée, voire une pénible semaine, si ce n'était la fin de votre carrière.

« Encore ? » Heloise ferma les yeux et renversa la nuque en arrière. Elle ne supportait pas l'idée d'avoir à réexpliquer toute l'histoire. Ils en avaient déjà parlé en long en large et en travers.

« Oui, encore. Passe au journal, qu'on en finisse. On a encore besoin que tu répondes à une ou deux questions avant de tourner la page. C'est dans ton intérêt aussi, non ?

— J'y serai dans un quart d'heure », promit Heloise avant de raccrocher.

Elle décrocha son blouson en cuir noir du portemanteau dans l'entrée, donna un coup de pied aux prospectus empilés sous la fente de la boîte aux lettres et sortit en claquant la porte.

*

Les locaux du *Demokratisk Dagblad* se trouvaient dans un immeuble classé de Store Stranstræde dont le style patricien correspondait bien au caractère conservateur du journal. Les pièces étaient hautes sous des plafonds voûtés, les murs ornés de tapisseries tissées à la main et les vieilles fenêtres à croisillons pourvues de vitres tellement fines qu'Heloise grelottait à son bureau la moitié de l'année.

Elle appuya son vélo contre le mur de l'immeuble et salua d'un signe de tête deux jeunes types du département commercial en train de fumer à la terrasse du café d'en face, sous une vaste marquise lourde de pluie. La toile semblait dangereusement prête à céder sous le poids et l'eau ruisselait le long des armatures métalliques du store. Heloise resta figée un instant, attendant le déluge.

L'un des jeunes gens répondit à son salut par un : « Alors, Kaldan, ça boume ? » Son voisin se pencha vers lui sans quitter Heloise du regard et il lui chuchota quelque chose qui les fit rire tous les deux.

Elle tourna les talons et passa sa carte d'accès dans le lecteur électronique à droite de la porte d'entrée. Elle entra son code, la porte émit un bourdonnement mécanique et s'ouvrit lentement.

Heloise choisit de prendre l'escalier et monta quatre à quatre les marches jusqu'à la rédaction de l'information au troisième étage. Karen Aagaard l'attendait sur le palier. Elles s'étaient toujours bien entendues et elles avaient des relations saines et solides tant sur le plan humain que dans le travail. Heloise respectait autant la femme que la professionnelle. Mais elles n'étaient pas amies. Heloise savait que Karen habitait Hellerup, qu'elle était mariée et qu'elle avait un fils dans l'armée mais, en dehors de cela, elle ne savait rien de la vie privée de sa chef et vice versa. Et c'était très bien comme ça, en particulier des jours comme aujourd'hui.

« Laisse-moi deviner, tu ne crois pas aux parapluies et à ce genre de trucs ? » dit Aagaard, perplexe, en voyant ses vêtements trempés. Heloise sourit et s'ébroua.

« Non, je crains de n'être pas encore assez adulte pour ça.

— Je présume que tu as lu l'édito d'aujourd'hui ?

— Je l'ai lu.

— Et ? »

Heloise haussa les épaules. « Que voulais-tu qu'il écrive d'autre ?

— Pas faux. Il était furieux, l'autre jour. Si tu n'avais pas pondu autant de bons papiers cette année, je crois bien qu'il t'aurait déjà virée. À vrai dire, je ne suis pas du tout certaine que tu vas t'en tirer comme ça cette fois-ci.

— Merci, Karen, c'est tout à fait le genre d'encouragements dont j'avais besoin. » Heloise ouvrit la porte de la rédaction. « Après vous, chef.

— Attends, ôte-moi d'un doute, tu ne vas rien nous apprendre aujourd'hui que nous ne sachions déjà ? Je veux dire, la Pelle ne risque pas d'avoir découvert un truc que je ne sais pas encore, n'est-ce pas ?

— Tu penses à quoi ?

— Je n'en sais rien, quelque chose qui aggrave ton cas. Je t'avoue qu'un "non" spontané m'aurait rassurée. » Karen Aagaard l'observa au-dessus de sa monture en écaille.

Un kaléidoscope de corps dénudés, de sueur mélangée et de baisers salés s'imposa à la mémoire d'Heloise. Elle voulait coopérer et n'avait aucune envie de leur mentir, mais elle se refusait à leur parler de sa vie privée. D'abord, cela ne les regardait pas, et surtout elle aurait été mortifiée d'avoir à avouer pour quelle raison elle avait accordé une telle confiance à Martin.

« Ne t'inquiète pas, répondit-elle à sa chef, une main sur son épaule. Vous savez déjà tout ce qu'il y a à savoir. On peut y aller maintenant et en finir avec cette histoire ? Il est où, Scowl ?

— Il devrait être là. »

Karen Aagaard passa la tête dans la salle de conférence. Elle était vide.

« Il était encore dans sa voiture quand il m'a appelée tout à l'heure. Il n'est peut-être pas encore arrivé. Va prendre un café, si tu veux, mais reste à l'étage. Je te préviendrai quand il sera là. »

En chemin vers la petite cuisine de la rédaction, Heloise passa devant le trieur. Il était rare qu'elle trouve du courrier dans son casier. Aujourd'hui, il était plein.

Elle emporta ses lettres et une tasse de café soluble dans son bureau, posa les pieds sur la table et déchira la première enveloppe. Il s'agissait d'une épître de neuf pages d'une écriture serrée, indignée par la question du travail des enfants en Inde. Le sujet avait également inspiré les auteurs de la deuxième et de la troisième lettre. La quatrième enveloppe, elle, contenait un post-it jaune sur lequel on avait écrit un seul mot : *Poufiasse !*

« Original ! » fit-elle remarquer à son collègue Mogens, assis en face d'elle, au même bureau. Elle lui montra le post-it.

Il leva les yeux de son calepin et réagit d'un haussement de sourcils blasé.

Heloise froissa le bout de papier et l'enveloppe dans laquelle il était arrivé et tenta de viser la corbeille dans le coin du bureau. La boule atterrit sur le parquet à chevrons à un mètre cinquante de sa cible.

« Tu as loupé ta vocation ! applaudit Mogens Bøttger. Tu pourras toujours te recycler dans le basket professionnel si Mikkelsen te fout dehors.

— Il ne le fera pas.

— Je n'en serais pas si sûr, à ta place.

— Il ne me virera pas », insista Heloise.

Elle prit l'enveloppe suivante et la déchira avec l'index.

« Il n'a pas hésité à renvoyer la fille aux verrues », chantonna Bøttger, faisant référence à une ex-consœur qui s'était fait virer pour avoir inventé une source. Son licenciement avait résonné dans tout l'immeuble et leur rédacteur en chef s'était mis dans une telle colère qu'il s'était fait péter un vaisseau dans l'œil.

« Cela n'a rien à voir. Elle avait vraiment déconné. Moi, j'étais de bonne foi. Je ne dis pas que – forte de mon expérience, comme on dit – je ne m'y prendrais pas différemment, si c'était à refaire, mais Mikkelsen et moi, on a... » Heloise haussa les épaules. « Il ne me renverra pas, c'est tout. »

Elle déplia la lettre et commença à lire. De l'autre côté de la table, Bøttger lui disait quelque chose, mais sa voix disparaissait à mesure qu'Heloise était envahie d'un sentiment de malaise.

La lettre n'était pas très longue.

Elle ne contenait que quelques lignes, d'une écriture soignée, mais ses mots lui asséchèrent la bouche et firent couler dans sa poitrine un torrent glacé.

La voix de Bøttger l'atteignit de nouveau et elle s'aperçut qu'elle avait cessé de respirer. « … mais il ne faut pas se laisser intimider par…

— Mogens, l'interrompit-elle, c'est toi qui t'es occupé de cette affaire de meurtre, il y a quelques années, dans le Nord ? Cet avocat qu'on a égorgé à son domicile ?

— Hein ? » Il la regardait sans comprendre, mais en voyant son visage grave, il se redressa dans son fauteuil de bureau.

« De qui est-ce qu'on parle ?

— De l'avocat, celui qui a été tué. À Kokkedal ou à Hørsholm ou dans ce coin-là, comment s'appelait-il, déjà ?

— Mossing. C'était à Taarbæk. Pourquoi tu me demandes ça ?

— C'est toi qui as couvert cette affaire ? »

Mogens et elle étaient tous deux journalistes d'investigation, mais lui s'était spécialisé dans les affaires criminelles et Heloise dans les sujets de société. Elle avait rarement travaillé sur un meurtre.

« Non, j'étais encore aux infos, à l'époque. Je crois que c'est Ulrich qui s'en est occupé. Pourquoi ?

— Comment s'appelait-elle ? La femme qu'on soupçonne ?

— Anna Kiel. Et ce n'est pas un soupçon. C'est une certitude. Elle s'est fait choper par une caméra de surveillance dans l'allée devant la maison de Mossing alors qu'elle quittait la scène de crime. En fait, elle est restée plantée devant la caméra et elle a regardé droit dans l'objectif pendant plusieurs secondes avant de partir. Elle n'a même pas essayé de la démonter ou de la détruire. Elle était couverte de sang des pieds à la tête, mais elle était parfaitement calme. Elle a regardé tranquillement l'objectif d'un air impassible. Une vraie psychopathe.

— Tu sais où elle est, maintenant ?

— Aucune idée. On ne l'a jamais retrouvée. Pourquoi est-ce qu'elle t'intéresse ? »

Heloise contourna le bureau et posa la lettre devant son collègue. Elle resta penchée au-dessus de son épaule tandis qu'il lisait.

Chère Heloise,

As-tu déjà vu quelqu'un mourir en se vidant de son sang ?

C'est une expérience unique. En tout cas, ça l'a été pour moi, mais il est vrai que j'attendais ce moment depuis très longtemps.

Je sais qu'ils disent que j'ai commis un crime.
Qu'il faut me retrouver.
Ils veulent me juger et me punir.
Ce n'est pas vrai.
Ils n'y arriveront pas.

Ça, c'est impossible.
Car punie, je le suis déjà.

... Et je n'ai pas terminé.

J'aimerais pouvoir t'en dire plus, mais j'ai promis de ne pas le faire.

Puisqu'on me prive de ta présence, Héloïse, donne-moi au moins par tes mots la douce essence de ton être.

Anna Kiel

Bøttger leva vers elle des yeux étonnés. « Mais d'où tu sors ça ?

— C'était dans mon casier.

— Tu la connais ?

— Non. Je connais l'histoire, comme tout le monde, mais en dehors de cela, rien.

— Ben merde, alors… » Il se gratta la tête avec tant d'énergie que ses grosses boucles brunes dansaient de tous les côtés. « Tu crois que c'est un faux ? »

Heloise haussa les épaules.

« C'est peut-être une mauvaise blague. Les gens envoient les trucs les plus bizarres, parfois. Entre celui qui a vu "la Jaguar" garée devant un camping à Hvide Sande et celle qui connaît quelqu'un qui a peut-être kidnappé Madeleine McCann. Il y a des cinglés partout, Heloise, tu le sais bien. On parle de toi en ce moment à cause de l'affaire Skriver et automatiquement ton casier devient le rendez-vous des barjos. »

Heloise retourna à son bureau examiner l'enveloppe dans laquelle la lettre était arrivée. C'était une enveloppe bleu ciel, de taille moyenne, affranchie à Cannes onze jours plus tôt. C'est-à-dire bien avant le scandale Skriver. Donc, quelle que soit la personne qui l'avait envoyée, elle ne l'avait pas fait en réaction au cirque médiatique qui s'était ensuivi.

« Ça n'a aucun sens, dit-elle, s'adressant à Bøttger. Pourquoi m'écrire à moi plutôt qu'à Ulrich si c'est lui qui a couvert l'histoire au moment du meurtre ? Tu m'as dit qu'il travaillait où, maintenant ?

— Je crois savoir qu'il ne travaille plus du tout, en fait. » Bøttger prit son portable et fit défiler les noms de son répertoire à toute vitesse.

« Qu'est-ce que tu veux dire ?

— Je pense qu'il est employé à *Expressen*, mais j'ai entendu dire qu'il avait fait une sorte de dépression l'année dernière et qu'il n'est jamais revenu au journal. En tout cas, il y a un moment que je n'ai plus vu sa signature nulle part. Il faut dire qu'il a fouillé dans des histoires plutôt sales et je n'ai pas l'impression qu'il soit très doué pour se protéger. Je ne serais pas étonné que le job l'ait brisé. Par contre, il me semble que j'ai… ah oui, le voilà. J'ai son numéro privé, si tu veux. Je t'envoie sa fiche ?

— Oui, merci, je veux bien. »

Heloise lut la lettre encore une fois.

Elle alluma son PC professionnel et chercha Anna Kiel sur Google. Deux cent trente-huit liens s'affichèrent à l'écran. Elle cliqua sur le premier, un article de son propre journal qui avait effectivement été écrit par Ulrich Andersson le 24 avril 2013.

LA MEURTRIÈRE PRÉSUMÉE ENFIN IDENTIFIÉE

Selon un communiqué de la police de Copenhague à l'agence Ritzaus, l'identité de la femme recherchée depuis le 22 avril dans le cadre du meurtre de Christoffer Mossing, un avocat de 37 ans, est désormais confirmée.

La meurtrière présumée s'appelle Anna Kiel, elle a 31 ans et elle est de nationalité danoise. Elle est recherchée pour avoir égorgé avec un couteau à fileter l'avocat Christoffer Mossing la nuit du 21 avril. L'agression s'est produite au domicile de la victime à Taarbæk. D'après la police, personne d'autre n'était présent dans la maison au moment des faits et l'avocat habitait seul.

« Rien ne suggère que la victime et son assassin présumé se connaissaient, mais on sait que la suspecte avait un long passé psychiatrique. C'est pourquoi nous demandons à toute personne susceptible de la rencontrer de se tenir à distance et de prévenir la police, déclare Erik Schäfer, l'inspecteur chargé de l'enquête criminelle.

« Anna Kiel est de type scandinave, elle mesure 1,72 m, elle est de corpulence normale et, au moment des faits, elle avait les cheveux blonds et mi-longs. Toute personne en mesure de donner un quelconque renseignement sur l'endroit où elle se trouve ou toute autre information pouvant d'une manière ou d'une autre nous aider à retrouver sa trace est priée de se mettre en relation avec la police de Copenhague en composant le 114. »

« Kaldan… »

Heloise leva les yeux de son écran.

Karen Aagaard lui faisait signe au bout de la travée centrale.

« On t'attend. »

4

L'inspecteur Erik Schäfer poussa la porte de la salle d'interrogatoire du bout de sa chaussure Ecco maculée de boue. Une femme bien en chair et plus toute jeune l'attendait assise à la grande table recouverte de linoléum, son sac à main sur les genoux.

Elle hocha la tête poliment pour le saluer.

« Bonjour, dit-elle, vous êtes Erik Schäfer ?

— C'est moi-même. » Il tendit une pogne rugueuse à la femme qui l'accepta avec courtoisie. « Je n'ai pas saisi votre nom, madame ?

— Je suis obligée de vous le donner ? »

Schäfer haussa les épaules. « Cela rendrait les choses plus simples si je savais qui vous étiez et pourquoi vous êtes là.

— C'est à cause de mon mari, dit-elle. Il trouve que je ne devrais pas me mêler de ce qui ne me regarde pas. C'est un homme discret, vous comprenez et, comment dire, il voudrait éviter que nous soyons mêlés à des histoires pas nettes. Je ne lui ai pas dit que j'allais venir vous voir et je préférerais qu'il ne l'apprenne pas.

— D'accord, alors je vais me contenter dans un

premier temps de vous demander pourquoi vous êtes là. » Schäfer s'assit en face d'elle.

« C'est à propos de cet avocat.

— Quel avocat ?

— Vous savez, cet homme si distingué qui a été assassiné. Dans le Nord.

— Christoffer Mossing ?

— Oui, lui. C'est vous qui vous êtes occupé de l'enquête, n'est-ce pas ?

— C'est exact. Et je m'en occupe toujours, dit Schäfer. Il y a un certain temps que ça s'est passé, maintenant, mais l'affaire n'est pas classée.

— C'est arrivé au printemps, l'année où ma sœur et mon beau-frère sont venus nous rendre visite, acquiesça la femme. Je m'en souviens bien parce que nous étions partis marcher dans les dunes près de Tisvildeleje, et qu'au retour les hommes ont voulu s'arrêter pour acheter du tabac à pipe chez le petit épicier, celui juste à côté de l'office du tourisme. Ma sœur et moi attendions devant la porte et les panneaux devant le kiosque étaient tapissés de manchettes avec d'horribles détails sur le meurtre. Ça venait juste d'arriver. » Son regard devint flou et elle eut l'air d'avoir perdu le fil de son histoire.

« C'est vrai que ce pauvre homme a fini ses jours d'une manière assez épouvantable, commenta Schäfer pour la relancer. Mais, pardonnez-moi, je ne vois pas très bien où vous voulez en venir. Tu sais, pardon, vous savez quelque chose sur lui ? » Schäfer avait toujours un peu de mal avec le vouvoiement.

« Je me souviens de la fille, dit-elle. Celle qui l'a tué. Il y avait une grande photo d'elle en couverture d'un journal, ce jour-là. Je ne sais plus lequel. Mais après, ils ont tous utilisé la même. Y compris aux infos à la télé. C'était un genre de photo de vacances où elle posait en manches courtes avec un beau paysage derrière elle. Je me demande si ce n'était pas le Grand Canyon ou quelque chose comme ça. Vous vous souvenez de ce portrait ? »

Schäfer hocha la tête.

Il l'avait dans un dossier à l'étage en dessous, parmi d'autres clichés représentant : la scène de crime, le visage cireux de Mossing dont la tête n'était plus que vaguement rattachée au tronc par quelques tendons, l'arme qui avait servi à le tuer et beaucoup de sang.

Une quantité de sang invraisemblable…

« Je me souviens que je lui avais trouvé l'air triste, reprit la femme. Elle était debout, là, en plein soleil, souriant au photographe, mais il y avait quelque chose dans ses yeux. Comme s'ils étaient… *éteints*. C'était peut-être mon imagination, mais en tout cas je me souviens qu'elle m'avait fait une forte impression. » Elle se mit à tripoter nerveusement l'anse de son sac en cuir beige.

Schäfer se racla la gorge et il allait lui demander d'en venir au fait quand elle leva de nouveau la tête.

« Je crois l'avoir vue. » Elle mit la main devant sa bouche, comme effrayée par les mots qu'elle venait de prononcer.

Schäfer se tut pendant plusieurs secondes et se contenta de la regarder.

« Vous croyez l'avoir vue ? » Il sentit son cœur s'accélérer. « Que voulez-vous dire ?

— Je l'ai vue, répéta-t-elle avec plus de conviction.

Elle était différente. Ses cheveux étaient plus courts. Bruns. Mais c'était le même visage, les mêmes yeux. C'était elle. J'en suis sûre.

— Et où croyez-vous l'avoir vue ?» Schäfer sortit son bloc-notes et un stylo de sa poche de poitrine et il se mit à prendre des notes.

« Nous passons toujours le mois d'août et le mois de septembre dans notre maison de campagne.

— À Tisvildeleje ?

— Non, en Provence. Nous possédons une petite ferme près de Saint-Rémy que nous avons achetée quand Vilhelm a pris sa retraite.» La femme porta de nouveau la main à sa bouche parce qu'elle venait de citer le prénom de son mari.

Elle regarda Schäfer d'un air inquiet.

« Je n'ai rien entendu », lui affirma-t-il avec un clin d'œil, l'invitant à continuer.

« Donc, mon mari et moi avons une maison dans le sud de la France depuis, quoi, douze ou treize ans. Les premières années, nous nous sommes surtout intéressés à notre environnement immédiat. Cela prend un peu de temps pour bien connaître un nouveau village, même quand il n'est pas très grand. Mais ces dernières années, nous avons commencé à faire de petites excursions et à visiter différentes villes dans les départements voisins. Histoire de changer un peu.

— Et c'est lors de l'une de ces excursions que vous pensez l'avoir vue ?

— Vilh… enfin, mon mari ne l'a pas vue, mais moi, oui. Nous étions dans un petit village qui se trouve à une heure de route environ, au nord de

Saint-Rémy-de-Provence. Nous étions assis à la terrasse d'un café en train de regarder les gens, et mes yeux se sont arrêtés sur cette femme. Je crois que je l'ai remarquée parce qu'elle se tenait un peu à l'écart et qu'elle avait l'air en colère. Enfin, peut-être pas en colère, mais pas contente, en tout cas. Et alors que je la regardais, tout à coup cela m'a paru évident. C'était elle. Elle, la femme que vous recherchez.

— Vous lui avez parlé ?

— Non. Elle est partie très vite et je ne l'ai pas revue, malheureusement. »

La brève lueur d'espoir qu'avait ressentie Schäfer s'éteignit. Une vieille femme ayant aperçu, un court instant, dans un petit village près de Pétaouchnock, quelqu'un qui ressemblait vaguement à Anna Kiel n'était pas ce qu'on pouvait appeler une piste solide.

« Tout s'est passé très vite, dit la femme, comme si elle avait lu dans ses pensées. Il est normal que vous doutiez de ce que je vous raconte. Mais peut-être ceci vous aidera-t-il à me croire ? »

Elle actionna le mécanisme d'ouverture de son petit sac ventripotent et en extirpa une photo qu'elle lui tendit.

Schäfer se redressa et la lui prit des mains, sentant une vague d'excitation déferler dans sa poitrine.

Il avait dans la main un cliché avec, dans l'angle inférieur droit, une série de chiffres inscrits à la verticale, indiquant qu'elle avait été prise dix jours plus tôt. On y voyait un groupe d'enfants et un homme grand à l'air rude, rassemblés autour d'une petite table pliante. Ils étaient occupés par un détail que Schäfer ne réussit pas à identifier. Tous les regards étaient tournés vers une boîte en carton, posée au milieu de la table. Tous, à l'exception d'un seul. Celui d'une femme, debout à quelques mètres derrière le petit groupe.

Au lieu de regarder la scène, elle regardait droit vers l'objectif, et Schäfer n'eut pas le moindre doute.

C'était elle.

C'était Anna Kiel.

5

Quand Heloise entra dans la pièce, le responsable du courrier des lecteurs, Carl Johan Scowl, dit la Pelle, était assis à la grande table de conférence vert mousse, occupé à feuilleter un épais dossier. Au bout de la table, Mikkelsen, le rédacteur en chef du journal, tripotait nerveusement sa barbe rousse. Il fit mine de se lever, en manière de salut, et l'invita à prendre place, d'un geste impatient.

« Entre, entre, dit-il. Allons, mes amis, finissons-en avec ce carnaval, qu'on puisse vite revenir aux choses sérieuses. On a un journal à sortir demain, je vous rappelle, et je trouve qu'on a assez parlé de cette affaire. »

Le ton de Mikkelsen était doux, presque jovial, et Karen Aagaard, qui s'était assise à côté d'Heloise, lui jeta un regard surpris. Puis elle se tourna vers Scowl qui, quant à lui, semblait imperméable à la bonne humeur de leur rédacteur en chef.

« Oui, assieds-toi, Heloise. » Scowl prononçait mal son prénom, avec un H aspiré, et Heloise l'avait toujours soupçonné de le faire exprès.

« Le H est muet, Scowl, répliqua-t-elle. Ça se prononce : E-louise. »

Scowl ne daigna même pas lever les yeux. « Bon. C'est bien que tu aies pu venir malgré le préavis un peu court.

— C'est normal. Mais je t'avoue que je ne comprends pas très bien pourquoi je suis là. » Elle regarda autour d'elle, prenant les autres à partie. « Nous avons déjà évoqué cette affaire en long et en large et je n'ai rien à ajouter.

— Tu en es sûre ? Il n'y a pas un détail qui t'aurait échappé ? Un élément qui pourrait m'aider à croire à ton histoire ? » Scowl s'exprimait d'une voix étonnamment sombre et gutturale qui cadrait mal avec son apparence chétive, presque féminine.

« Non, j'ai déjà dit tout ce qui pouvait présenter un intérêt quelconque.

— Très bien, alors je résume les faits tels que tu nous les as relatés, juste pour m'assurer que j'ai bien compris avant de finaliser mon rapport. »

Heloise croisa les jambes et attendit.

Scowl tourna quelques pages du dossier qu'il avait sous les yeux et s'éclaircit la voix. « Selon tes dires, tu aurais été informée d'un investissement réalisé en juin cette année par Jan Skriver dans la société Cotton Corp, l'une des plus grosses usines textiles à Bangalore en Inde.

— C'est exact.

— Dans ton article publié le 2 août, tu précisais que dans le même temps Skriver avait mis fin à sa collaboration avec la société Glæsel Tekstil à Vejle, au Danemark, et délocalisé la majeure partie de sa production, une décision qui privait de leur emploi huit cent cinquante personnes et qui, d'un point de vue politique, lui avait valu une certaine… impopularité.

— C'est le moins qu'on puisse dire. Non seulement sa démarche a été très mal accueillie par le gouvernement, mais elle a été une véritable catastrophe pour la région.

— Le 3 août, tu aurais été approchée par – selon tes dires – une source anonyme te suggérant de te renseigner sur la Cotton Corp, et plus particulièrement sur sa politique d'emploi de main-d'œuvre infantile et ses méthodes de fabrication, notamment l'utilisation d'un perturbateur endocrinien appelé nonylphénol polyéthoxylé plus connu sous les initiales NPE. Nous sommes toujours d'accord ?

— Tout à fait.

— Or, il s'avère que l'usage du NPE rend un produit impropre à l'exportation vers la communauté européenne, c'est bien ça ? » Pour la première fois, Scowl leva les yeux vers Heloise.

« Oui.

— Qui était ta source ?

— Je l'ignore. J'ai reçu un coup de fil. Une voix d'homme. Mon interlocuteur m'a communiqué un certain nombre de faits qu'il m'a demandé de vérifier, mais il ne s'est pas présenté.

— Et tu n'as aucune idée de qui cela pouvait être ?

— J'ai une vague idée, mais pas de certitude. Comme tu l'as dit à l'instant, il régnait dans les milieux politiques une certaine insatisfaction quant à la décision de Skriver de délocaliser sa production, et je me dis que l'information a pu venir de là. Mais je ne fais que jouer aux devinettes et ma théorie vaut la tienne.

— Hmm… » Scowl soutint le regard d'Heloise pendant plusieurs secondes avant de continuer. « Au cours de tes recherches, tu es entrée en possession d'éléments qui semblaient être des documents internes et confidentiels appartenant à l'entreprise Skriver. Entre autres, des extraits du contrat signé avec Cotton Corp. Des documents étayant les accusations selon lesquelles l'usine emploierait des enfants et des produits chimiques interdits à l'importation dans l'Union européenne.

— Exact.

— Et c'est sur la base de ces documents que tu as rédigé ton article.

— Oui.

— Qui t'a fourni ces documents ?

— Ça, je ne suis malheureusement pas en mesure de le révéler. Ma source a souhaité garder l'anonymat et je me dois de respecter son souhait.

— Mais tu connais l'identité de ta source.

— Oui.

— Assez pour croire à l'authenticité des pièces fournies ? » Heloise commençait à avoir la bouche sèche.

« Je n'avais aucune raison d'en douter. Je me suis servie de cet informateur à de nombreuses reprises, depuis plusieurs années, et il s'est toujours montré parfaitement renseigné. Les documents semblaient authentiques et j'ai cru aux informations qu'ils contenaient.

— Ce qui s'est révélé être une décision inconsidérée, fit remarquer Scowl. Je m'autorise donc à te poser la question suivante : estimes-tu avoir été assez consciencieuse ?

— A posteriori, je dirais que non.

— Et si tu dois te trouver dans la même situation une autre fois, baseras-tu de nouveau un article sur une seule source et sur un travail de recherche de dilettante, ou bien étayeras-tu tes conclusions avec des faits dûment vérifiés ? » Il leva les mains devant lui, paumes vers le haut, pour illustrer les deux choix de réponse.

Heloise avait une terrible envie de sauter par-dessus la table et de l'étrangler avec sa fine cravate moutarde, mais elle inspira calmement et s'humecta lentement les lèvres.

« J'essayerai évidemment de me montrer plus prudente. Je n'ai aucune envie de me retrouver encore dans cette situation. » Elle ponctua sa phrase avec ce qui pouvait – avec un peu d'imagination – être pris pour un sourire à l'attention du juge.

« Bon ! Alors nous avons terminé », conclut Mikkelsen en se frottant les mains d'un air satisfait, prêt à se lever pour partir.

Contrairement à Karen Aagaard, Heloise n'était nullement surprise par l'indulgence inhabituelle de Mikkelsen. Quelques mois auparavant, elle avait décidé de rentrer à pied chez elle, après une journée éprouvante. Elle avait longé les quais et traversé la place du palais royal afin de passer devant Marmorkirken, sa chère église. C'était l'une des premières belles soirées de l'été, il faisait clair et doux. Elle avait traversé la moitié des jardins d'Amaliehaven quand elle les avait aperçus.

Assis sur un banc, dans le coin le plus reculé du parc, cachés derrière un grand cerisier, son rédacteur en chef et une jeune femme brune, très belle, qui n'était pas du tout son épouse, s'embrassaient avec passion.

Mikkelsen avait levé la tête en entendant crisser le gravier sous les pas d'Heloise, et leurs regards s'étaient brièvement croisés avant qu'elle baisse les yeux et passe son chemin.

Mais elle était certaine de ce qu'elle avait vu. Et il savait qu'elle savait.

Si elle était sur un siège éjectable aujourd'hui, en tout cas, ce ne serait pas lui qui en déclencherait le mécanisme.

« Je n'ai pas d'autres questions », confirma Scowl en refermant démonstrativement le dossier avec un claquement sec.

« Ah si, une dernière : Est-ce que, par hasard, la personne qui t'a fourni ces documents ne serait pas Martin Duvall, directeur de la communication au ministère de l'Industrie ? »

Heloise était pétrifiée sur sa chaise.

L'ébauche d'un sourire faisait frémir la commissure des lèvres de la Pelle.

« Comme je te l'ai dit, je ne peux pas trahir ma source, répondit-elle. Et je pense qu'en ta qualité de défenseur de la déontologie de la presse, tu peux le comprendre mieux que personne.

— D'accord, alors je vais te poser la question différemment… » Il retira ses lunettes de lecture, les replia soigneusement et les posa sur la table. « Puis-je savoir quelle est la nature de tes relations avec lui ? »

Heloise ouvrit la bouche, mais aucun son n'en sortit. Elle tourna les yeux vers Mikkelsen qui se leva brusquement, lui évitant de répondre. Ses yeux étaient subitement noirs de colère et une veine battait à son front dégarni.

« Merci, Scowl, cracha-t-il littéralement. Ça suffira

pour aujourd'hui. La vie privée de Kaldan n'a rien à voir avec cette affaire.»

*

Karen Aagaard referma lentement la porte de son bureau et se tourna vers Heloise.

«Heu... Quoi... ça?

— Tu veux dire ta nouvelle façon de t'exprimer, façon Itinéris dans *Astérix et Cléopâtre*?» Heloise exhuma un paquet de chewing-gums de sa poche. «Je ne voudrais pas t'inquiéter, mais tu devrais peut-être consulter. Ça m'a l'air sérieux.»

Aagaard alla s'asseoir lourdement dans le fauteuil en cuir qui occupait un angle du bureau. Elle écarta les bras dans un geste d'impuissance.

«Tu trouves ça drôle?

— Je peux t'assurer que non, répliqua la journaliste en allant s'asseoir en face de sa chef. Mais que veux-tu que je te dise? J'ai commis une erreur, j'en conviens volontiers, et cela ne se reproduira pas. Alors maintenant, il vous reste à décider si vous voulez me confier un nouveau sujet ou me renvoyer chez moi.»

Elle fourra deux pastilles de Stimorol dans sa bouche et tendit le paquet à Aagaard qui accepta d'un geste hésitant.

«Hmm... C'est juste que j'ai eu l'impression qu'il se passait quelque chose de bizarre entre toi et Mikkelsen, tout à l'heure, et je me dis que je devrais être mise au courant.

— Tout va bien.

— Est-ce qu'il y a quelque chose entre toi et Mikkelsen qui ne *me* regarde pas ?

— Non plus.

— Kaldan ?

— Je te jure que non ! » Heloise leva les deux mains au ciel comme si l'idée même lui était odieuse.

« OK. Je te crois. »

Karen Aagaard pianota un moment sur la table basse, regardant Heloise d'un air pensif. Heloise lui fit un grand sourire que sa supérieure balaya d'un mouvement vaguement agacé.

« Arrête ! Ça ne marchera pas avec moi. Tu as une idée d'un sujet sur lequel tu pourrais te mettre au boulot tout de suite ? Ou tu veux que je mobilise les troupes pour une conférence de rédaction ? »

Instinctivement, la main d'Heloise alla se poser sur la poche intérieure de son blouson de cuir où se trouvait la lettre. « À vrai dire, je viens de recevoir un tuyau que j'aimerais bien examiner de plus près.

— Un tuyau de qui ?

— Je n'en suis pas tout à fait sûre. Il me faut un peu de temps pour en savoir plus et te dire s'il y a un sujet ou pas.

— D'accord, alors au travail. Et tiens-moi au courant, s'il te plaît. »

Quand Heloise revint dans l'open space, Mogens Bøttger n'était plus à son bureau. En revanche, de nombreux confrères des autres rédactions avaient rejoint leur box et Heloise sentit sur elle leurs regards et les questions muettes qu'ils se posaient : *Qu'est-ce qu'elle fout là ? Elle n'a pas été mise à pied ? Qu'est-ce qu'il se passe dans cette boîte ?*

Elle s'enfonça dans son fauteuil pour faire disparaître leurs visages curieux derrière la demi-cloison et tapa sur son téléphone de bureau le numéro du service de la documentation, situé au rez-de-chaussée.

Elle laissa sonner jusqu'à ce que son collègue préféré, le très gras et très transpirant Morten Munk, daigne décrocher.

« Nom de Dieu, Kaldan, c'est toi ? Je croyais que tu étais punie ? »

Munk avait toujours eu une voix sifflante et essoufflée bien qu'il ne pratique jamais la moindre activité susceptible d'accélérer son pouls.

« Oh, tu me connais, répondit Heloise affectueusement. Quand on me vire par la porte, je rentre par la fenêtre. Mikkelsen est incapable de se passer de moi. Toi aussi d'ailleurs.

— Touché, ma chérie. Qu'est-ce que je peux faire pour toi ?

— Tu es opérationnel ?

— Oui, comme toujours, qu'est-ce que tu crois ?

— Est-ce que tu aurais le temps de faire quelques recherches pour moi ?

— Tu es toujours sur l'affaire Skriver ? » Munk semblait plus excité que surpris à cette idée.

« Non, celle-là est bouclée. Je suis sur un autre coup. Tu sais qui est Anna Kiel ?

— Est-ce que je sais si le pape est catholique ? Pourquoi est-ce que tu me demandes ça ?

— J'ai besoin de tout ce que tu peux trouver sur elle.

Les articles publiés chez nous, les reportages réalisés par nos concurrents, sa biographie complète, tout le toutim. »

Munk se contentait d'écouter, et Heloise entendait le bruit de son stylo prenant des notes sur une feuille de papier.

« Entendu, je m'y mets tout de suite. Je te bipe dès que j'ai quelque chose. Je ne devrais pas en avoir pour très longtemps. »

Dix minutes plus tard, les premiers documents commençaient à arriver dans la boîte de réception d'Heloise. Plutôt que de les lire à son bureau, elle fourra son ordinateur portable dans son sac qu'elle mit en bandoulière et quitta le journal. Elle avait besoin d'air. Besoin d'un endroit où elle pouvait travailler à l'abri des regards de ses confrères, mais surtout, elle avait besoin d'un repas digne de ce nom.

Dehors, la pluie s'était arrêtée. Elle laissa son vélo et marcha d'un bon pas, passant devant l'ambassade de France pour rejoindre la Kongens Nytorv et le Bistro Royal, le restaurant où elle avait l'habitude de déjeuner tous les vendredis.

On était lundi, mais quelle importance ? Aujourd'hui, de toute façon, rien n'était comme à l'accoutumée.

Le patron était un homme robuste et jovial. Il l'accueillit chaleureusement.

« Ah ! Ma journaliste préférée », s'exclama-t-il en se penchant pour l'embrasser sur la joue.

Heloise le soupçonnait de n'avoir jamais rien lu de ce qu'elle avait écrit, mais elle apprécia malgré tout l'attention et lui rendit son baiser.

« Une journaliste affamée, en tout cas », répondit-elle, avec un sourire.

« Tu es seule ou bien… ? » Il lui tendit deux menus.

Les dernières fois qu'elle était venue, elle était en compagnie de Martin. À peine dix jours auparavant, ils avaient passé toute une soirée au bar à manger des moules en buvant une bouteille de chardonnay. Pour une fois, ils n'avaient pas parlé boulot. Enfin, si. Elle avait une ou deux fois évoqué Skriver dans la conversation, mais chaque fois il avait changé de sujet.

Allez, arrête avec ça, Helo. Je n'ai plus envie de parler boutique. Parlons de toi, plutôt.

Elle s'était contentée de secouer la tête avec un sourire jusqu'à ce qu'il se mette à parler de lui-même. De son enfance, de ses parents, de son premier amour et de son divorce.

Elle ne voulait pas d'enfants, moi, oui. J'en veux toujours. Ça s'est mal terminé. Les histoires d'amour finissent toujours mal, n'est-ce pas ?

Après le dîner, ils étaient rentrés ensemble, et il avait été plus brutal qu'elle n'aurait cru pouvoir l'accepter. Elle l'avait laissé faire et, étrangement, cela ne lui avait pas déplu. Mais elle avait quand même eu un peu peur.

Heloise répondit, affable, à la question du gentil restaurateur. « Oui, je déjeune seule aujourd'hui. »

On lui donna l'une des meilleures tables, avec vue sur la Kongens Nytorv, et elle commanda une assiette de crevettes bouquets et une bouteille d'eau gazeuse. Puis elle sortit son ordinateur et ouvrit le premier des nombreux mails que Morten Munk lui avait envoyés depuis qu'elle avait quitté son bureau au journal.

Pendant la demi-heure suivante, elle mangea, lut et prit des notes. Quand elle eut terminé, elle passa un coup de fil à son ancien confrère Ulrich Andersson.

« Allô ?

— Oui, allô. Je suis bien chez Ulrich Andersson ?

— C'est moi. Qui le demande ?

— Heloise Kaldan. *Demokratisk Dagblad.*

— Kaldan ? Ah oui ? Ça fait un bail ! Qu'est-ce qui t'amène ? »

C'était le milieu de l'après-midi et, pourtant, Heloise avait l'impression de l'avoir réveillé. Il y eut une pause pendant laquelle elle entendit le frottement de la pierre d'un briquet, puis un silence quand il aspira une bouffée de sa cigarette, et enfin le choc sec de la lunette des W-C qu'il relevait.

« Excuse-moi de te déranger, mais je vais avoir besoin de ton aide.

— Mon aide ? » Le jet qui frappa durement l'émail de la cuvette couvrit pratiquement le son de sa voix. « Pour quoi faire ?

— Eh bien, il semble que j'aie repris un sujet dont tu t'es occupé à une époque et je me demandais si tu accepterais de me donner quelques tuyaux ? »

Comme elle n'entendait plus rien au bout du fil, Heloise poursuivit : « Il s'agit du meurtre de cet avocat, à Taarbæk. Christopher Mossing. Je viens de relire tous les articles que tu avais écrits là-dessus et j'aimerais que tu m'en dises un peu plus sur…

— Je ne peux pas t'aider. » Sa voix était soudain devenue distante et il semblait parfaitement réveillé.

« Ça ne te prendra pas plus d'une demi-heure. Je te

paye un café et je te libère. Je veux juste savoir si, à l'époque, tu as eu la possibilité de parler avec…

— Je suis désolé, je ne peux rien faire pour toi. » Ulrich Andersson raccrocha.

Heloise regarda son téléphone, décontenancée.

Elle composa de nouveau le numéro, mais n'obtint pas de réponse. La troisième fois, elle laissa sonner jusqu'à ce que le répondeur se mette en marche.

« Salut, Ulrich, c'est toujours Heloise Kaldan. Je voulais juste te dire que j'ai reçu une lettre d'Anna Kiel. Je me disais que tu aurais peut-être envie de la lire. Rappelle-moi. »

Elle avait peine à imaginer qu'un journaliste qui avait jadis bouffé des affaires criminelles au petit déjeuner allait ignorer un message comme celui-là.

Évidemment qu'il allait la rappeler.

Elle replia la lettre avec précaution, prenant garde de la toucher le moins possible, et elle la posa devant elle sur la table. Elle avait sans doute déjà effacé un tas d'empreintes, mais ce n'était pas une raison pour ne pas faire attention. Si cette lettre était authentique, elle commettait une infraction en la gardant pour elle. En même temps, elle n'avait pas très envie d'en parler à la police.

Pas tout de suite.

Le job d'Heloise était de trouver une histoire et de la raconter, et elle savait qu'en donnant la lettre à la police, elle était sûre de ne jamais la revoir. Au contraire, la police risquait de l'écarter. La collaboration entre les médias et la police se soldait rarement par un échange de bons procédés. D'après ce qu'elle avait pu voir dans la presse, il y avait un moment qu'il ne s'était rien passé de nouveau dans cette affaire et cette lettre serait probablement la première nouvelle piste depuis longtemps.

Elle était obligée de la donner à la police.

Elle relut ses notes pour trouver le nom de l'inspecteur chargé de l'enquête qu'elle avait vu cité à plusieurs reprises.

Elle écrivit dans son calepin : inspecteur Erik Schäfer, police criminelle de Copenhague, et fit deux traits en dessous du nom.

Puis elle demanda l'addition.

6

À moins qu'Heloise parte en reportage ou qu'elle ait une réunion de bonne heure au journal, elle ne mettait jamais son réveil. Les jours de semaine, les cloches de Marmorkirken sonnaient à 8 heures, et cela suffisait amplement à la réveiller d'un sommeil qui, aussi loin qu'elle se rappelle, avait toujours été agité et superficiel.

Ce jour-là, elle sortit de son lit dès le premier coup, bien qu'elle ait passé la majeure partie de la nuit à essayer de synthétiser la documentation fournie par Munk. À vrai dire, elle aurait bien eu besoin de dormir une ou deux heures de plus.

Elle jeta un coup d'œil à son portable sur la table de nuit et vit que Martin avait cherché à la joindre vers 4 heures du matin. Il lui avait aussi envoyé trois textos avec le même message.

Appelle-moi !

Elle avait également reçu un SMS de Gerda avec un cœur. Heloise lui renvoya un baiser émoji, enleva le mode silencieux et alla pieds nus dans sa salle de bain, slalomant prudemment entre les documents et notes qu'elle avait passé la moitié de la nuit à trier par ordre chronologique sur le plancher.

Après une douche rapide, elle s'assit à la table en chêne du salon. Elle frissonnait dans son peignoir en déjeunant d'un grand bol de flocons d'avoine avec des raisins secs et de la cannelle et d'une tasse de café.

Elle était en train de lire un résumé de l'affaire qu'elle avait rédigé avant d'aller dormir quand on sonna à l'interphone. Elle entendit que la personne qui cherchait à entrer dans l'immeuble sonnait également chez tous ses voisins.

Sur l'écran vidéo, elle put voir le tiers supérieur d'un crâne appartenant à un homme à demi chauve.

« Oui ? dit-elle dans le combiné.

— Journaux », annonça l'homme avec un fort accent arabe. Heloise pressa le bouton et le fit entrer. Il commença aussitôt à gravir les marches, et l'un après l'autre les clapets des boîtes aux lettres résonnèrent dans les étages.

Elle remarqua la pile de dépliants publicitaires qui s'étaient accumulés dans son entrée au cours de la semaine et se baissa pour les ramasser. Elle allait vérifier dans le tas si une facture ne s'était pas glissée au milieu des promotions de produits de boucherie et des nouvelles locales qui n'avaient jamais rien de nouveau, quand elle entendit le livreur de journaux sur son palier. Le clapet se souleva, une publicité pour le supermarché Føtex tomba par la fente et atterrit avec un bruit sourd sur le paillasson sale.

Heloise pensait entendre le pas du livreur de journaux disparaître rapidement dans l'escalier, mais elle avait beau tendre l'oreille, il ne se passait rien de l'autre côté de la porte.

Rien du tout.

Elle jeta brusquement par terre la pile de prospectus et ouvrit la porte à la volée. Sur la dernière marche de l'escalier était assis un petit homme entre deux âges en train d'essayer ses Nike Air vert menthe qu'elle avait laissées devant la porte après son jogging autour de la citadelle, deux jours plus tôt. Il se pétrifia comme s'il croyait qu'elle ne le verrait pas s'il restait immobile.

« Euh… », dit Heloise avec un sourire embarrassé. Elle était gênée pour lui. Elle resserra les pans de son peignoir et dit : « Celles-là, je veux bien que tu me les laisses, en fait. »

L'homme acquiesça sans rien dire.

Il posa les sneakers, prit ses propres chaussures éculées à la main et descendit l'escalier en chaussettes.

Heloise resta sur le palier jusqu'à ce qu'elle entende claquer la porte sur la rue. Elle secoua la tête pour elle-même avec un sourire indulgent. Alors qu'elle rentrait dans son appartement, son regard s'arrêta sur les journaux publicitaires qu'elle avait jetés par terre.

Les dépliants multicolores étaient dispersés comme tombés du ciel et, là, à moitié dissimulée par un catalogue Matas, une enveloppe bleue dépassait légèrement.

Heloise devina le nom de l'expéditeur avant même de l'avoir ramassée.

*

« Quand les as-tu reçues ? » Karen Aagaard regardait les deux lettres sur la table de la salle de conférence dont elle avait soigneusement fermé la porte.

Heloise avait convoqué sa chef et son collègue Mogens Bøttger pour une réunion matinale extraordinaire. Pour l'instant, seule Karen était arrivée.

« J'ai reçu la première hier, ici, au journal. Elle était dans mon casier avec mon courrier. Je ne sais pas depuis combien de temps elle était là. Deux jours ? Une semaine ? Ce que je sais, c'est qu'elle a été affranchie à Cannes il y a dix jours. La deuxième porte le cachet d'un bureau de poste à Lyon datant d'il y a cinq jours », dit Heloise, répondant à la question de Karen. « Je suppose qu'elle est arrivée samedi, mais je ne l'ai trouvée qu'aujourd'hui, au milieu d'un tas de prospectus dans mon entrée. »

On frappa un unique coup à la porte et Mogens Bøttger entra. Il portait un plateau avec trois gobelets à logo, venant du café d'en face.

« Bonjour », dit-il d'une voix grincheuse et fatiguée.

Heloise et Aagaard échangèrent un regard. Une chemise blanche froissée pendait hors de son pantalon et ses cheveux, collés sur le côté gauche de son crâne, rebiquaient curieusement aux pointes. En règle générale, Bøttger était un homme coquet jusqu'à vous donner la nausée, mais aujourd'hui, conscient de son allure négligée, il avait l'air de vouloir disparaître dans un trou de souris, ce qui aurait de toute façon été difficile, vu ses deux mètres quatre.

« Désolé du retard, mais j'ai dû déposer Amanda à la crèche et elle est devenue complètement hystérique quand j'ai voulu repartir. Je vous jure que c'est plus facile de faire témoigner un fraudeur fiscal que de consoler un nourrisson. Ou de le faire dormir le soir. Je ne comprends pas comment font les gens qui s'occupent de leurs enfants toute la journée. » Il regarda ses deux collègues d'un air furibond et s'écroula lourdement dans le fauteuil à côté d'Aagaard.

La fille de Mogens Bøttger était le fruit d'un flirt estival irréfléchi avec une monitrice de fitness de quarante et un ans. Après deux dîners, elle était enceinte et lui dans la merde. Il l'avait engueulée, suppliée et soudoyée pour qu'elle se fasse avorter, mais tout le vacarme qu'il avait pu faire n'était pas parvenu à couvrir le bruit de son horloge biologique. C'est pourquoi il était désormais père célibataire pendant trois jours, une fois toutes les deux semaines, et prétendre que sa relation avec la mère de sa fille était tendue aurait été la définition même du mot euphémisme.

« Ce n'est pas la peine de me regarder, répliqua Heloise. Comme tu sais, je ne connais pas encore les joies de la maternité.

— Oui, bref, c'était juste pour vous expliquer pourquoi j'étais en retard et pourquoi je ne ressemble à rien, aujourd'hui. Je vous ai apporté le café pour me faire pardonner », conclut Mogens en leur tendant un gobelet à chacune. « Bon alors, qu'est-ce qui se passe ? Qu'est-ce qu'on fait là ?

— J'en ai reçu une autre, dit Heloise.

— Une autre quoi ?

— Une autre lettre. »

Alors seulement, Mogens remarqua les feuillets sur la table. Il tendit la main en demandant : « Je peux ?

— Oui, c'est celle-là », répondit Heloise en lui montrant la dernière.

Il prit délicatement la lettre par les bords et la lut à haute voix.

Chère Heloise,

Le mien est 4, le tien est 13.
Si je te dis Amorphophallus titanum, tu me répondras Lupinus.
Mon deuxième prénom commence par un « E » et le tien ?
Je sais tant de choses sur toi.
Tu en sais beaucoup moins sur moi.
Mais nous sommes liées à travers lui, je l'ai compris à présent.

Et toi, l'as-tu compris ?
L'as-tu enfin compris ?

Puisqu'on me prive de ta présence, Héloïse, donne-moi au moins par tes mots la douce essence de ton être.

Anna Kiel

« Nom de Dieu ! » s'exclama Bøttger, regardant les deux femmes à tour de rôle. Ses sourcils étaient remontés dans son front très haut. « Tu es *sûre* que tu ne la connais pas ?

— Cent pour cent sûre, acquiesça Heloise. J'ignore

pourquoi c'est moi qu'elle a choisie. En quoi elle et moi devrions-nous être "liées" ? Cela n'a aucun sens. Mais visiblement, elle me connaît. Ou en tout cas, elle sait des choses très personnelles sur mon compte. » Heloise montrait la lettre trouvée dans son vestibule. « Le 13 est effectivement mon chiffre porte-bonheur, j'en déduis que le sien doit être le 4. *Lupinus* est le nom latin pour le lupin qui est ma fleur préférée. Comment peut-elle savoir ça ?

— Elle t'a peut-être piqué ton journal intime ? Si ça se trouve, dans la prochaine lettre, elle va te dire que le bleu est ta couleur préférée et les spaghettis bolognaises, ton plat favori. » Bøttger rit tout seul de sa propre blague.

« C'est quoi ton deuxième prénom ? demanda Aagaard.

— Eleanor. Et le nom complet d'Anna Kiel est Anna Elisabeth Kiel.

— *Eleanor*... » Bøttger savoura la sonorité du prénom.

Heloise leva une main menaçante. « Mogens, je te préviens !

— Et quid de cette Amor-machin-chose..., poursuivit Aagaard. Cette fleur qu'elle décrit comme étant sa préférée. C'est un genre de plante d'amour, ou quoi ?

— C'est drôle que tu me dises ça, répondit Heloise en ouvrant son calepin. C'est aussi ce que je me suis dit, mais pas du tout. L'*Amorphophallus titanum*, mieux connue sous le nom de "Fleur de cadavre", est à peu près ce qu'on peut imaginer de plus éloigné d'une plante d'amour.

— Fleur de cadavre ? répéta Bøttger.

— C'est une fleur gigantesque qui ne pousse qu'à Sumatra dans l'ouest de l'Indonésie et dans quelques rares jardins botaniques ici et là dans le monde. Il y en a un spécimen actuellement à Copenhague. L'une des particularités de cette plante est l'odeur de cadavre en décomposition qu'elle dégage. »

Heloise retrouva les notes qu'elle avait prises après ses recherches dans l'encyclopédie botanique en ligne et elle les lut à haute voix :

« "Les pétales violacés et la texture de la fleur accentuent l'illusion de se trouver face à un morceau de chair pourrie et permettent à la plante d'attirer certains coléoptères nécrophages qui entrent dans sa corolle pour la polliniser. La traduction littérale du nom latin de la plante est : pénis géant difforme." »

Bøttger haussa un sourcil.

« "On l'appelle également parfois le pénis de Titan, sans doute à cause de sa forme phallique évidente, mais aussi de son odeur pestilentielle de viande avariée. Dans le langage courant, on parle le plus souvent de *corpse flower*, ce qui se traduit par *fleur de cadavre* en français."

— Je vois, commenta Mogens. Et ce pénis de cadavre serait donc la fleur préférée de la dame ?

— Il semblerait, acquiesça Heloise.

— Charmant », grimaça Mogens en repoussant sa tasse.

Le silence s'était fait autour de la table.

« Bon, essayons d'être un peu constructifs. Tu as parlé à la police de ces lettres ? »

Heloise secoua la tête.

« Tu plaisantes ?! s'écria Bøttger. Il ne faut surtout pas qu'elle aille voir la police. Ils vont lui piquer les lettres et lui demander de se tenir en dehors de cette affaire.

— C'est ce que je me suis dit, mais je suis bien obligée de les leur donner. Cette femme a sauvagement assassiné un homme. Si je peux contribuer à la faire mettre sous les verrous, je peux t'assurer que je le ferai, quels que soient les pseudo-liens qui existent entre nous.

— Alors comment se fait-il que tu ne l'aies pas encore fait ? demanda Bøttger, perfide.

— Je ne l'ai pas fait parce que je ne veux pas qu'ils m'écartent de l'enquête. Mais je ne peux pas garder ceci pour moi, tu comprends, alors il faut que je trouve la meilleure façon de procéder pour que l'histoire ne m'échappe pas.

— Attendez, tous les deux. Est-ce qu'on pourrait revenir un peu au départ, s'il vous plaît ? C'est quoi cette histoire d'avocat ? Je suis un peu rouillée pour ce qui est des affaires criminelles. » Aagaard souffla sur la mousse de lait avant de boire prudemment une gorgée de son café.

« Un avocat de la société Orleff & Plessner Associés rentre chez lui à Taarbæk après une partie de tennis avec des amis un soir de juin 2013. Il se prépare un dîner léger et tardif et va se coucher. À un moment donné, entre minuit et 3 heures du matin, Anna Kiel s'introduit chez lui. Elle a apporté un couteau à fileter neuf de marque Codexx. Il s'agit d'un couteau de cuisine de taille moyenne utilisé par de nombreux chefs, en vente chez n'importe quel bon quincaillier. Elle l'agresse dans son sommeil, lui tranche la gorge et laisse l'arme du crime sur place. Les caméras de surveillance devant la maison la filment alors qu'elle quitte la scène de crime et plus personne ne l'a revue depuis. »

Quand Heloise eut terminé son compte rendu, le silence retomba sur la salle de conférence.

« Est-ce que ce Mossing l'avait représentée, elle ou quelqu'un de sa famille, dans un procès qui aurait mal tourné ? Est-ce qu'elle l'a tué pour se venger ? s'enquit Aagaard.

— Non. D'après la famille de la victime et celle de la meurtrière, ils n'avaient rien à voir l'un avec l'autre. Il semble qu'ils ne se connaissaient même pas, dit Heloise.

— Et, au fait, ajouta Bøttger, Christoffer Mossing, le type qui s'est fait tuer, était le fils de Johannes Mossing, celui qui a cet énorme patrimoine immobilier. »

La famille Mossing incarnait la notion de « vieille fortune ». Moins de quatre générations auparavant, ils étaient à la tête d'un patrimoine équivalent à celui de Downton Abbey et même si, aujourd'hui, ils pesaient nettement moins, le montant de leurs avoirs se situait malgré tout à un niveau qui avait fait siffler Heloise toute seule dans son appartement en lisant le chiffre.

Dans la documentation fournie par Morten Munk, elle avait par exemple pu voir que le père de Christoffer Mossing possédait une maison de plus de dix millions de couronnes à Vedbæk, un domaine classé avec haras en Fionie et un grand château avec douves et vignes, au sud de Bordeaux.

« Donc, d'un côté, nous avons une famille

extrêmement fortunée et, de l'autre, Anna Kiel qui est née et a grandi à Herlev, dans la banlieue de Copenhague, dans des conditions nettement plus modestes, reprit Heloise. Sa mère tient un pub appelé La Lanterne, et il ne semble pas qu'il y ait eu de père dans le tableau.

— Quelle est la thèse privilégiée par la police ? demanda Karen Aagaard.

— Manifestement, ils n'ont aucune idée de la raison pour laquelle elle a commis son crime. On a beaucoup évoqué son état mental et d'aucuns pensent qu'elle n'était pas consciente de ses actes au moment du meurtre. La thèse la plus plausible selon la police serait qu'elle ait choisi une victime au hasard et qu'elle l'ait égorgée.

— On n'a rien trouvé chez l'avocat ou sur son lieu de travail qui indique qu'elle ait été en contact avec lui avant le meurtre ? Une lettre qu'elle lui aurait envoyée ou quelque chose dans ce genre ? »

Heloise sentit une vague de malaise la traverser.

« Si c'est le cas, cela ne figure nulle part, rétorqua-t-elle. Et c'est pour ça, aussi, que je souhaite aller voir la police. J'ai besoin de savoir à qui j'ai affaire et pourquoi cette femme s'est entichée de moi.

— Qui est ce "lui" à qui elle fait référence ? demanda Karen qui venait de relire la deuxième lettre. Une personne qui constitue un lien entre vous, apparemment ? »

Heloise haussa les épaules.

« L'avocat, sûrement, proposa Bøttger. Tu dois l'avoir rencontré, à un moment ou à un autre.

— Je ne crois pas.

— Tu ne l'as pas utilisé comme source un jour pour un article ? Ou alors tu l'as rencontré un soir en faisant la fête et tu l'as zappé ? »

Heloise leva un sourcil. « Hein ? En faisant la fête ?

— J'en sais rien, c'est possible, non ?

— Non, figure-toi que non. Ce n'est pas possible ! »

Tous se turent un long moment.

Ce fut Karen qui rompit le silence. « Elle emploie la même formule pour prendre congé dans les deux lettres. Regardez, elle écrit : *Puisqu'on me prive de ta présence, Héloïse, donne-moi au moins par tes mots la douce essence de ton être.* »

Heloise acquiesça et posa les deux lettres côte à côte pour montrer à Bøttger la similitude.

« Elle a une façon étrangement solennelle de s'exprimer, fit remarquer Aagaard. Je me demande ce que cette phrase veut dire, d'ailleurs.

— Je n'en sais rien. Après avoir reçu la première lettre, j'ai fait une recherche sur Google pour voir ce qui sortait. Je n'ai eu aucun résultat. Alors j'ai essayé de décrypter la phrase moi-même. » Heloise ouvrit de nouveau son calepin et leur montra le résultat de son explication de texte :

« *Puisqu'on me prive de ta présence = Puisque je suis en cavale et que je ne peux pas te parler de vive voix.*

« *Donne-moi au moins par tes mots = Tu pourrais écrire mon histoire !*

« *La douce essence de ton être*… Je n'ai pas de proposition pour cette dernière partie, mais il est possible qu'elle ait voulu dire qu'en ma qualité de journaliste

je serais objective – essence/essentiel – et plus douce/bienveillante dans mon propos que ses accusateurs. Évidemment, cette interprétation n'engage que moi. »
Elle referma son calepin. « Vous, qu'en pensez-vous ?

— C'est bizarre que ce soit à toi qu'elle écrive cela si vous ne vous êtes jamais rencontrées », fit remarquer Bøttger.

Karen Aagaard sembla décrocher de la conversation et son regard devint lointain. Au bout de quelques instants, elle déclara : « Si tu as raison et qu'elle te demande d'écrire une version objective de son histoire, c'est qu'elle estime que celle que nous connaissons est fausse.

— Tu n'es pas en train de me dire que tu la crois innocente ?! s'exclama Heloise.

— Je n'en sais rien. Je dis juste que tu vas devoir tout reprendre depuis le début, comme si tu ne savais rien de cette affaire. Quelles sont les sources qui ont été citées dans les articles de 2013 ?

— Il y en a plusieurs.

— Mais encore ?

— Il y a la mère d'Anna Kiel, des amis et des confrères de Christoffer Mossing et d'Anna Kiel, des membres de la famille Mossing, un ou deux anciens instituteurs d'Anna. La liste est longue.

— Bon, alors commence par là. Reprends leurs témoignages un par un. Ne t'inquiète pas de savoir si elle est coupable ou pas, pour l'instant. C'est le problème de la police. Concentre-toi sur l'histoire et vois où cela te mène. »

Heloise sentit son téléphone vibrer dans la poche

intérieure de sa veste. C'était un SMS venant du service de documentation.

« Tu me dis de ne pas m'inquiéter de sa culpabilité, dit-elle tout en lisant le texto, mais je suis sur liste rouge depuis que j'ai commencé ma carrière de journaliste et quand j'ai mis Munk au défi ce matin de trouver mon adresse sur Internet, il a échoué. »

Elle regarda ses deux collègues tour à tour.

« Alors pouvez-vous m'expliquer comment Anna Kiel sait où j'habite ? »

7

Le trajet de Copenhague à Vedbæk en longeant le littoral donna amplement le temps à Heloise de mettre de l'ordre dans ses idées. Les villas patriciennes s'alignaient le long de Strandvejen comme des rangées de dominos, derrière leurs grilles en fer forgé ornées de monogrammes, assez imposantes pour dissuader les intrus et suffisamment ajourées pour permettre aux passants d'admirer leurs parcs magnifiques.

Elle entra dans la cour de l'immense maison gris pâle, le gravier blanc crissant sous les roues de la Ford Focus empruntée au journal. La demeure ne ressemblait ni aux maisons d'architecte sans âme ni aux palais ridiculement prétentieux qui l'entouraient. Elle faisait plutôt penser à ces maisons de villégiature luxueuses qu'on voyait dans les *feel-good movies* américains. C'était une construction en bois, bâtie dans le style Nantucket avec des volets et des fenêtres à petits carreaux et une grande véranda tout autour.

Il ne manquait plus que Diane Keaton avec un chapeau de paille, des vêtements dans les tons beige et blanc, une cuisine remplie de pots avec des herbes aromatiques et un soleil radieux, songea Heloise en la découvrant.

Elle se gara à côté d'une Jaguar gris métallisé rutilant dans le soleil de l'après-midi, descendit de voiture et se dirigea vers la porte d'entrée. Il n'y avait pas de sonnette, seulement un heurtoir en laiton qui avait la forme d'une ancre. Heloise frappa deux coups et, presque aussitôt, la porte s'ouvrit sur une jeune femme d'origine asiatique, vêtue d'une robe sombre s'arrêtant aux genoux. Elle dévisagea Heloise de la tête aux pieds et remonta au visage, puis elle lui dit :

« Que puis-je faire pour vous ?

— Bonjour, je m'appelle Heloise Kaldan et j'aimerais parler à Ellen ou à Johannes Mossing.

— Je regrette, M. Mossing est absent, mais madame est là, vous aviez rendez-vous ?

— Non. J'ai bien peur d'être venue à l'improviste », répondit Heloise avec un grand sourire.

« Puis-je vous demander l'objet de votre visite ?

— Il s'agit de son fils. »

Heloise s'attendait à une réaction de la part de la jeune femme, mais elle n'en eut aucune. Elle ouvrit simplement la porte en grand et invita Heloise à entrer.

« Si vous voulez bien attendre ici. »

Puis elle disparut.

Heloise entendit de la musique rock, quelque part dans la maison. Un choix musical qui détonnait curieusement avec le décor. Elle examina le hall dans lequel on l'avait fait entrer. Il y avait une vaste cheminée qui semblait ne jamais avoir été utilisée et une volée de larges marches conduisant au premier étage en une courbe élégante.

Des photos encadrées de la famille, mais aussi de leurs amis, décoraient les murs de l'escalier, donnant aux visiteurs un aperçu de leurs relations prestigieuses. Heloise reconnut un ancien maire de Copenhague, deux champions de tennis vieillissants, Tony Blair, un couple de producteurs de rap américains avec toute la panoplie, sautoir en diamant et dents en or, et un tas de membres du gotha danois qui n'avaient jamais rien fait d'autre que de naître.

Elle gravit quelques marches pour regarder les photos de plus près. Elle reconnut Christoffer Mossing pour l'avoir vu dans les articles couvrant son assassinat, même si, sur ces photos, il avait dix ans de moins qu'au moment de sa mort. Il était coiffé d'un chapeau carré de lauréat américain, avec houppe évidemment, et brandissait triomphalement une bouteille de champagne ouverte vers le photographe, la mousse giclant du goulot.

La jeune domestique émit un petit raclement de gorge pour attirer son attention.

« Par ici, je vous prie. »

Heloise traversa derrière elle deux grands salons en enfilade, meublés de canapés blancs et de fauteuils en cuir fauve.

Marines, trophées de courses hippiques et autres objets de collection occupaient murs et bibliothèques.

La musique devint plus forte lorsqu'elles approchèrent d'une porte à double battant, ouverte, conduisant à une orangerie qui flanquait l'arrière de la maison et donnait sur le détroit d'Øresund.

Une femme, coiffée d'une casquette et vêtue d'une

robe portefeuille, coupait les fleurs fanées d'une rangée de rosiers New Dawn à l'aide d'une petite paire de ciseaux en or, au son d'un solo de guitare hurlant qui faisait vibrer les vitres de la petite serre.

Elle se tourna vers Heloise en souriant. « Bonjour.

— Bonjour ! » Heloise dut élever la voix pour se faire entendre. Elle tendit la main et se présenta. « Super, la musique ! C'est qui ? »

Ellen Mossing la regarda comme si elle venait de lui demander sur quelle planète elles se trouvaient en ce moment. « Mais c'est Led Zeppelin ! Ne me dites pas que vous ne connaissez pas ! »

Heloise acquiesça lentement en fouillant dans sa mémoire. « Une de leurs chansons les plus connues parle de LSD, non ? »

Ellen Mossing éclata de rire – un rire frais et pétillant – et Heloise fut prise d'une sympathie immédiate et instinctive pour la vieille dame qui se dirigeait maintenant vers un vieil électrophone pour baisser le volume. Puis elle se tourna vers la domestique.

« Voulez-vous nous apporter deux tasses de café, Noy, s'il vous plaît ? Mais peut-être préféreriez-vous du thé ? dit-elle, s'adressant à Heloise.

— Non, un café, ça ira très bien, merci.

— Je bois trop de café. Mon pouls s'accélère parfois d'une manière folle. C'est très désagréable. Mais c'est à peu près le dernier vice qui me reste, alors tant pis. » Elle gratifia sa visiteuse d'un sourire complice, comme si elle venait de lui avouer un secret très coquin, et l'invita à venir s'asseoir à la longue table en tek qui occupait le centre du jardin d'hiver.

« C'est joli, *Heloise.* » Ellen Mossing prononçait son prénom avec un charmant accent français. Elle retira sa casquette, libérant de longs cheveux argentés qui coulèrent sur ses épaules. « Bien plus exotique qu'Ellen.

— Merci, dit Heloise. Mais contrairement à moi, je suppose que vous n'avez jamais eu à épeler votre prénom à personne, ni à en expliquer l'origine.

— On ne peut pas tout avoir.

— Non, il semblerait que non, répliqua Heloise en prenant place en face de son hôtesse. Mais peut-être devrais-je vous expliquer la raison de ma visite ?

— Noy m'a dit que cela concernait Christoffer ?

— C'est exact. Mais il faut que je vous avoue que je suis journaliste. Je travaille pour *Demokratisk Dagblad.* C'est pour mon journal que je cherche à en savoir plus sur votre fils. »

Ellen Mossing l'observa pendant quelques instants sans rien dire.

« Pourquoi maintenant ? demanda-t-elle alors. Y a-t-il un élément nouveau dont je n'aurais pas été informée ?

— Non, rien de concret. Mais j'essaye de savoir si quelque détail aurait pu échapper à l'instruction. Je suis venue vous demander de me parler de votre fils.

— Plus personne ne parle de lui, désormais. » Ellen Mossing se détourna d'Heloise pour regarder le détroit. « Même pas mon mari. C'est comme si les gens pensaient que cela allait cesser de faire mal en faisant comme si ce n'était pas arrivé. Mon fils est mort et le monde se comporte comme s'il n'avait jamais existé. » Elle se tourna vers Heloise avec un sourire triste. « Je ne souhaite pas être citée, mais je veux bien vous parler de Christoffer. »

La domestique revint avec un plateau, posa devant Heloise une assiette de biscuits et servit le café. Puis elle les laissa seules de nouveau.

« Je vous en prie, dit Ellen Mossing avec un signe de tête vers l'assiette.

— J'ai vu une photo de Christoffer dans l'escalier. Il a étudié aux États-Unis ? »

Heloise prit un biscuit et en croqua un bout. Il était étrangement salé.

« Oui, il a fait son droit à l'université Harvard. Je crois que ce furent les meilleures années de sa vie. Sa voix devenait plus animée quand il évoquait ce temps-là, dit Ellen. Vous savez que j'ai un petit-fils, là-bas ?

— Non.

— Une femme nous a contactés après la mort de Christoffer. Apparemment, ils avaient eu une liaison. Rien de sérieux, je pense. En tout cas, je n'avais jamais entendu parler d'elle. Mais il est vrai qu'il faisait de nombreuses conquêtes, à l'époque. C'était un séducteur. » Elle pêcha un morceau de sucre dans le sucrier et le laissa tomber dans son café.

« Quelques mois après l'enterrement, elle a téléphoné ici. Elle avait appris ce qui s'était passé et, comme vous pouvez l'imaginer, elle était bouleversée. Elle nous a raconté qu'elle était tombée enceinte à l'époque où ils sortaient ensemble et qu'elle avait eu un petit garçon.

— Et vous n'avez pas trouvé sa démarche un peu suspecte ?

— Par rapport à l'héritage, vous voulez dire ?

— Oui.

— Si, bien sûr. Nous nous sommes demandé s'il

s'agissait d'une escroquerie. Si elle était le genre de femme à lire les nécrologies internationales pour tenter de gagner sa vie sur le malheur des autres. Mais elle nous avait envoyé une photo.

— Ah ?

— Oui, une photo du petit. Nous avons su qu'elle disait la vérité aussitôt que nous l'avons vu. Sa mère nous a proposé de faire un test de paternité, mais nous n'avions aucun doute sur le fait qu'elle disait la vérité. C'est bien le fils de Christoffer.

— Comment s'appelle-t-il ?

— Jack. Il a quatorze ans, maintenant. C'est un beau jeune homme. »

Heloise n'avait aucun mal à se l'imaginer. Avec son sourire immaculé et son corps parfaitement proportionné, Christoffer Mossing avait été d'une beauté quasiment caricaturale. Il n'était pas le genre d'homme qui attirait Heloise, mais elle ne doutait pas que toutes les filles de la haute société du nord de Copenhague avaient rêvé de sortir avec lui : jeune, riche, avec une belle réussite professionnelle et taillé comme un dieu grec. Un bon parti.

« Vous l'avez rencontré ?

— Il est venu nous rendre visite l'été dernier. Nous avons commencé par échanger des mails avec lui pendant quelque temps, afin de faire connaissance, vous comprenez ? Et puis nous lui avons offert le billet d'avion. Nous avions besoin de le voir.

— Et alors ? Comment ça s'est passé ?

— Ce fut… » Ellen Mossing cherchait le mot juste. « … un cauchemar. Vous n'imaginez pas ce que c'est que de perdre un fils et de se trouver face à un parfait étranger qui lui ressemble, qui bouge comme lui, qui a la même voix que lui…

— On pourrait penser que ce serait un peu comme de retrouver Christoffer, suggéra Heloise.

— Oui, n'est-ce pas ? Mais j'avais plutôt l'impression que mon cerveau me jouait des tours ; mes yeux me disaient que je voyais une chose qui en réalité n'était pas là. Comme un trompe-l'œil monstrueux.

— Et Jack, comment a-t-il réagi ?

— Le pauvre gamin. Il ne savait plus où se mettre. Moi, j'étais tout simplement en train de tomber en miettes et lui faisait tout ce qu'il pouvait pour m'être agréable. Mais il a tout de même fini par rentrer chez lui. Maintenant, nous lui envoyons des cadeaux pour Noël et pour son anniversaire, et Johannes lui a ouvert un compte sur lequel il a versé une somme d'argent conséquente qu'il touchera pour ses vingt et un ans. Il est de notre sang et nous ne lui voulons que du bien. Mais je pense que nous ne le reverrons plus. »

Heloise était surprise de la franchise d'Ellen Mossing. C'était comme s'il n'y avait eu aucune barrière entre elles. Comme si elle parlait à une amie et non à une journaliste. Peut-être est-elle simplement très seule, songea Heloise avec un élan de pitié.

Le saphir tournait dans le même sillon depuis quelques secondes et Ellen se leva pour soulever délicatement le bras du tourne-disque. Elle rangea le disque dans sa pochette et en choisit un autre dans la pile posée à côté. Elle l'épousseta et le posa sur le plateau. *All of Me* de Billie Holiday se mit à couler langoureusement des enceintes.

« Ah ! Ça, c'est plus ma tasse de thé ! » s'exclama Heloise, ravie, joignant les mains en signe de remerciement.

« C'est la chanteuse préférée de Johannes. Je ne me souviens pas d'un matin, en quarante années de mariage, où je n'ai pas écouté du Billie Holiday au petit déjeuner. »

Elles restèrent un moment à écouter sans rien dire. Ellen ferma les yeux et se laissa emporter par les notes de musique.

« Où en étions-nous ? dit-elle au bout d'un moment sans rouvrir les yeux.

— Vous me disiez que Christoffer avait du succès avec les femmes. Il avait une fiancée pendant la période qui a précédé sa mort ?

— Une ? » Ellen Mossing pouffa de rire et répondit : « Non, pas Christoffer. Il avait toujours plusieurs fiancées. Jamais une seule.

— Et il vous présentait les femmes qu'il fréquentait ?

— Pensez-vous. Il ne croyait pas du tout à ce genre de choses.

— Ce genre de choses ?

— L'Amour avec un grand A. La fidélité. Les relations à long terme. Ça ne lui disait rien, je crois.

— Je ne comprends pas. Il avait pourtant un bon exemple avec vous et votre mari. »

Ellen Mossing fit une moue et expira un long soupir par les narines. « Oui. Je suppose, dit-elle d'un ton qui voulait dire l'inverse. Nous avons eu quelques bonnes années, Johannes et moi. Mais j'étais très jeune quand nous nous sommes rencontrés ; encore presque une enfant, en réalité. Et l'âge ne m'a pas épargnée. » Elle eut un sourire embarrassé et rajusta sa ceinture autour de sa taille fine et féminine. « La passion ne dure pas aussi longtemps qu'on pourrait le souhaiter. Mais nous sommes d'excellents amis tous les deux et c'est probablement plus important que le reste. »

Heloise contempla Ellen, les sourcils froncés. Certes, elle n'était plus une jeune femme. Mais malgré ses soixante et un ans, elle était encore incroyablement belle. Ce n'était pas de son père que Christoffer avait hérité son joli nez, son ossature élégante et ses grands yeux noisette. D'après les photos qu'Heloise avait vues d'un Johannes Mossing vieillissant, il devait avoir au moins quinze ans de plus que sa femme et il ne possédait pas le quart de sa beauté.

« Je vous trouve absolument ravissante, si je peux me permettre d'être aussi directe, déclara Heloise. Si j'ai la chance de vous ressembler à l'âge de soixante ans, ou même à quarante, je m'estimerai heureuse.

— Vous êtes adorable, la remercia Ellen, touchée.

— Je suis sincère. Et je trouve que Christoffer vous ressemblait beaucoup.

— C'est vrai, dit-elle les yeux brillants de fierté. Mais seulement physiquement. Moralement, c'était son père tout craché, un esprit brillant. Et un travailleur infatigable, vous n'imaginez pas comme nous étions fiers de lui. Il est devenu associé chez Orleff & Plessner très rapidement. Tout allait si bien pour lui avant que... » Ses yeux se remplirent de larmes et elle les laissa couler sans essayer de les arrêter ou de les essuyer.

Heloise sentait qu'elle aurait dû se lever et mettre

un bras autour de ses épaules, mais elle resta assise. Elle comprenait l'émotivité brute et exacerbée d'Ellen Mossing, mais que dire à une femme qui a perdu son enfant ? Perdu l'être qui lui était le plus cher ?

Tout va s'arranger ?

Bien sûr que rien n'allait s'arranger. Et que plus rien ne serait jamais comme avant.

Heloise se pencha et posa sa main sur celle de la mère éplorée.

« Vous la connaissiez ? Vous connaissiez Anna Kiel ? »

Ellen Mossing secoua la tête et reprit sa main. Elle se leva et alla chercher un mouchoir au coton jauni dans le tiroir supérieur d'une petite commode.

« Non. » Elle s'essuya les yeux. « Mais je crois que…

— Ellen ! Que se passe-t-il, ici ? »

Ellen Mossing eut si peur qu'elle fit tomber son mouchoir et Heloise tourna la tête dans la direction d'où venait la voix.

Johannes Mossing s'encadrait dans la porte. Il portait entre les bras un petit figuier dans un pot en céramique orange et regardait sa femme d'un regard inquiet.

« Tu pleures ?

— Mais non, ce n'est rien. » Ellen Mossing alla rejoindre son mari qui posa le pot par terre et enlaça son épouse. « Je me suis mise à penser au passé et tu sais comme je suis sentimentale.

— Mais tu es sûre que ça va ?

— Oui, ça va. Je suis stupide, voilà tout. » Elle balaya sa question comme elle aurait chassé un moucheron qui aurait voleté trop près de son visage. « Viens plutôt dire bonjour à notre invitée. »

Heloise se leva.

« Bonjour, dit Johannes Mossing en tendant la main. Je suis le mari d'Ellen. Désolé de venir troubler votre papotage de filles, mais j'ai cru qu'il était arrivé quelque chose à Ellen. »

Heloise lui serra la main et hocha la tête poliment. « Bonjour, je suis Heloise Kaldan.

— Kaldan ? » Il la regarda, les yeux légèrement plissés, sans lâcher son emprise. « Nous nous connaissons ?

— Je ne crois pas.

— Vous habitez le quartier ?

— Non, j'habite Copenhague.

— Heloise est journaliste, intervint Ellen. Elle est venue pour parler de Christoffer. »

Le sourire disparut instantanément du visage de Johannes Mossing et il lâcha la main d'Heloise comme s'il s'était brûlé.

« Journaliste », répéta-t-il avec l'air de quelqu'un qui a croqué dans une amande amère.

Ellen vint au secours d'Heloise.

« C'est moi qui lui ai demandé d'entrer, Johannes. Cela ne me dérange pas de parler de Christoffer. » Elle lui tapota doucement l'avant-bras. « Tu devrais essayer, toi aussi, peut-être que cela te ferait du bien. Ce n'est pas dangereux, je t'assure. Au contraire, même. »

Son mari la regarda quelques instants sans rien dire. Puis il se retourna vers Heloise et prononça d'une voix éteinte : « Je vous prie de sortir de cette maison, mademoiselle. »

Comme par enchantement, la domestique apparut à la porte de la véranda.

« Je vais vous raccompagner », dit-elle froidement.

Heloise ne bougea pas.

Johannes et elle se jaugèrent pendant plusieurs secondes.

« Je travaille pour *Demokratisk Dagblad*, dit Heloise enfin. Je suis là parce que j'ai de bonnes raisons de penser que la meurtrière de votre fils essaye de prendre contact avec moi. »

Ellen Mossing eut l'air sous le choc et dut brusquement s'asseoir. Elle ouvrit la bouche et la referma à plusieurs reprises sans émettre le moindre son, quant à Johannes Mossing, il resta parfaitement impassible.

« C'est pourquoi je vous serais très reconnaissante de bien vouloir me dire tout ce que vous savez sur la nuit où il a été tué, poursuivit-elle. Tout ce qui pourrait m'aider à retrouver la trace d'Anna Kiel. »

À l'exception de la voix plaintive de Billie Holiday, un silence total s'abattit sur l'orangerie.

Ellen Mossing tendit la main pour prendre celle de son mari, mais il la retira avant qu'elle ait eu le temps de la saisir. « Johannes, je crois que nous devons…

— Nous ne devons rien du tout, répliqua-t-il sans quitter Heloise des yeux. Au revoir, mademoiselle Kaldan.

— Appelez-moi si vous changez d'avis », conclut Heloise en quittant le jardin d'hiver.

Heloise actionna la clé à distance et la Ford émit un double bip.

Elle s'assit au volant et leva les yeux vers le rétroviseur. Ellen Mossing la regardait à travers l'une des grandes fenêtres du salon. Heloise vit qu'elle pleurait.

Qu'est-ce qui se passait dans cette famille, au juste ?

Elle fut certaine tout à coup qu'il y avait une zone d'ombre dans cette affaire. Les parents de Christoffer Mossing avaient-ils quelque chose à cacher concernant la mort de leur fils ? Avaient-ils quelque chose à cacher tout court ? Ou bien ne savaient-ils vraiment rien ? On peut vivre une vie entière aux côtés de quelqu'un sans le connaître, Heloise était bien placée pour le savoir. Mais était-ce dans cette direction qu'il fallait chercher ? Christoffer Mossing avait-il eu une vie parallèle à son existence de brillant avocat ? Une vie dont ses parents ignoraient tout ? Et Anna Kiel ? Qu'avait-elle à voir là-dedans ? Et surtout : quel rapport Heloise avait-elle avec cette histoire ?

Elle démarra, sortit lentement de la propriété et tourna à gauche dans Vedbæk Strandvej après avoir passé la grille.

Elle avait décidé de continuer à longer le bord de mer pour jeter un coup d'œil à la maison de Christoffer Mossing, à Taarbæk, sur le chemin du retour. Elle se doutait que la propriété avait dû être vendue depuis le meurtre et qu'elle ne trouverait rien de particulier sur place. Mais elle éprouvait le besoin de voir le lieu du crime. Et elle en avait envie.

Elle prit son téléphone pour vérifier l'adresse et constata qu'elle avait encore reçu un appel de Martin. Elle avait aussi une notification sur Instagram. Ce qui était étrange, car elle ne se servait plus jamais de son compte Instagram. Comme tout le monde, elle avait cédé à ce phénomène de mode, il y a quelques années et, pendant six mois, elle avait téléchargé des photos de ses soirées en ville et de quelques couchers de soleil qui n'étaient jamais aussi beaux qu'en vrai. Mais elle s'était vite lassée de l'exercice et n'avait simplement pas pris le temps de supprimer son profil.

En s'arrêtant à un feu rouge, elle regarda de quoi il s'agissait et constata qu'elle avait été identifiée sur une photo huit minutes plus tôt. Elle lut :

> Anna_Elisabeth_Kiel vous a mentionnée dans un commentaire : « Ta porte était ouverte, @heloisekaldan, alors je suis entrée. »

Le feu passa au vert, mais Heloise ne démarra pas et activa le lien.

« Putain, c'est pas vrai ! » jura-t-elle, les dents serrées tandis que les voitures derrière elle se mettaient à klaxonner.

Elle alla se ranger sur le bas-côté et serra brutalement le frein à main, la peau tendue sur ses phalanges tant elle crispait ses doigts.

La photo qui était apparue à l'écran représentait une vue sur les toits rouge et noir de Copenhague. Le dôme de Marmorkirken s'élevait majestueusement au milieu du cadre, et Heloise reconnut le balcon à partir duquel la photo avait été prise à son store vert foncé effiloché.

Elle composa un numéro et attendit, écoutant les sonneries.

« Allô, la police ? Il y a quelqu'un dans mon appartement. Oui, en ce moment. Elle est chez moi EN CE MOMENT ! »

8

Les cent vingt-sept marches de l'escalier – vieux d'un siècle et demi – grincèrent bruyamment sous les pas de l'inspecteur Schäfer.

La porte de l'appartement situé au cinquième et dernier étage était ouverte, mais, d'une main protégée par un gant, il frappa au chambranle avant d'entrer.

« Salut », dit-il avec un hochement de tête au dactylotechnicien de l'institut de recherche criminelle qui, armé d'un pinceau et d'un pot de poudre d'aluminium, relevait les empreintes digitales dans la petite entrée. « Tu trouves quelque chose ?

— Je suppose que la bonne réponse à cette question est oui. »

L'homme présenta son poing serré à Schäfer. Une forme de salut qui le fit se sentir plus vieux et plus usé que l'immeuble dans lequel ils se trouvaient. Il répondit à ce *check* avec ses propres phalanges et un soupir résigné.

« J'irai jusqu'à dire que l'endroit grouille d'empreintes de mains complètes, partielles, et de traces de doigts.

— Tant mieux, comme ça, tu sais quoi faire du reste de ta journée », rétorqua Schäfer avec une tape d'encouragement dans le dos de l'expert.

Il se faufila entre lui et le mur et pénétra dans le salon. C'était une pièce assez vaste, avec de larges fenêtres et une porte vitrée donnant sur un petit balcon. Visiblement on y avait déjà prélevé de nombreuses empreintes.

Il jeta autour de lui un regard professionnel.

Un trognon de pomme brunâtre et une tasse de café à moitié vide dans laquelle le lait avait séché sur les bords étaient posés sur le rebord d'une fenêtre, et la table était jonchée de paperasse, d'assiettes sales et de miettes de pain. Hormis ce qu'il aurait qualifié de désordre ordinaire et quelques moutons dans les coins, il ne vit rien qui puisse évoquer un cambriolage ou un acte de vandalisme.

Il entendit qu'on parlait dans la pièce voisine et en profita pour aller regarder de plus près les papiers qui encombraient la table. D'un geste précis, il dispersa en éventail les documents comme s'il étalait un jeu de cartes et en survola la teneur. Tous étaient des copies de coupures de journaux concernant le meurtre de Christoffer Mossing.

Il parcourut des yeux plusieurs articles au hasard et s'arrêta sur une déclaration qu'il se souvenait avoir lui-même faite à la presse peu après le crime :

> Nous avons de bonnes raisons de croire qu'Anna Kiel a quitté le pays et avons lancé un mandat de recherche par Interpol.

Il remit les papiers en ordre et alla rejoindre dans la cuisine les deux agents en civil de la brigade anti-cambriolages qui interrogeaient une jeune femme assise à la table de la cuisine. Schäfer ne connaissait pas leurs noms, mais il se rappelait avoir eu l'occasion de voir au moins l'un d'entre eux dans la rue. Il y avait un jeune type roux au teint pâle. L'autre était de type maghrébin, et Schäfer songea qu'il avait la stature d'un immeuble à Dubaï. Il avait presque mal au dos en voyant le pauvre gars obligé de courber l'échine pour pouvoir tenir dans cet appartement bas de plafond, aménagé dans les combles.

Tout le monde se tourna vers lui.

« Bonjour. C'est vous qui habitez ici ? » demanda-t-il à la femme qui acquiesça.

« Inspecteur Erik Schäfer. »

Ils se serrèrent la main.

« Heloise Kaldan. »

Schäfer se tourna ensuite vers ses collègues. « Vous êtes arrivés les premiers ?

— Oui, monsieur. Nous avons reçu l'appel à 14 h 32 et nous étions sur place à 14 h 44. L'appartement était vide, récita le plus pâle des deux. Nous avons appelé l'institut de recherche criminelle immédiatement après vous avoir eu au téléphone et leur technicien est là depuis environ une demi-heure. Il semble avoir déjà trouvé quelque chose, ajouta-t-il d'un air satisfait.

— Bon, attendons de voir ce qu'il a trouvé avant d'ouvrir le champagne, répliqua Schäfer, sèchement. Vous pouvez y aller, je vais prendre le relais. Mais faites en sorte qu'il y ait un rapport sur mon bureau avant de débaucher.

— Ça ne nous dérange pas de rester, monsieur », lança Dubaï, avec un regard qui allait de Schäfer à la jeune femme. Schäfer eut le sentiment que sa proposition avait plus à voir avec le T-shirt blanc de la jeune femme qui la moulait aux bons endroits qu'avec le travail.

« C'est très gentil à vous, mais non. » Il accompagna sa phrase d'un regard appuyé et ils s'empressèrent de sortir après avoir rapidement pris congé. Schäfer les entendit échanger quelques grivoiseries avec le technicien de la police scientifique avant de quitter l'appartement.

« Je peux ? » demanda-t-il à la jeune femme, désignant une chaise face à elle.

« Je vous en prie. »

Il s'assit.

« Je suis sûr que vous avez déjà fourni un tas de réponses à Laurel et Hardy… », dit-il avec un coup d'œil vers la porte d'entrée.

La jeune femme pinça les lèvres pour dissimuler une envie de sourire.

« … Mais j'ai peur d'être obligé de vous demander de recommencer, si je dois vous aider, poursuivit-il. Je crois savoir que, lorsque mes collègues sont arrivés, vous avez demandé à me parler à moi, spécifiquement ?

— C'est exact.

— Pourquoi ?

— Parce que c'est vous qui vous occupez de l'affaire Christoffer Mossing.

— Vous parlez du meurtre de Christoffer Mossing ?

— Oui.

— Quel rapport ?

— Je sais que cela semble absurde, mais comme vos collègues vous l'ont dit au téléphone, je crois qu'Anna Kiel est entrée dans mon appartement aujourd'hui. »

Schäfer se frottait le menton avec l'index et le majeur en la regardant. Bien que sa routine matinale comprenne un rasage méticuleux, à cette heure de la journée, ses poils de barbe commençaient à repousser et son geste s'accompagna d'un crépitement sonore.

« Voilà qui me paraît très improbable. » Il voulait être condescendant et s'aperçut qu'il avait pris un ton paternaliste.

« Assez probable cependant pour que vous preniez la peine d'envoyer aussitôt un technicien de la police scientifique chez moi pour relever des empreintes digitales, alors qu'il s'agissait d'une simple violation de propriété privée. Je ne pense pas que ce soit la procédure habituelle dans ce cas de figure. Surtout quand aucun vol n'a été commis. »

Schäfer haussa les épaules et il lui lança un regard qui disait : *touché !*

« Il était normal que je prenne des précautions à la mesure de l'intruse potentielle qui, ai-je besoin de vous le rappeler, n'est pas n'importe qui. Et maintenant, dites-moi pour quelle raison Anna Kiel voudrait s'introduire chez vous ?

— Je n'en sais rien, mais elle l'a fait et elle a pris une photo depuis mon balcon qu'elle a postée sur Instagram. Regardez le nom du profil ! Je n'invente rien ! » Heloise tendit son portable à Erik Schäfer qui se mit à étudier la photo avec intérêt.

Il se leva pour se poster sur le pas de la porte du salon.

« Est-ce qu'il ne pourrait pas s'agir d'un vieux cliché que vous auriez pris vous-même et partagé sur Instagram ou Facebook ? La personne qui vous l'a envoyé a pu se contenter de le copier et de le coller ensuite ? » Il regardait alternativement la photo sur le téléphone et le balcon.

« Non. »

Schäfer cliqua sur le profil de l'expéditeur. Il était vide en dehors de cette unique photo. Aucune information n'y figurait. Ni utilisateur, ni *follower*, ni *followé*.

« Vous n'imaginez pas le nombre de cas de harcèlement sur les réseaux sociaux qu'on nous signale chaque jour, dit-il. Est-ce que vous avez eu la visite de quelqu'un qui aurait pu prendre cette photo pour vous faire une blague ? Elle peut avoir été prise par l'un de vos amis il y a une semaine, ou un an !

— Certainement pas. Les rares personnes que je reçois chez moi sont des gens en qui j'ai une confiance absolue.

— Un nouveau fiancé, peut-être ? Ou un ex qui vous en voudrait pour quelque chose et aurait voulu se venger ?

— Non, je ne crois pas. » Sa voix était soudain hésitante.

Schäfer l'observa pendant quelques instants. « Vous êtes journaliste, n'est-ce pas ?

— Oui, à *Demokratisk Dagblad*.

— Il me semblait bien que j'avais vu votre nom dans un journal. Vous faites ça plutôt bien, je trouve. »

Elle haussa les épaules. « Merci.

— Ces papiers, là. » Schäfer fit un signe de la tête vers les documents empilés sur la table du salon. « Vous écrivez un article sur Mossing ? C'est pour ça que vous croyez voir des fantômes ?

— C'est vrai que je me suis intéressée à cette affaire, mais ce qui se passe en ce moment n'est pas normal. Il m'arrive des choses que je…

— Une seconde… » L'inspecteur leva une main pour la couper. « Vous n'avez rien à craindre. J'ai d'excellentes raisons de penser qu'Anna Kiel ne se trouve pas au Danemark en ce moment.

— Je sais, rétorqua Heloise Kaldan en se levant. Elle était encore en France il y a dix jours. »

Schäfer tiqua.

Il regarda Heloise Kaldan sans rien dire tandis qu'elle allait fouiller au fond d'une besace en cuir noir, pendue à un crochet près du réfrigérateur.

« Je ne vois pas de fantômes », dit-elle en le rejoignant à la porte du salon et en lui tendant deux enveloppes bleu ciel. « Anna Kiel essaye même de me dire quelque chose. »

9

Anna dut attendre plusieurs sonneries avant qu'on réponde.

Elle avait réussi à dénicher l'une des dernières cabines téléphoniques encore en état de marche dans les rues de Dijon. La plupart avaient été démolies depuis longtemps et remplacées par… rien du tout. Partout dans la ville on tombait sur des coins de rue déserts et laids où des fils coupés émergeaient de l'asphalte gris comme d'horribles œuvres d'art remontant à un lointain passé.

« Nick ?

— Oui.

— C'est moi.

— Je sais. On m'a dit que c'était vous. Et personne d'autre ne m'appelle au téléphone.

— Je suis repartie. Vers le nord. Je crois qu'on m'a reconnue.

— Qui vous a reconnue ? demanda son interlocuteur d'une voix inquiète. Lui ?

— Non. Une femme. C'est peut-être sans importance. Mais je n'ai pas osé rester au même endroit.

— Anna, si vous le voyez – ou si vous voyez quelqu'un qui lui ressemble, même un tout petit peu – vous prenez vos jambes à votre cou, d'accord ?

— D'accord.

— Je parle sérieusement. Il n'hésitera pas une seule seconde à vous découper en morceaux. Vous n'avez aucune idée à quel point cet homme est dangereux.

— J'en ai une idée assez précise, figurez-vous. » Sa voix était glaciale. « Je le sais mieux que vous. Alors cessez de me parler comme si c'était à vous de me protéger. Vous n'êtes pas mon père. »

Il y eut un blanc avant qu'il demande prudemment : « Sinon, il y a du nouveau ? Vous lui avez envoyé la lettre ?

— Je lui en ai envoyé deux.

— Bon. Bien. Très bien.

— Vous m'avez promis de me donner l'adresse de l'endroit où il passe ses vacances.

— Il séjourne dans un hôtel qui s'appelle le Grand Hyatt Martinez. À Cannes.

— À quel moment ?

— Il y passe les trois premières semaines de juin, chaque année, sans exception.

— Seul ?

— A priori, oui. En tout cas, il part seul. Je ne sais pas si quelqu'un le rejoint, une fois qu'il est là-bas… »

Un silence pesant s'installa entre eux.

« Et les fichiers ? demanda Anna, enfin.

— Vous aurez ce que vous attendez quand j'aurai ce que j'attends, répliqua-t-il. Débrouillez-vous pour faire venir Heloise à Paris.

— Juste une chose, Nick.

— Oui.

— Comment vous accommodez-vous avec votre conscience ? »

Il rit. D'un rire triste et rauque. « Mal. Et vous ? »

Elle prit un instant pour se poser la question.

« Très bien », dit-elle. Et elle raccrocha.

10

Heloise frottait ses doigts avec une brosse à ongles au-dessus de l'évier de sa cuisine pour en retirer l'encre noire. Le technicien du laboratoire scientifique avait pris ses empreintes digitales, avant de partir.

« On procède par élimination », avait-il précisé.

Avec des doigts presque propres, elle prit une grappe de tomates et une pêche dans un saladier posé sur le rebord de la fenêtre et sortit du réfrigérateur une grosse boule de mozzarella *di bufala*.

« Je n'ai presque rien mangé, aujourd'hui. Si je n'avale pas quelque chose, je vais tomber d'inanition », informa-t-elle Schäfer.

Sans quitter des yeux les lettres sur la table, il lui fit signe qu'il n'y voyait aucun inconvénient.

Heloise l'observait du coin de l'œil tandis qu'elle rinçait les fruits et les découpait. Il y avait quelque chose de troublant dans la virilité puissante qui émanait de lui. Elle avait un peu l'impression de voir tout à coup Tony Soprano assis dans sa cuisine et s'attendait presque à ce qu'il se mette à parler anglais avec un léger cheveu sur la langue et un fort accent du New Jersey.

Il était intimidant. Il se dégageait de lui une forte autorité, mais surtout une grande gentillesse.

« Vous n'avez pas faim ? Ça vous dit un dîner de bonne heure ? »

Elle posa un bouquet de basilic et une poignée de feuilles de menthe sur la planche à découper et entreprit de hacher les fines herbes.

Schäfer examina les aliments qu'elle avait disposés sur la table de la cuisine et il secoua la tête, désolé.

« Ç'aurait été avec plaisir, mais mon médecin m'a recommandé un régime très strict.

— Laissez-moi deviner…, dit Heloise en souriant, un sourcil en l'air. Un régime à base de gros steaks saignants ?

— Gagné ! »

Heloise hocha la tête.

Son physique ventripotent et son teint rubicond dénonçaient des habitudes alimentaires pour le moins malsaines. Et en plus il était fumeur. Elle sentait son odeur de nicotine depuis l'autre bout de la cuisine.

« Mais il est assez tard pour que vous puissiez en boire une petite… » Elle décapsula une Heineken bien fraîche et la lui tendit.

« Maintenant qu'elle est ouverte », répondit-il en acceptant la bière.

Heloise arrangea tous les aliments crus sur un plat. Elle les arrosa d'huile d'olive vierge, les assaisonna avec un peu de sel et de poivre au moulin et saupoudra l'ensemble avec les herbes aromatiques.

Puis elle s'installa en face de Schäfer et commença à manger à même le plat.

« Que pensez-vous de Christoffer Mossing ? Sa vie semble n'avoir été qu'Amour, Gloire et Beauté jusqu'à ce que sa rencontre avec Anna Kiel l'arrache brutalement à tout ça. Vous y croyez, vous, aux images d'Épinal, ou bien tout cela cachait-il quelque chose ?

— A priori, il semble que ce n'était rien d'autre qu'un gentil garçon. Enfin, dans la mesure où on peut être gentil quand on est avocat. »

Son regard se posa sur la salade.

« C'est ça que vous mangez quand vous êtes sur le point de tomber d'inanition ? Un peu de salade de fruits et un morceau de fromage blanc ? Vous ne consommez ni pain, ni viande, ni rien d'un peu consistant ? »

Heloise fronça le nez. « Je n'aime pas beaucoup la viande. »

Schäfer secoua la tête avec une moue désapprobatrice et reprit :

« Cela dit, Mossing était avocat de la défense et il représentait pas mal de salopards – des salopards pleins aux as, bien entendu – et il était très efficace.

— Alors il devait aussi y avoir des gens pour lui en vouloir. Ses adversaires, entre autres. Un homme comme lui n'a-t-il pas un tas d'ennemis ?

— Si, bien sûr, il y a un tas de gens qui ne le portaient pas dans leur cœur. Mais un seul l'a tué. »

Heloise réfléchissait en mangeant. « C'est vrai qu'elle s'est plantée devant la caméra de surveillance après le meurtre et qu'elle a fixé l'objectif pendant plusieurs minutes ? »

Schäfer but une gorgée de bière sans la quitter des yeux. « Mm-hmm.

— Et il n'y a aucun risque que vous vous soyez trompés ? Qu'Anna Kiel se soit fait piéger et qu'on ait voulu faire croire à sa culpabilité ?

— En admettant que quelqu'un l'ait forcée à entrer dans la maison, que cette personne ait tué Christoffer Mossing pendant qu'elle protestait énergiquement contre un acte aussi barbare, que l'assassin ait planté ses empreintes digitales à elle sur l'arme du crime et qu'il l'ait aspergée du sang de la victime, c'est une possibilité.

— Hmm.

— Écoutez, mademoiselle Kaldan, je vais vous dire le fond de ma pensée : je serais vraiment sur le cul si nous avions fait fausse route. »

Heloise hocha la tête, légèrement perplexe. « Mais pourquoi a-t-elle fait ça ?

— Pourquoi elle l'a tué ? Pourquoi elle a regardé l'objectif comme si elle avait un message à délivrer ? Pourquoi elle vous envoie des lettres à vous, aussi longtemps après, en admettant que ce soit bien elle qui les ait écrites ?

— Vous n'avez aucune piste ? lui demanda Heloise. Sur le mobile, je veux dire.

— Rien de concluant. Mais *elle* a certainement une bonne explication. Peut-être que ce sont des voix dans sa tête qui lui ont ordonné d'agir. Peut-être a-t-elle croisé Mossing dans la rue ou dans la queue d'un supermarché et qu'elle a vu en lui un monstre qu'il lui appartenait d'éliminer. Il ne semble pas que sa motivation soit d'ordre rationnel, en tout cas. Comme vous l'avez sûrement lu dans l'article qu'*Expressen* a consacré à l'affaire, Anna était mentalement instable depuis longtemps, et plusieurs psychologues scolaires ont confirmé que c'était une femme profondément perturbée qui avait déjà montré des signes de psychopathie à un très jeune âge. Ah oui, c'est vrai. On n'a plus le droit d'appeler ça comme ça, maintenant. Aujourd'hui on parle de personne souffrant d'un trouble de la personnalité antisociale – j'aurais tout entendu. Mais quel que soit le nom qu'on emploie pour les définir, ce sont quand même de sacrés tarés.

— Trouble de la personnalité antisociale », répéta Heloise. Elle ouvrit un calepin posé sur la table et cliqua sur l'extrémité de son stylo à bille. « Ça veut dire quoi, exactement ?

— Ça, vous pouvez le ranger, dit l'inspecteur en faisant référence au stylo et au bloc-notes. Tout ce que nous nous sommes dit aujourd'hui reste officieux. »

Heloise referma son carnet.

« Un malade psychopathe peut facilement devenir agressif. Il est indifférent aux sentiments des autres. Il réagit à ses propres émotions de manière excessive et ne comprend tout simplement pas que ses actes puissent avoir des conséquences. Rien n'est jamais de sa faute. Tout est la faute des autres. Bref, il est complètement imprévisible.

— Et vous dites que c'est le diagnostic avancé par le psychologue scolaire d'Anna ?

— *Les* psychologues ! Elle en a vu plusieurs. Elle a été renvoyée de plusieurs écoles. Dans l'une d'entre elles, elle a menacé son professeur de mathématiques. Elle a téléphoné chez lui et dit à sa femme qu'elle allait lui tirer dessus le lendemain quand il viendrait au collège sur son vélo. Apparemment, elle n'était pas fan des équations.

— Et dans l'école suivante ?

— Dans la suivante, elle a balancé une raquette dans la figure d'un autre élève pendant le cours d'EPS. Il aurait maté les filles pendant qu'elles se changeaient dans le vestiaire. » Schäfer termina sa bière. « Ça lui a valu un nez cassé. »

Heloise porta machinalement la main à son nez.

« Ça paraît dingue. Comment se fait-il qu'elle n'ait pas été dirigée vers un centre d'éducation pour jeunes en difficulté, ou une institution de ce genre ?

— Parce qu'elle n'avait que douze ans et qu'on n'a pas appelé la police. Personne n'a porté plainte, personne n'a tiré la sonnette d'alarme. On s'est contenté de régler le problème par la musicothérapie et les réunions pédagogiques.

— Régler le problème ? On n'a rien réglé du tout !

— Ah, vous trouvez aussi ?

— Et ses parents, ils étaient où pendant ce temps-là ?

— Je n'ai pas l'impression qu'ils se soient beaucoup intéressés à leur fille. Le père a décroché un job au Groenland quand sa fille avait huit ou neuf ans et il s'est trouvé une belle petite Inuite là-haut. Il a divorcé de la mère d'Anna et il a fait une chiée de mômes à la nouvelle. On n'a plus jamais entendu parler de lui.

— Et la mère ? Je crois savoir qu'elle tient un pub à Herlev ?

— Exact. La Lanterne.

— Quel genre de femme est-ce ?

— Distinguée. Agrégée de philosophie.

— Sérieux ?

— Bien sûr que non. Elle tient un bar. Servez-vous de votre imagination. »

Heloise se redressa sur sa chaise, l'air faussement indigné. D'un côté, elle aimait assez son style direct et irrévérencieux. Elle avait toujours préféré les gens qui appelaient un chat un chat. Pour elle, mieux valait une insulte franche qu'un mensonge poli. Au moins, on savait à quoi s'en tenir. Mais de l'autre, elle était choquée qu'un homme dans sa position se permette de juger les gens de manière aussi arbitraire.

« S'il y a une chose que j'ai apprise depuis vingt-huit ans que je travaille dans la police, c'est à juger les gens, dit Schäfer, comme s'il avait lu dans ses pensées. Et malheureusement, je suis le plus souvent en dessous de la vérité.

— C'est-à-dire ?

— C'est-à-dire que la plupart des individus s'éloignent très peu des stéréotypes. La pute heureuse, le politicien honnête, le champion non dopé ? Vous pouvez les sortir de votre tête. Ils n'existent pas.

— Et le journaliste objectif ? »

Schäfer retint un éclat de rire. « Ha ! L'objectivité n'existe pas. Et encore moins chez les journalistes. Vous êtes beaucoup trop imbus de vous-mêmes, si vous me permettez de l'exprimer ainsi. Mais ne me faites pas dire ce que je n'ai pas dit : je suis convaincu que vous croyez dur comme fer à la sincérité de votre démarche dans votre quête de la vérité. En revanche, quand une femme soupçonnée de meurtre vous envoie des messages personnels, vous ne me ferez pas croire que c'est son rôle dans l'histoire qui vous intéresse le plus. C'est le vôtre. Et ce qui vous excite, c'est l'article que vous allez écrire.

— Et alors, je ne vois pas ce qu'il y a de mal à ça ! rétorqua Heloise, les bras croisés.

— Je ne dis pas que c'est mal, je dis que c'est égocentré.

— Et quand vous mettez un criminel derrière les barreaux, vous le faites uniquement pour le bien de la société ? Ça ne titille pas aussi un peu votre ego ?

— Si, bien sûr, dans ces cas-là, je trouve que je suis un mec génial, acquiesça-t-il. Ce que je veux dire, c'est que la majorité d'entre nous essaie juste de se montrer à la hauteur de ce que les autres attendent de nous. Et avouez qu'il n'y a rien de surprenant à ce qu'on ne fasse pas confiance à un journaliste. Vous avez presque toujours des intentions cachées. »

Heloise posa sa fourchette et écarta le plat.

« Ellen Mossing ne m'a pas donné l'impression d'avoir de réserve à mon égard, dit-elle en se levant de table. Vous voulez une autre bière ? Un café, peut-être ? »

Schäfer secoua la tête. « Vous avez parlé à Ellen Mossing ?

— Oui. Aujourd'hui. Je quittais Vedbæk quand cette photo Instagram est arrivée sur mon portable. »

Schäfer s'appuya au dossier de sa chaise et croisa les mains sur sa nuque. « Ben, merde alors ! Je suis très surpris qu'elle vous ait laissée entrer. Travailler avec Johannes Mossing a été un enfer.

— Dans quel sens ?

— Dans tous les sens.

— Il n'a pas eu l'air très content de me voir non plus.

— De quoi avez-vous parlé, Mme Mossing et vous ?

— Nous n'avons pas eu le temps de parler de grand-chose avant que Johannes Mossing entre et qu'il demande à son employée de maison de me reconduire à ma voiture. »

Schäfer hocha la tête. « Ah oui, là, on parle du même bonhomme.

— Pourquoi a-t-il refusé de collaborer avec la police ? C'est bizarre, je trouve. Il a autant intérêt que vous à voir condamner l'assassin de son fils, non ? »

Schäfer ignora sa question. Il désigna les deux lettres sur la table. « Vous auriez deux sacs congélation à me donner pour ça ? »

Heloise allait protester, mais il l'arrêta d'un geste.

« Elles ont sans doute déjà été polluées par les empreintes d'un tas d'autres personnes, mais je tiens quand même à les faire analyser. Il n'est pas impossible non plus que l'ADN de l'expéditrice se trouve dans la colle du timbre. »

Heloise avait déjà pris les lettres en photo avec son iPhone et téléchargé des copies sur iCloud. Elle alla chercher les sacs congélation demandés.

Schäfer remit ses gants et glissa chaque lettre dans une poche séparée.

« Qu'est-ce que je fais en attendant ? » lui demanda Heloise.

Schäfer se leva et ferma la fermeture Éclair de son

blouson en daim fauve. Il sortit son portefeuille de la poche arrière de son jean et lui tendit sa carte.

« Appelez-moi si vous recevez d'autres lettres de ce genre ou de nouvelles photos mystérieuses sur les réseaux sociaux. Sinon, je vous conseillerais juste de rester tranquille et de garder les oreilles et les yeux ouverts. »

Il regarda autour de lui dans l'appartement.

« Vous avez un petit ami ou quelqu'un qui pourrait venir vous tenir compagnie, cette nuit ? »

Heloise secoua la tête.

« Alors gardez votre porte fermée à clé. » Il tendit la main et elle la serra.

« Vous n'avez pas répondu à ma question concernant Johannes Mossing, dit-elle. Pourquoi refuse-t-il de collaborer avec la police ? »

Schäfer hésita un instant avant de répondre. Puis il dit : « Je crois qu'il a engagé des hommes à lui pour chercher Anna Kiel.

— Vous ne parlez pas sérieusement ! » Cette pensée était si absurde qu'Heloise ne put s'empêcher d'éclater de rire. « Vous croyez qu'il a l'intention de lui faire quoi, s'il la retrouve ? »

Schäfer commença à se diriger vers la porte.

« Contentez-vous de garder votre porte fermée », lui conseilla-t-il de nouveau, avant de sortir.

Heloise se rendit sur le balcon et le regarda traverser la rue et s'asseoir au volant d'une Opel Astra noire, garée à cheval sur le trottoir.

Quand il fut parti, elle rangea la cuisine après son frugal dîner. Elle avait la tête comme un flipper dans lequel il y aurait eu cent billes en jeu en même temps. La fatigue s'abattit sur elle comme un drap mouillé et elle se sentit étrangement épuisée et glacée.

Elle laissa tomber la vaisselle et alla se coucher tout habillée, alors qu'il faisait encore jour dehors. Mais elle ne parvint pas à trouver le sommeil. Les oiseaux chantant la fin de l'été transperçaient le ciel de leurs pépiements bruyants et elle prit deux antalgiques qu'elle avala avec un fond de verre d'eau qui prenait la poussière depuis la veille sur sa table de nuit.

Puis elle se coucha en position fœtale, un oreiller pressé contre son oreille libre et attendit que l'océan déchaîné de ses pensées s'apaise.

11

Heloise fut réveillée par un bruit venant de l'extérieur. Ou alors ce fut l'étrange silence qui régnait dans l'immeuble qui la tira du sommeil.

Elle resta un moment à cligner des yeux sans les ouvrir tout à fait, tendant l'oreille.

Elle compta dix battements de cœur.

… Silence.

Ses paupières se refermèrent et elle était sur le point de se rendormir quand elle l'entendit de nouveau. Un mouvement. Un grattement presque imperceptible.

Elle s'assit toute droite dans son lit.

Qu'est-ce que c'est? Est-ce que le bruit vient de la cage d'escalier? Ou du salon?

Elle bascula les jambes hors du lit, alla sur la pointe des pieds prendre sa batte de base-ball dans le coin de sa chambre où elle la gardait en permanence.

Elle s'arrêta sur le seuil entre sa chambre et le séjour, pour prendre le temps de s'orienter dans le noir. Elle apercevait en ombres chinoises tous les détails de la pièce. Tout semblait être à sa place, elle ne remarquait rien d'anormal.

Sans bouger, elle écouta.

Puis elle entra doucement, la batte levée au-dessus de l'épaule droite, prête à frapper de toutes ses forces.

Il n'y a personne. Et dans la cuisine ? Est-ce qu'il y a quelqu'un dans la cuisine ?

Heloise aperçut alors un rai de lumière sous la porte d'entrée et une ombre mouvante sur le palier. Elle était tellement silencieuse qu'elle entendait les battements de son cœur dans ses oreilles, tandis qu'elle avançait en évitant les lattes dont elle savait qu'elles grinçaient.

Son visage n'était qu'à quelques centimètres du judas quand on frappa à la porte.

Elle fit un bond en arrière et trébucha sur son sac d'ordinateur. La batte de base-ball atterrit sur le plancher nu dans un grand choc et, fébrile, elle la chercha à tâtons dans l'obscurité.

« Heloise ? »

Elle se figea en entendant la voix qui venait de prononcer son nom.

« Heloise, j'entends que tu es là. Ouvre-moi ! »

Elle ressentit d'abord un soulagement, puis de la colère. Elle se releva, alluma la lumière, tourna le verrou et ouvrit la porte à toute volée.

« Qu'est-ce que tu viens foutre ici au milieu de la nuit ? » Sa voix était perchée trois octaves au-dessus de la normale, hystérique et furibonde. « J'ai cru que c'était un cambrioleur. » Martin Duvall la regardait des pieds à la tête d'un air surpris.

« Il n'est que 10 heures et quart ! Tu dormais déjà ? » Il tendit la main pour lui toucher le visage. « Tu as des marques d'oreiller sur la joue. »

Heloise recula la tête.

« Qu'est-ce que tu veux ? » lui demanda-t-elle, serrant ses bras autour d'elle. Elle était fatiguée, elle avait froid, et exposée au regard de Martin dans son costume sur mesure, propre et parfumé et... outrageusement séduisant, elle était cruellement consciente d'avoir l'air de quelqu'un qui a dormi dans ses vêtements. Comment quelqu'un pouvait-il être aussi sexy et aussi agaçant à la fois.

Merde.

« J'aimerais te parler, dit-il. Je peux entrer ?

— Non, tu ne peux pas entrer. » Elle mit la main sur la poignée de la porte et lui fit un barrage de son corps.

« Je t'ai appelée et écrit une centaine de fois. Pourquoi est-ce que tu ne prends pas ton téléphone ?

— Parce que tu n'as rien à me dire que j'aie envie d'entendre.

— Heloise, je te jure que j'ignorais que ces documents étaient...

— Ça m'est égal.

— Écoute-moi au moins !

— Non, toi tu vas m'écouter, dit-elle d'une voix sourde. Je me fiche de savoir pourquoi tu as fait ce que tu as fait, tu comprends ? Je n'en ai rien à faire de tes explications et je n'en ai rien à faire de toi. Va-t'en, Martin.

— Tu n'en as rien à faire de moi ? » Son regard cherchait celui d'Heloise.

Elle secoua la tête sans le regarder.

« Je ne te crois pas, dit-il.

— Va-t'en, s'il te plaît », supplia-t-elle en essayant de fermer la porte.

Il l’en empêchait, une main sur le battant. « J’ai démissionné, Heloise. »

Sa phrase eut l’effet escompté.

« C’est ça que je suis venu te dire, continua-t-il. Tu n’es pas la seule à avoir été menée en bateau. Moi aussi on m’a manipulé, figure-toi. »

Il avait l’air fatigué. Pas découragé, ni abattu, juste fatigué.

Quand Heloise commença à parler, ce fut à travers la porte mi-close.

« Tu as vraiment démissionné ?

— Oui.

— Pourquoi ?

— Parce que j’ai compris ce qui s’était passé quand ton article a été descendu en flèche, jeudi dernier. » Il repoussa doucement la porte de quelques centimètres pour la voir.

Heloise accepta de le regarder dans les yeux.

« Je ne t’ai pas menti, dit-il. Je ne savais pas. »

Il y eut un long silence entre eux.

Puis elle recula d’un pas et lui ouvrit sa porte.

12

L'une de ses incisives était de travers. Elle était aussi un peu plus grande et un peu plus foncée que l'autre. C'était le seul détail de son visage qui ne soit pas parfaitement symétrique. C'est peut-être pour cela qu'Heloise aimait tant cette dent : il y avait quelque chose de terriblement attendrissant dans ce sourire imparfait.

« Tu as l'intention de faire une déclaration ? » lui demanda-t-elle alors qu'ils prenaient le petit déjeuner dans sa cuisine.

« Officielle, tu veux dire ?

— Oui, officielle. »

Martin se tourna vers la fenêtre et un rayon de soleil vint éclairer son visage, l'obligeant à fermer les yeux un instant. « Je crois que je n'ai pas le choix.

— Cela pourrait nuire à ta carrière, lui rappela-t-elle.

— Si j'avais ce genre de préoccupation, je serais resté au ministère.

— Jusqu'à quel niveau de la hiérarchie crois-tu pouvoir remonter ? Qui t'a donné les documents ?

— Carsten Holm, répondit-il en buvant la dernière gorgée de son café.

— Le Roi-Soleil ? »

Holm était le bras droit du ministre de l'Industrie et son conseiller personnel. C'était un homme de haute taille, perpétuellement bronzé, et il était presque aussi connu dans la presse pour sa consommation de cocaïne et de femmes que pour son talent de stratège.

« À ton avis, quelle probabilité y a-t-il que le ministre ait été au courant ?

— Bien sûr qu'il était au courant, dit Martin. C'est peut-être même lui qui a eu l'idée. »

Heloise réfléchit brièvement aux conséquences que cela entraînerait si cette hypothèse était avérée. Si le ministre avait fait passer des faux à la presse pour mettre des bâtons dans les roues à l'une des plus grandes entreprises du pays dans le but de sauver des emplois, ce serait le plus gros scandale politique de l'année. Il serait obligé de quitter le gouvernement à moins qu'il ne choisisse d'utiliser son plus proche collaborateur comme fusible.

« Comment Carsten Holm savait-il que nous nous connaissions, au fait ? Pourquoi t'a-t-il demandé de m'apporter ces documents ? »

Martin toussota, le poing devant la bouche, et il se leva de table. « Je peux refaire du café ? Tu en veux ?

— Je veux bien, merci. »

Il alla lancer deux cafés sur la machine Nespresso, versa du lait dans le réservoir pour préparer de la mousse de lait, mais omit de remettre le couvercle. La machine se mit à fouetter et de petites gouttes blanches giclèrent et atterrirent sur son ventre nu.

Il prit une petite cuillère et posa un nuage de mousse

à la surface du café d'Heloise, exactement comme elle l'aimait, puis il revint à table et lui tendit la tasse.

« Tiens.

— Merci. » Elle but une gorgée de son Espresso Shot. « Martin ?

— Oui, Heloise, dit-il en baissant les yeux vers elle d'un air innocent.

— Je t'ai posé une question.

— Ah, oui, peut-être. Mais tu m'en poses tellement. » Il se tortilla un peu, sourit, pas très à l'aise.

Il savait qu'Heloise ne le lâcherait pas et il finit par lui répondre :

« Holm savait qu'on se connaissait parce que je lui ai parlé de toi, voilà. »

Heloise fronça les sourcils. « Et pourquoi lui as-tu parlé de moi ?

— À ton avis ? » Il haussa les épaules. « Parce que je suis fou de toi, tiens ! »

Elle cligna des yeux, perplexe. « Euh… d'accord… »

Martin tourna Heloise vers lui et s'assit face à elle. Il rapprocha sa chaise en faisant crisser les pieds sur le plancher. « Pour une journaliste d'investigation, je trouve que tu ne saisis pas très vite. »

Il se pencha vers elle et l'embrassa.

Heloise ne savait pas quoi dire. Un tas de pensées désordonnées s'entrechoquaient dans sa tête.

Tu ne te rends pas compte que tu te lances dans une entreprise désespérée ?

« Si tu as réellement l'intention de révéler la vérité dans cette histoire, il est temps qu'on s'y mette, dit-elle en se redressant brusquement.

— OK. »

Martin se leva et fila dans la chambre. Quand il revint, il était presque habillé.

« On procède comment ? » Il boutonnait sa chemise, appuyé au montant de la porte de la cuisine. « Je propose qu'on reprenne tout depuis le début. Mais tu as peut-être une autre idée ?

— Je ne peux pas écrire cet article. Nous allons être obligés de faire appel à quelqu'un d'autre.

— Pourquoi ?

— Parce que je me suis décrédibilisée pour tout ce qui concerne l'entreprise Skriver en écrivant un article truffé d'informations inexactes. » Elle regarda Martin enfoncer les pans de sa chemise dans la ceinture de son pantalon. « Et le fait que je couche avec ma source n'arrange pas les choses. »

Martin haussa les épaules. « Évidemment, vu sous cet angle… »

Elle se leva et alla porter leurs tasses dans l'évier, où elles vinrent rejoindre la pile d'assiettes sales qui s'y amoncelaient déjà.

« J'ai un collègue au journal. Un journaliste d'investigation, comme moi. Il s'appelle Mogens Bøttger. Il est bon et on peut lui faire confiance.

— OK. »

Martin allait la rejoindre près de l'évier quand son regard fut attiré par un bout de papier sur le sol.

Il se baissa pour le ramasser.

« Erik Schäfer, police criminelle de Copenhague », lut-il à haute voix avec un regard interrogateur vers Heloise.

« Qu'est-ce que cette carte de visite fait ici ? »

Heloise hésita à répondre. Puis elle secoua la tête et le chassa de la cuisine.

« Je te raconterai ça plus tard. Allons voir si on trouve Mogens au journal. »

*

Martin lui prit la main dans l'ascenseur qui les emmenait au troisième étage. Heloise retira sa main juste avant l'ouverture des portes.

« C'est par là, dit-elle, le précédant dans le couloir de la rédaction.

— C'est ici que tu viens bosser tous les jours ? » Il regarda autour de lui avec intérêt.

Heloise acquiesça. « En tout cas, j'y passe presque quotidiennement. Mais je n'y reste pas. Mon travail s'effectue principalement sur le terrain. Je rencontre mes sources, je fouille dans des archives, ici et là, je fouine dans des endroits où je ne suis pas la bienvenue. Le quatrième pouvoir, tout ça. »

Il y avait quelque chose de bien plus intime à le voir au journal qu'à l'avoir dans son lit. C'était comme si tout le bâtiment retenait son souffle. Comme si les portraits des anciens rédacteurs en chef les suivaient des yeux tout le long du couloir.

Ils trouvèrent Bøttger assis à son bureau, confortablement installé au fond de son fauteuil, les jambes croisées sur la table. Il était en train d'impressionner une jeune stagiaire, debout, un dossier fébrilement serré contre sa poitrine, avec une anecdote de sa carrière de journaliste primé. En voyant Heloise, il se désintéressa aussitôt de la jeune femme qu'il chassa d'un geste.

Heloise s'arrêta à son propre bureau et suivit ostensiblement la stagiaire des yeux, avant de s'adresser à son collègue.

« Tu sais que tu n'as pas le droit de toucher aux stagiaires, n'est-ce pas ?

— Elle, là ? Tu plaisantes ? ricana-t-il. Je pensais que tu avais une plus haute opinion de moi, Kaldan. »

Heloise décida de laisser tomber les chicanes de bureau, un sport qu'ils appréciaient pourtant tous les deux et qui pouvait parfois durer des heures.

Elle désigna Martin à son côté.

« Mogens, je voudrais te présenter Martin Duvall. »

Bøttger se leva et tendit une paluche poilue de la taille d'un gant de base-ball.

« Bonjour, moi c'est Mogens.

— Martin Duvall.

— Martin est directeur de la communication au ministère de l'Industrie, expliqua Heloise. Enfin, il l'était. Jusqu'à récemment. Il vient de démissionner.

— Ah, vraiment ?

— Apparemment il s'est passé des choses assez louches ces derniers temps dans ce ministère. Des choses qui risquent de faire perdre son poste au ministre ou au moins de faire tomber son numéro 2, l'éternellement bronzé Carsten Holm, de son perchoir.

— Voyez-vous ça ? » Ses yeux brillaient et Heloise savait qu'il était déjà ferré.

« C'est pourquoi je me suis dit que pour une fois

– sachant que je suis moi-même très occupée par une affaire qui aurait normalement dû être de ton ressort – je pourrais peut-être arriver à te convaincre de reprendre un sujet sur lequel j'ai déjà travaillé ? »

Bøttger ferma un œil, étudiant attentivement sa consœur de l'autre.

« On peut savoir de quoi il s'agit, exactement ? »

Heloise regarda au-dessus de son épaule avant de répondre.

« De l'affaire Skriver. »

*

À l'accueil, on remit à Heloise les clés d'une voiture du journal. Elle avait laissé Martin dans une salle de conférence en compagnie de Mogens Bøttger, d'une Thermos de café et d'un dictaphone. Connaissant son confrère, elle savait qu'il ne ressortirait pas de la pièce avant d'avoir exhumé le plus infime détail de l'endroit le plus reculé de la mémoire de Martin.

Heloise quitta le journal et marcha vers la place Sankt Annæ où, selon la standardiste, la Ford était garée. Elle avait essayé de joindre la mère d'Anna Kiel par téléphone, mais personne n'avait répondu, alors elle avait décidé d'aller la trouver sur son lieu de travail, dans le pub qu'elle tenait à Herlev.

Il était encore tôt et la rue grouillait d'activité. Le café en face du journal était bondé de jeunes hipsters buvant des jus de fruits bio en terrasse et comparant leurs maigres bras tatoués et leurs barbes hirsutes. Heloise n'arrivait pas à comprendre comment cette mode avait pu prendre à ce point chez les hommes entre vingt et trente ans. Elle trouvait cela aussi incohérent que s'ils s'étaient fait une fausse tonsure et dessiné des rides factices au stylo-feutre.

Elle marchait d'un pas vif et ne remarqua Ulrich Andersson que lorsqu'il fut arrivé à sa hauteur et qu'il lui eut pris le bras.

« Continue à marcher », lui dit-il en la pilotant doucement mais fermement le long de Store Strandstræde.

Heloise jeta un coup d'œil machinal derrière elle, mais elle le suivit sans résistance.

« Ulrich ! Tu peux me dire ce qui se passe ? »

Elle avait presque oublié le coup de fil qu'elle lui avait passé l'autre jour. Elle ne l'avait pas revu depuis qu'il avait quitté le *Demokratisk Dagblad* et ils n'avaient pas souvent eu l'occasion de se croiser du temps où ils travaillaient pour le même journal. Elle se souvenait de lui comme d'un type arrogant et assez grossier. Du genre à se moquer des interdictions de fumer et de la déontologie de la presse, et grosso modo à faire ce qu'il voulait sans se préoccuper des autres.

L'homme qui marchait à son côté ressemblait à une bière pression restée trop longtemps au soleil. Ses cheveux d'un blond vaguement roux, attachés à la va-vite dans sa nuque, pendaient sous une casquette bleue délavée des New York Yankees couvrant sa calvitie, et ses vêtements usés et beaucoup trop grands flottaient sur son corps maigre.

Il vit les clés dans la main d'Heloise. « Où est ta voiture ?

— Ce n'est pas la mienne, mais elle est là-bas, répliqua-t-elle avec un signe de la tête.

— OK, allons faire un tour. » Il tendit la main.

Heloise serra les clés dans son poing. « Si tu veux, mais c'est moi qui conduis. »

13

Une douleur se propagea en zigzag dans le bras de Stefan lorsqu'il alluma sa cigarette. Il jura doucement et souffla brusquement la fumée par le nez.

« Fracture du quatrième métacarpe », avait dit le radiologue avant de lui demander comment c'était arrivé.

« Accident du travail », lui avait-il répondu en riant intérieurement.

Trois semaines auparavant, un professeur de sport à Risskov avait failli craquer. Il n'avait pas posé les bonnes questions et ç'avait été dommage pour lui. On avait demandé à Stefan de régler le problème et il avait tenté de raisonner le bonhomme. D'abord en s'adressant à ses démons intérieurs, puis en menaçant sa famille. Dans un premier temps, ça l'avait calmé.

En général, il n'en fallait pas plus pour les mettre au pas.

Mais Stefan avait eu l'impression que l'homme n'avait pas encore bien compris qu'on ne plaisantait pas avec les affaires. Il y avait trop d'argent en jeu, trop de vies qui risquaient d'être gâchées par un lâche encombré de scrupules. Soit on faisait partie de l'équipage, soit on passait par-dessus bord. Ce n'était pas plus compliqué que ça.

L'homme avait lutté pour sa vie.

Stefan ne pouvait pas prévoir qu'un avorton dans son genre avec ses longs doigts fins ferait preuve d'une telle résistance et donnerait des coups pareils. Il avait tapé dans le vide comme un fou furieux et réussi à placer un ou deux solides directs avant que Stefan ne parvienne à le pacifier d'un uppercut.

L'homme s'était écroulé par terre avec un bruit sourd, comme une chaise longue défectueuse.

Stefan avait contemplé sa victime, gisant à ses pieds, sans connaissance, si fragile – comme un œuf à peine sorti du cul d'une poule. Une seule pression au bon endroit et sa coquille se briserait.

Stefan avait senti une pulsion en lui. Une envie soudaine de placer la tête de cet homme dans un angle qui exposerait la partie la plus vulnérable, aller chercher le marteau de forgeron dans la caisse à outils de son pick-up et frapper, frapper encore, faire un feu d'artifice de sang, de cervelle et de débris de boîte crânienne. Mais non. Le résultat eût été inesthétique et salissant, et il n'avait pas le temps de s'accorder ce petit plaisir.

Alors, il avait enroulé une corde autour de son cou, serré, et attendu.

Il était sorti en bateau du port d'Aarhus une demi-heure plus tard, avait poussé le corps sans vie par-dessus bord et l'avait regardé s'enfoncer dans l'eau noire, le torse entouré d'une lourde chaîne, jusqu'à ce qu'il disparaisse.

Au début, l'histoire avait occupé les médias, mais cela n'avait pas duré, et à présent la police de l'est du Jutland avait décidé d'interrompre les recherches jusqu'à ce que de nouveaux éléments permettent de relancer l'enquête. La famille de la victime, elle, n'avait pas baissé les bras. Elle avait créé un groupe sur Facebook pour demander aux gens de l'aider à le retrouver. Des centaines de bénévoles sillonnaient les rues d'Aarhus, fouillant les caves, les containers à ordures et les eaux du port. Les premiers temps, Stefan avait suivi l'évolution et *liké* toutes les publications et toutes les photos partagées par la famille de sa victime et ses anciens copains de lycée.

Maintenant, il ne pensait à lui que quand sa main le faisait souffrir.

Il écrasa sa cigarette et il allait en allumer une autre quand enfin la porte de *Demokratisk Dagblad* s'ouvrit sur la journaliste, seule.

Elle était arrivée vingt minutes plus tôt, en compagnie d'un homme – son petit ami, peut-être ? En tout cas, Stefan les avait vus sortir ensemble de l'immeuble où elle habitait, un peu plus tôt dans la matinée. Ils ne se tenaient pas la main, mais ils avaient bien l'air d'être en couple.

Maintenant elle était seule. Tellement forte et sûre d'elle. Il se dit qu'il n'aurait aucun plaisir à faire du mal à une fille comme elle, s'il devait en arriver là.

Mais il le ferait quand même.

Il remit son paquet de cigarettes dans la poche de sa veste en jean et commença à la suivre dans Strandstræde. Il restait loin derrière elle et sur le trottoir opposé, sans jamais la quitter des yeux. L'énergie qu'elle semblait dégager lui fit penser à un vieux tableau qu'il avait vu, enfant, en cours de catéchisme, un portrait de Moïse ouvrant la mer Rouge. Sur l'image, on voyait l'eau se séparer en deux et s'incliner, comme soumise, pour permettre à Moïse de marcher tranquillement sur le fond marin. La femme avançait d'un pas si décidé que, de la même manière, on avait l'impression que les gens s'écartaient sur son passage.

Il ne reconnut pas tout de suite le type qui la rattrapa et lui prit le bras. Sans l'expression d'étonnement qui, l'espace d'un instant, passa sur son visage, il aurait pu croire qu'il s'agissait d'un vieil ami, tombé sur elle par hasard. Elle ne ralentit pas le pas une seconde, garda exactement la même allure et ils continuèrent à marcher tous les deux, l'air de rien, bras dessus, bras dessous.

Stefan les suivit jusqu'à la place Sankt Annæ et les vit monter dans une Ford Focus bleu marine.

Ce ne fut que lorsque la voiture s'écarta du trottoir pour s'engager sur la chaussée et que le passager tourna la tête vers la vitre que Stefan le reconnut.

Il sentit son cœur s'accélérer, tandis que la colère et l'euphorie voletaient dans sa poitrine comme des oiseaux affolés.

Il sortit de sa poche arrière son téléphone de travail et composa le numéro. On prit son appel après deux sonneries. On ne lui dit pas « allô » ni « oui », seul un profond silence lui indiqua que son interlocuteur était à l'autre bout de la ligne.

« Allô ? dit Stefan.

— Oui ?

— Bonjour, monsieur. C'est moi. Devinez qui je viens de voir…

— Je suis occupé. Qu'est-ce que tu veux ?

— Je vous appelle à propos de la femme. La journaliste.

— Qu'est-ce qu'elle a fait encore ?

— La police est venue chez elle, hier soir. »

Silence.

« Deux jeunes policiers sont arrivés d'abord – rien d'inquiétant, à priori. Mais ensuite Schäfer a débarqué. Il n'est pas resté longtemps, mais il est venu.

— Et la femme, elle est où, maintenant ?

— Je viens de la voir sortir du journal. Elle est partie au volant d'une voiture… en compagnie d'Ulrich Andersson. »

Son interlocuteur se tut pendant plusieurs secondes. « Putain de journaliste !

— Oui. Lui.

— Essaye de savoir ce qu'il lui a raconté. »

Stefan plia un à un les doigts jusqu'à former un poing serré. Il ferma les yeux en sentant la douleur se propager dans son bras. « Je peux faire autre chose pour vous ? »

Hormis une respiration lourde et accélérée, il n'entendait plus rien. Puis : « Je crois que tu as déjà eu une conversation musclée avec lui ?

— C'est exact.

— Hmm… Il semble que cela n'ait pas suffi.

— Effectivement.

— C'est dommage.

— En effet », murmura Stefan en se mordant la lèvre pour ne pas sourire. « C'est bien dommage. »

*

Heloise détacha sa ceinture de sécurité et se tourna vers Ulrich Andersson.

« Franchement, Ulrich, je ne voudrais pas être désagréable, mais tu ne ressembles à rien. Tu fumes du crack ou quoi ? »

Elle avait garé la voiture dans une rue déserte conduisant au bord de l'eau, sur la partie orientale de Refshaleøen, et ils n'étaient plus entourés que de gravier et d'arbres face à l'océan grisâtre. C'était Ulrich qui l'avait emmenée là par des instructions brèves et nerveuses.

Droite, tout droit, tourne là.

Il n'avait rien dit d'autre pendant le trajet.

À présent, il regardait à travers le pare-brise, d'un air las. « Tu m'as dit qu'elle t'avait envoyé une lettre ?

— Anna Kiel ? Oui. Elle m'en a même envoyé deux.

— Comment peux-tu être certaine que c'est elle ? »

Heloise haussa les épaules. « À vrai dire, je n'en sais rien. Je n'en suis pas encore sûre, en tout cas. La police a récupéré les lettres pour faire des prélèvements d'empreintes digitales et d'ADN. Quoi qu'il en soit, elles sont signées de son nom et elles font référence au crime de Taarbæk.

— Qu'est-ce qu'elle te dit, exactement ?

— Bon, Ulrich, tu veux bien me dire ce qui se passe ? Tu es sûr que tu vas bien ?

— Je te demande simplement de me dire ce qu'elle t'a écrit. » Il se tourna vers Heloise et la regarda avec des yeux vides.

« Pas grand-chose. Principalement des phrases auxquelles je ne comprends rien, des devinettes, des histoires de fleurs et de chiffres porte-bonheur. Elle prétend que nous sommes liées et elle me demande d'écrire son histoire.

— Est-ce qu'elle parle de Mossing dans ses lettres ?

— Elle me dit qu'il s'est vidé de son sang et qu'elle a adoré le voir mourir.

— Pas Christoffer Mossing, son père, Johannes. Est-ce qu'elle te parle de lui ? »

Heloise fronça les sourcils. « Non. Pourquoi est-ce qu'elle me parlerait de lui ?

— Je ne sais pas. Mais je suis sûr qu'il y a un truc », marmonna-t-il en se prenant la tête des deux mains. Il avait l'air complètement perdu tout à coup, et Heloise remarqua que son col de chemise était devenu bleu foncé de transpiration.

« Est-ce que ta question a quelque chose à voir avec le fait que les hommes de Johannes Mossing sont à sa recherche ? » lui demanda-t-elle.

Ulrich Andersson la regarda droit dans les yeux.

« Un conseil, Heloise. » Il la saisit durement par les épaules. « Reste le plus loin possible de ces gens-là. Laisse tomber cette affaire. »

Heloise s'arracha à son emprise, agacée. « Il va falloir que tu t'exprimes avec un peu plus de mots, là, Ulrich. Je ne comprends rien à ce que tu racontes ! »

Tout à coup, une moto semblant venir de nulle part passa dans un vrombissement de moteur près de la voiture à une vitesse effarante.

Le corps d'Ulrich se souleva de plusieurs centimètres au-dessus de la banquette en polyester gris anthracite et il jeta autour de lui un regard affolé.

« Oh ! Du calme, Ulrich. » Heloise s'efforça de lui parler d'une voix apaisante. On aurait dit un cheval craintif au fond d'une prairie. Il avait le regard fou et l'air inquiet. Tous ses muscles étaient tendus, et lui prêt à fuir.

« Eh, tout doux, détends-toi. Il n'y a que nous deux, là, murmura-t-elle. Juste toi et moi. Tu n'as aucune raison d'avoir peur.

— Il se passe quelque chose, je ne sais pas quoi. » On aurait dit qu'il se parlait à lui-même. « Je travaillais sur cette affaire, à l'époque, et j'ai suivi les pistes.

— De quelles pistes est-ce que tu parles ?

— Il n'est plus tout jeune, maintenant, mais en ce temps-là, c'était lui qui dirigeait tout.

— Qui ça ?

— Mossing, putain ! Je te parle de Mossing ! Tu ne comprends rien, ou quoi ?

— Johannes Mossing ?

— C'était lui qui leur prêtait de l'argent. Et quand ils ne pouvaient pas payer… » Il se mit à rire, d'un rire nerveux, presque hystérique. « C'était un vrai parrain, Heloise, un vrai putain de parrain mafieux !

— Il prêtait de l'argent ? Mais à qui ?

— Aux parieurs, aux joueurs. À l'hippodrome. » Heloise ne connaissait rien aux courses. « Tu parles de courses de chevaux ?

— Oui. À Klampenborg. Il prêtait de l'argent contre un pourcentage des gains – avec des intérêts, bien sûr – et on parle de grosses sommes, Heloise, pas de menue monnaie. Quand les gens ne pouvaient pas rembourser ce qu'ils devaient… » Il ferma les yeux et secoua la tête. « … Ils disparaissaient.

— Pardon ?

— Les gens *disparaissaient*, répéta-t-il. Tu comprends ce que je suis en train de te dire ? »

Heloise s'était figée. « Comment sais-tu tout cela ?

— J'ai eu un tuyau à la rédaction un jour, pendant que je travaillais sur l'assassinat du fils.

— Un tuyau de qui ?

— Je n'en sais rien. J'ai reçu un appel anonyme qui me donnait simplement des indications : *Rendez-vous à l'hippodrome, renseignez-vous sur Mossing.* J'y suis allé tout de suite, évidemment, et j'ai posé des questions à droite à gauche, mais personne ne savait rien. Ou personne n'a rien voulu me dire.

— Alors qu'est-ce que tu as fait ?

— Je connaissais un vieux jockey qui traînait chez Andy's. Je lui ai payé un coup et je lui ai promis que je ne le citerais pas…

— Et alors ? »

Il fixa Heloise intensément. « Et alors il m'a raconté des trucs dingues. Des horreurs que tu n'imaginerais pas dans tes pires cauchemars. »

Heloise essaya de déglutir, mais elle avait la bouche sèche. « Qu'est-ce qu'il t'a dit ? »

Ulrich secoua la tête. « Tu n'as pas envie de savoir.

— Si, je t'assure, insista Heloise, j'ai très envie de savoir.

— Non. S'ils découvrent que je t'ai parlé… Moins tu en sais, mieux ça vaudra.

— Mais qu'est-ce que cette histoire de paris a à voir avec le meurtre de Christoffer Mossing ? demanda Heloise.

— Je ne sais pas. Peut-être rien du tout. Peut-être Mossing père veut-il simplement éviter que la police vienne mettre le nez dans ses affaires. »

Heloise repensa à la théorie de Schäfer selon laquelle Mossing aurait mis ses propres hommes de main sur la piste d'Anna Kiel.

« Tu crois qu'il serait prêt à laisser filer l'assassin de son propre fils pour ça ?

— Une chose est sûre, dit Ulrich. Ce type est fou à lier. Ce jour-là, en partant du champ de courses, je suis rentré directement chez moi. Eh bien, figure-toi que je me suis réveillé au milieu de la nuit avec un gars penché au-dessus de mon lit, le canon de son putain de gun enfoncé dans ma gorge. » Un sanglot étouffé s'échappa de ses lèvres. « J'ai eu l'œsophage à vif pendant plusieurs jours.

— Nom de Dieu, Ulrich ! » Heloise avait porté une main à sa bouche, horrifiée. « C'était qui, le gars, Mossing ?

— Non, je ne l'avais jamais vu avant. Il était brun, trapu. Il m'a prévenu que ma famille allait devoir rassembler les morceaux de mon corps dans un sac-poubelle pour m'enterrer si je continuais à poser des questions sur Mossing et sur le meurtre de son fils.

— Tu n'es pas allé voir la police ?

— Tu rigoles ! J'ai tout laissé tomber. J'ai démissionné du journal en espérant que cela suffirait, mais… » Sa voix se brisa. « Cette histoire m'a bousillé, Heloise. Je ne dors plus la nuit, je prends des comprimés juste pour arriver à… » Il chercha ses mots, quelques instants, puis il renonça à terminer sa phrase.

« Oublie cette affaire, Heloise. Ne t'approche pas de Mossing.

— Mais je ne peux pas…

— Reste le plus loin possible de ces gens-là, je te dis ! Ils sont cinglés, putain ! » Il ouvrit brusquement la portière et partit sans la refermer.

Elle cria derrière lui : « Ulrich, où est-ce que tu vas ? Reviens ! »

Il était déjà loin.

Heloise se pencha au-dessus du siège passager pour claquer la portière. Elle démarra la voiture et le rattrapa. Quand elle l'eut rejoint, elle baissa sa vitre.

« Monte. Il faut que tu ailles raconter tout ça à la police. »

Ulrich Andersson ne répondit pas et bifurqua vers un terrain vague qu'il traversa en direction d'un petit bois.

Quand Heloise l'appela de nouveau, il accéléra le pas.

14

Pour la troisième fois, son service toucha le filet et le garçon donna un grand coup de pied de rage dans le sable, faisant se lever un nuage de poussière autour de lui. Des particules beiges se posèrent sur ses longs cils humides et ses cheveux crépus.

Il ramassa le ballon de volley et retourna se placer derrière la ligne du fond dans la zone de service. Il regarda calmement devant lui et se concentra un long moment sur son prochain tir. Puis il lança haut le ballon, décolla du sol et exécuta un smash puissant et impeccable.

Le ballon s'envola et atterrit à l'intérieur des lignes dans la moitié adverse.

« Voilà ! Bravo, champion ! » Stefan cria bruyamment son enthousiasme et applaudit malgré sa main qui lui faisait mal.

Le garçon sursauta et se retourna vers la voix, cherchant son propriétaire. Il plissa les yeux et posa une main en visière pour se protéger de la lumière du soleil du soir, bas dans un ciel envahi de moutons blancs.

La plupart des autres enfants avaient quitté Amager

Strandpark en même temps que les joggeurs et les kitesurfeurs, et le garçon était tout seul sur le terrain de beach-volley. Il n'avait pas remarqué jusque-là qu'il avait un public et fit un sourire gêné à l'homme qui venait de le féliciter. Puis il se dirigea vers un sac de sport vert pomme posé dans le sable au fond du terrain.

Stefan regarda le garçonnet ranger sa gourde et une grande serviette de bain Ninjago dans le sac. Puis il le jeta sur son épaule et courut chercher son ballon Spalding resté sur le sable. Il trottina ensuite vers un Mountain Bike garé au bord de la piste cyclable, non loin du banc sur lequel Stefan s'était assis pour l'observer.

Pendant que le gamin décrochait son antivol, à genoux dans l'herbe, Stefan s'approcha d'un pas tranquille, les mains dans les poches et une Kings sans filtre pendant mollement entre ses lèvres gercées par le soleil.

« Tu es sacrément bon, dis donc !

— Merci. » L'enfant se releva et coinça son ballon dans le porte-bagages.

« Comment tu t'appelles ?

— Daniel, monsieur.

— Daniel », répéta Stefan en l'étudiant des pieds à la tête. C'était un beau petit bonhomme aux yeux verts, à la peau café au lait avec des taches de rousseur sur le nez et les joues.

« Où vas-tu, Daniel ?

— Je rentre chez moi, monsieur. » Le gamin regardait le bout de ses chaussures en parlant.

« Quel dommage. » Stefan aspira une bouffée de cigarette et recracha un brin de tabac. « J'aimais bien te regarder jouer.

— J'ai promis à ma mère de rentrer pour le dîner. »

Stefan jeta un coup d'œil alentour. « Tu habites loin d'ici ? »

Il posa une main sur l'épaule du garçon.

« J'ai promis à ma mère de rentrer maintenant, répéta le gamin en commençant à pousser son vélo sur la piste cyclable.

— En quelle classe es-tu ? continua Stephan. En CM1 ? En CM2 ? » Il marcha à côté de lui sans retirer la main de son épaule.

« En CM2.

— CM2 ! » Stefan émit un sifflement admiratif. « Tu es un grand garçon, alors. »

Le garçon se dégagea et sauta sur son vélo. Il pédala de toutes ses forces sans regarder en arrière.

« Au revoir, Daniel ! lui cria Stefan. À bientôt ? »

Il suivit le gosse des yeux jusqu'à ce qu'il ne soit plus qu'un petit point noir sur Amager Strandvej.

Puis il retourna s'asseoir tranquillement sur le banc.

Il n'y avait toujours aucun signe de vie dans l'appartement. La façade vitrée de l'immeuble offrait une vue dégagée sur la cuisine et le séjour, et les deux pièces étaient plongées dans l'obscurité, désertes. Le logement était nettement moins agréable que la maison de plain-pied dans Grækenland où habitait Ulrich Andersson, la dernière fois qu'il était venu lui rendre visite. À vrai dire, il était même assez minable. Il était froid et moderne et, manifestement, maintenant que sa femme l'avait quitté, Andersson avait renoncé à faire des efforts de décoration.

De toute façon, ça n'avait plus grande importance, songea Stefan en regardant l'heure à sa montre.

Au moment où il leva les yeux de nouveau, la lumière s'alluma dans la cuisine.

15

« Je te jure, il était dans tous ses états. On aurait cru qu'il était devenu fou. »

Heloise serra la bouteille bien fort entre ses genoux et réussit d'une longue traction énergique à extirper le bouchon de liège. Elle alla chercher dans la cuisine deux grands verres à pied et retourna sur le balcon.

« Chardonnay ?

— Cent fois oui ! » répliqua Gerda en accompagnant de ses baguettes chinoises le morceau *Treasure* de Bruno Mars, qui sortait de l'iPhone d'Heloise, posé sur la table basse.

« Tu ne crois pas qu'on boit un peu trop – je veux dire, en général ? demanda Heloise en versant le vin.

— Si. »

La réponse était spontanée et exempte de la moindre once de culpabilité.

Parfois le bonheur est d'avoir un ami qui a les mêmes défauts que vous, songea Heloise. Gerda était la meilleure amie d'Heloise et peut-être la seule. En tout cas, elle était la seule à la connaître vraiment.

Les premières années de leur vie, elles étaient

voisines aux *maisons jaunes*, comme elles avaient baptisé avec beaucoup d'imagination la rangée de maisons mitoyennes où elles avaient grandi, dans le quartier de Frederiksstaden à Copenhague, et dont les façades étaient peintes en – roulement de tambour – jaune.

À l'âge de six ans, c'est main dans la main qu'elles étaient parties à l'école de Nyboder pour leur premier jour de classe, avec leurs couettes et leur cartable rouge de la taille d'un mini-congélateur sur le dos.

Elles étaient inséparables depuis le jour de leur rencontre.

À dix ans, elles avaient fumé ensemble leur première cigarette, cachées dans les trous des haies de hêtres du parc de Kongens Have et, pendant tout le temps qu'avait duré leur scolarité, elles étaient tombées amoureuses des mêmes garçons à tour de rôle. L'une avait haï avec passion les ennemis de son amie, adoré sa famille avec encore plus de ferveur – et réciproquement –, et elles avaient pleuré l'une et l'autre (et pleuré, et pleuré) lorsque les parents d'Heloise avaient annoncé leur intention de divorcer, l'été entre leur CE1 et leur CE2.

« Nous deux, on ne divorcera jamais », avait déclaré Gerda ce jour-là. Elles se l'étaient juré et avaient mêlé leur sang pour entériner ce pacte. Vingt-sept ans plus tard, elles étaient encore là.

« Peut-être l'est-il – fou, je veux dire », suggéra Gerda en commençant à répartir entre elles le contenu d'une barquette de chez Sticks'n'Sushi : brochettes pour Gerda et sushis pour Heloise. « Tu m'as dit qu'il s'appelait comment, déjà ?

— Ulrich. Oui, c'est possible. D'après Bøttger, il

est en congé maladie pour burn-out ou un truc du genre depuis un certain temps, déjà.

— Ça ne veut pas dire qu'il est fou.

— Non, bien sûr. Mais si ce n'était pas à cause du stress qu'il a été arrêté ? Il souffrait peut-être d'anxiété ou de dépression, je ne sais pas.

— Là encore, l'anxiété n'est pas la démence. »

Gerda était psychologue post-traumatique dans l'armée et jamais elle ne prononcerait à la légère un diagnostic psychiatrique, même pour s'amuser. Quand Heloise traitait par mégarde un informateur emmerdant de crétin schizophrène parce qu'elle était en colère, ou qu'elle annonçait pour plaisanter qu'elle souffrait de syndrome post-traumatique à la suite d'un reportage particulièrement éprouvant, Gerda levait un sourcil réprobateur avec l'air de dire : *Tu n'as aucune idée de ce dont tu parles.*

Elle avait été envoyée en mission en Afghanistan et en Irak à plusieurs reprises et, cinq jours par semaine, dans sa caserne à Østerbro, Heloise savait que son amie prêtait l'oreille aux pires histoires qui puissent arriver à un être humain. Elle avait entendu plus d'horreurs au cours de ses six ans dans l'armée que la plupart des gens n'en entendent en une vie entière.

« D'accord, mais ce type avait l'air sur le point de se faire dessus tellement il avait peur. Il était dans un état de nervosité dont je n'ai pas réussi à le faire redescendre.

— De quoi avait-il peur ? »

Heloise n'avait pas raconté à Gerda l'épisode du type au pistolet. Elle ne voulait pas l'inquiéter inutilement.

« Je crois qu'on lui a fait comprendre qu'il ferait mieux de se mêler de ses affaires, sinon…

— C'est qui, on ?

— Je ne sais pas. Johannes Mossing et ses acolytes, je pense. » Heloise construisit une grande tour de gingembre confit sur un sushi façon tempura, trempa l'œuvre d'art dans la sauce soja et ouvrit grand la bouche. Elle dut mâcher longuement avant de pouvoir poursuivre la conversation.

« Mossing a commencé à investir dans les pur-sang de course en 1982 et il possède un haras dans le sud de la Fionie. J'ai trouvé un tas de photos de lui dans les archives du journal, prises sur un champ de courses. Il semble qu'il y passe pas mal de temps.

— Des pur-sang ? Tu veux dire le genre de chevaux qu'ils utilisent pour les courses de trot à Klampenborg ?

— Oui, sauf qu'on y pratique les courses de galop, pas de trot », rétorqua Heloise.

Gerda la regardait sans comprendre.

« C'est une piste de galop, pas de trot, précisa Heloise. Il existe neuf hippodromes au Danemark dont huit sont des pistes de trot. Le dernier est la piste de plat de Klampenborg.

— C'est quoi la différence ? À part l'allure ?

— Dans une course de trot, le driver est assis dans une sorte de petite charrette tirée par le cheval, et dans les courses de plat le jockey est assis sur le dos du cheval. Bref. Pour en revenir à Mossing, ces investissements prouvent seulement qu'il s'intéresse aux courses. Le reste n'est que bavardage sans preuve.

— Mais, si j'ai bien compris, cet Ulrich dont tu parles

croit que Mossing aurait joué les usuriers et qu'ensuite il aurait purement et simplement éliminé les gens qui ne pouvaient pas le rembourser ?

— C'est à peu près ça.

— Ça semble un peu excessif, non ?

— Le scénario ne paraît pas très réaliste, je te l'accorde. »

Gerda haussa les épaules. « Va savoir. Il ne se passe pas un jour sans que je m'étonne de constater à quel point le monde déconne. Pendant que les gens postent leur salade d'avocat sur Instagram en déjeunant dans les restaurants de la capitale, les événements les plus monstrueux se déroulent dans des appartements juste au-dessus de leur tête.

— Pas dans tous, quand même.

— Dans beaucoup trop, à mon avis. » Gerda repoussa son assiette et s'adossa à sa chaise. « Qu'est-ce que tout cela a à voir avec le meurtre du fils, au fait ? Christoffer Mossing faisait aussi partie du milieu des courses ?

— D'après la police, c'est tombé sur lui par hasard. Elle pense qu'Anna Kiel s'en est prise à une victime lambda. Il semble qu'elle soit psychopathe.

— Ça ne s'appelle plus comme ça, signala Gerda.

— Bon, tu sais ce que je veux dire.

— Sur quoi s'appuie ce diagnostic ?

— C'était l'avis des psychologues scolaires. Apparemment, elle est agressive et imprévisible depuis l'âge de dix-douze ans.

— Je repose ma question : qu'est-ce que toutes ces salades autour des courses de trot ont à voir avec le crime de Taarbæk ?

— Courses de plat.

— Tu sais ce que je veux dire. » Gerda fit un clin d'œil à Heloise.

« J'ignore s'il y a un lien entre les deux, mais Johannes Mossing refuse de collaborer avec la police.

— Forcément, s'il a quelque chose à cacher.

— L'inspecteur, celui avec qui j'ai discuté…

— Celui qui ressemble à un ours ?

— Oui. Il prétend que Mossing a lancé ses propres hommes de main aux trousses d'Anna Kiel.

— Hmm. » Gerda se mit à mordiller l'ongle de son petit doigt. « Et que pense la police de l'histoire d'Ulrich Andersson ?

— Il ne leur en a pas parlé. »

Gerda eut l'air surprise. « Pourquoi ?

— Toujours parce qu'il est mort de trouille. Mais j'ai l'intention d'aller le voir demain pour essayer de le faire changer d'avis.

— S'il a tellement peur, pourquoi est-il venu te parler, alors ? Pourquoi vient-il à nouveau se mêler de cette affaire ?

— Ce n'est pas lui qui m'a contactée. C'est moi qui l'ai appelé. Et je crois que… » Heloise se demanda comment exprimer sa pensée. « Je crois qu'il a voulu me mettre en garde. »

Gerda rassembla ses cheveux bruns en queue-de-cheval en regardant attentivement son amie, la tête un peu penchée. « Toi, tu n'as pas peur, n'est-ce pas ?

— Moi ? » Heloise haussa les épaules. « Tu crois que j'ai des raisons d'avoir peur ?

— Je ne sais pas. Mais nous devrions peut-être

chercher quelqu'un pour veiller sur toi, à tout hasard. Un type grand et musclé. Bien baraqué ! » affirma-t-elle en montrant de ses deux mains un espace appréciable.

Heloise toussota et se tortilla un peu sur sa chaise.

Gerda lui lança un regard interrogateur. « Quoi ?

— Rien.

— Si, quoi ? »

Heloise se mordit l'intérieur de la joue. « Martin était ici la nuit dernière. »

Gerda sourit avec l'expression d'un chat qui vient d'avaler un canari.

« Il a démissionné, poursuivit Heloise. Il dit qu'il ignorait que les documents étaient des faux et que ce serait le ministre lui-même, ou l'un de ses proches collaborateurs, qui serait derrière tout ça.

— Ah bon ? Ça semble assez dingue, non ?

— Dingue, c'est le mot du jour. J'ai refilé le sujet à Bøttger… » Heloise but une grande gorgée de vin et s'éclaircit la voix. « Martin prétend qu'il est… hmm… *dingue* de moi. » Elle traça des guillemets en l'air. « Moi, je ne sais pas ce que je ressens, exactement… J'ai une espèce de… réticence… Tu vois ce que je veux dire ?

— Je peux te parler franchement ? lui demanda Gerda.

— Comme d'habitude, non ?

— Il serait temps que tu lâches prise. Que tu laisses quelqu'un entrer. »

Heloise tenta un éclat de rire qui ressembla plutôt à un grognement. « De quoi est-ce que tu parles ? Je t'ai bien laissée entrer, toi.

— Je veux dire *à part* moi. Il va bientôt falloir que tu recommences à croire que la vie peut être belle, et qui sait si Martin n'est pas celui qui va t'y aider ? Je trouve que tu es devenue trop dure, ma belle. Pourquoi est-ce que tu ne lui laisses pas une chance à celui-là ? »

Heloise détourna les yeux et se plongea dans la contemplation de Marmorkirken. Elle inspira longuement et expira en un soupir à fendre l'âme.

« Le passé me manque, murmura-t-elle.

— Je sais.

— Je voudrais revenir à la vie que j'avais du temps où les choses avaient… du sens. »

Gerda posa sa main sur celle d'Heloise. « Je sais. »

La mort de la mère d'Heloise cinq ans auparavant lui avait fait de la peine, évidemment, mais la mère et la fille s'étaient éloignées l'une de l'autre dans tous les sens du terme depuis qu'Heloise avait quitté la maison, et sa mère était si gravement malade que sa mort avait été un soulagement. Le père d'Heloise avait également disparu de sa vie un an plus tard, elle avait alors eu le sentiment qu'une bombe perdue au fond de la mer explosait à la surface. L'onde de choc avait réduit toute sa vie en cendres. Et pourtant, elle avait été incapable de le pleurer – elle n'avait pas versé une seule larme. Au contraire, elle s'était sentie étrangement asséchée et vide à l'intérieur.

Soudain, une voix d'enfant résonna dans toute la rue : « Maaaman ! ! ! Heelooiise ! ! »

Heloise et Gerda allèrent se pencher au-dessus du balcon.

Au quatrième étage de l'immeuble d'en face, une

petite main brune s'agitait dans la fente d'une fenêtre entrouverte.

« Oui, mon cœur, cria Gerda en retour.

— Salut, Lulu ! » Heloise agita les deux bras tel un sémaphore. « Tu vas te coucher, ma puce ?

— Oui. Et vous, vous faites quoi ?

— On mange des sushis, répondit Heloise.

— Quand est-ce que tu rentres, maman ?

— Je ne vais pas tarder, poussin, cria Gerda.

— D'accord. Alors bonne nuit.

— Bonne nuit, mon ange. » Gerda envoya un baiser volant à sa petite fille de six ans.

« Christian est à la maison ? » demanda Heloise quand la fenêtre fut refermée.

« Non, il est à Singapour.

— Qui garde Lulu ?

— Ma grand-mère, Dieu la bénisse.

— Cette bonne vieille Kamma, dit Heloise, une main sur son cœur. Je crois que je ne l'ai pas vue depuis Noël. C'est possible ?

— J'en ai bien peur.

— On devrait faire un truc tous ensemble, un dimanche, tu ne trouves pas ? »

Gerda acquiesça.

Heloise adorait que Gerda et elle habitent si près l'une de l'autre. Il n'en avait jamais été autrement, d'ailleurs. À dix-neuf ans, elles avaient déménagé en même temps des *maisons jaunes* et elles s'étaient installées dans une petite chambre d'étudiant, mal isolée, sous les toits d'un immeuble de Store Kongensgade où elles mangeaient des croque-monsieur tous les soirs en discutant de grandes questions existentielles du genre : *Si on gagnait trois milliards de couronnes au Loto, qu'est-ce qu'on ferait en premier ?*

Quand Gerda s'était mariée avec Christian, Heloise avait eu peur qu'ils partent s'enterrer en banlieue dans une maison *Sam-Suffit* avec congélateur dans la cave et grenier rempli de souvenirs de leur jeunesse commune, à l'exemple de tant de jeunes couples. Mais à son grand soulagement, ils avaient préféré investir dans un appartement en face de celui d'Heloise. *Lulu a besoin de sa tante*, avaient-ils déclaré en chœur, et Heloise avait pleuré de joie.

« Au fait, je t'ai parlé de ce patient qui est tombé amoureux de moi ? dit Gerda tout à coup.

— Pourquoi, ils ne le sont pas tous ? »

Les gens restaient systématiquement bouche bée quand ils voyaient Gerda pour la première fois. Heloise avait vu la scène si souvent qu'elle était bien incapable d'en tenir le compte. Ce n'était pas seulement parce que son amie était scandaleusement belle, du genre de beauté tellement incroyable que les gens en avaient le souffle coupé. Rencontrer Gerda, c'était comme dans cette devinette où un petit garçon et son père ont un accident de voiture et arrivent en ambulance à l'hôpital. Ils sont transportés dans deux salles d'opération différentes et le chirurgien s'exclame en voyant l'enfant : « Je ne peux pas opérer cet enfant, c'est mon fils ! » Alors les gens se creusent la tête et se demandent : *Mais comment est-ce possible ?* Alors que la réponse est tout simplement que le chirurgien est sa mère. *Vraiment ! ! ! Une femme chirurgien ! Mais c'est extraordinaire...*

Avec Gerda, c'était la même chose. À cause de l'effet de surprise. Son prénom brouillait les pistes. Les gens ne peuvent tout simplement pas s'imaginer qu'une Gerda puisse se révéler être un canon, de la même manière qu'ils seraient très déçus de rencontrer une Angelina à la stature d'un sumo de deux cent vingt-cinq kilos avec de la moustache.

« Mais non, se défendit Gerda. D'abord parce que la plupart ont déjà trop à faire, avec les EEI qui peuplent leurs cauchemars et le souvenir de leurs camarades rapatriés en douze morceaux, pour avoir le temps de penser à ce genre de choses.

— Les EEI ?

— Les Engins Explosifs Improvisés.

— OK, alors parle-moi du type qui a craqué pour toi.

— C'est un jeune homme qui est en thérapie avec moi depuis six mois, à peu près. La semaine dernière, il m'a tout à coup déclaré sa flamme.

— Aïe.

— Oui. Pas cool. Mes patients ne savent strictement rien de moi. Ils ne savent pas que je suis mariée, que nous avons Lulu, quel âge j'ai…

— Et lui, il a quel âge ?

— C'est un gamin. Il a dix ans de moins que nous. » Gerda sortit de la poche intérieure de son blouson un paquet de Camel Light et coupa Heloise d'un geste avant que celle-ci ait le temps de lui faire une remarque. « Je n'en fume qu'une seule par jour et j'ai le droit », déclara-t-elle sur un ton qui n'admettait pas le débat.

Elle frotta une allumette et alluma sa cigarette. « Bref, ce patient s'est mis à me poursuivre sur les réseaux sociaux. Il m'a envoyé une longue lettre d'amour sur Facebook et j'ai été obligée de le bloquer. »

Elle prit une bouffée de cigarette, inhala à fond et se remit à parler tout en laissant s'échapper la fumée.

« Et toi ? Tu as reçu d'autres photos bizarres sur Instagram sur lesquelles tu étais taguée ? » Elle prit le téléphone d'Heloise sur la table. « Je n'ai pas trouvé la photo dont tu m'as parlé, au fait.

— Elle est sur Instagram sous le nom de profil Anna tiret bas Elisabeth tiret bas Kiel », dit Heloise en se levant pour aller chercher un petit bol en cuivre au-dessus de la cuisinière. Elle le posa devant Gerda. « Tiens, sers-toi de ça comme cendrier.

— Tu as dit "tiret bas", tu parles d'un sous-tiret entre les noms, c'est ça ?

— Oui.

— Alors il n'y a aucun profil à ce nom-là. »

Heloise fronça les sourcils. « Fais voir. »

Elle retrouva sur son téléphone la notification qu'elle avait reçue, posa le doigt sur le lien et atterrit sur une page blanche qui disait :

Aucun lien n'a été trouvé.

« C'est comme si le profil avait été effacé. Mais attends… j'ai téléchargé la photo.

— Tu crois vraiment qu'Anna Kiel était dans cet appartement hier ? »

Heloise retrouva la photo et tendit son iPhone à Gerda. « En tout cas, ce n'est pas moi qui ai pris cette photo et qui l'ai mise sur le Net, alors je ne vois pas qui d'autre aurait pu le faire. »

Gerda examina la photo, les yeux et le front plissés,

et Heloise se dit que son amie n'allait pas tarder à avoir besoin de lunettes pour lire.

« Bonne question », rétorqua-t-elle.

Puis l'expression de son visage changea. Ses sourcils se haussèrent de plusieurs millimètres, ses lèvres s'entrouvrirent, mais elle ne dit rien.

« Qu'est-ce qu'il y a ?

— Cette photo, là…, dit Gerda sans quitter l'écran des yeux. Elle n'a pas été prise hier.

— Qu'est-ce que tu veux dire ? » Heloise se pencha vers son amie.

« Regarde… » Elle montrait une petite tache rose au bord d'une fenêtre en bas du cliché – la même fenêtre que celle par laquelle Lulu venait de leur souhaiter une bonne nuit. « La tache rose que tu vois, là, est une lampe de chevet que Christian a achetée à Lulu lors d'un voyage d'affaires à Paris peu après sa naissance. Tu t'en souviens ? On voyait l'Arc de Triomphe dessus, elle était très mignonne. Malheureusement, elle est tombée…

— … par la fenêtre et elle s'est cassée. » Heloise termina la phrase à sa place.

« Exactement. » Gerda hocha la tête en brandissant le téléphone. « Heloise, cette photo a au moins cinq ans. »

16

Le beurre était encore sur la table quand Schäfer entra dans la cuisine après sa douche. Il avait oublié de le remettre au réfrigérateur quand, vers 2 heures du matin, il avait décidé de faire cesser les gargouillis insistants de son estomac à l'aide d'un copieux sandwich avalé debout dans le noir, appuyé à l'évier de la cuisine.

« Merde », grogna-t-il d'une voix rauque en reniflant le beurre. Il était ramolli et dégageait une odeur rance.

Il ouvrit le placard sous l'évier et jeta le paquet dans la poubelle.

« Qu'est-ce qui te fait aboyer dès l'aube, bébé ? » demanda Connie qui venait d'entrer dans la cuisine en s'étirant.

Après vingt-huit ans passés au Danemark, elle avait gardé un accent exotique infiniment doux aux oreilles de Schäfer. Elle portait un peignoir blanc et des pantoufles. Son visage sans maquillage était lumineux et noir comme du charbon, ou comme les plages volcaniques de Sainte-Lucie, l'île caribéenne où elle était née.

« Le beurre est resté sorti toute la nuit, il est foutu, répondit Schäfer, d'un ton contrarié.

— Ah bon ? Il n'était pas rangé ?

— Non. On en a d'autre ?

— Je ne sais pas. Regarde dans le frigo. Pourquoi est-ce qu'il était resté sorti ? »

Schäfer fit mine de ne pas avoir entendu la question et il ouvrit le réfrigérateur. Il déplaça à grand bruit les pots de confiture et les marmelades maison à la recherche d'un nouveau paquet de beurre.

« Haha ! » s'écria-t-il avec une joie légèrement surjouée, brandissant triomphalement sa trouvaille.

Connie posa sur lui un regard désapprobateur. « Ton médecin ne t'a pas conseillé de réduire ta consommation de beurre ?

— Pas du tout. Et s'il avait osé faire ça, j'aurais changé de toubib. »

Connie secoua la tête. « Au fait, je pense à une chose : tu as fait renouveler ton passeport ?

— Oui, bien sûr. Enfin presque. Disons que c'est une des premières choses dont je vais m'occuper… à un moment ou à un autre de la journée.

— Erik, tu es incorrigible, dit-elle avec une petite tape pleine de tendresse. Il y a plusieurs mois qu'il est périmé. Si on doit aller voir ma mère en octobre, il faut que tu fasses la demande maintenant, sinon on risque de ne pas partir. Ou plutôt – tu risques de rester tout seul ici. »

La mère de Connie – une femme monumentale, débordante d'amour et de joie de vivre – allait avoir soixante-quinze ans et toute la famille devait se réunir à Jalousle sur l'île de Sainte-Lucie pour fêter son anniversaire.

Connie et lui s'efforçaient de retourner au moins une fois par an dans la ville où Connie avait vu le jour et, chaque fois qu'ils s'y rendaient, Schäfer faisait en secret des projets pour sa retraite, qui était pourtant encore loin, dix ou quinze ans au moins. C'était le seul endroit où il parvenait à déconnecter – voire à verser lui-même de l'eau sur la prise pour tout faire disjoncter.

« Je m'en occupe aujourd'hui, promis.

— Merci, bébé. »

Il se mit à faire griller des bagels et à disposer sur la table assiettes, fromage à pâte dure et miel d'apiculteur en fredonnant un vieux tube des Dire Straits.

Son téléphone sonna au fond de sa poche.

« Ouiallô ? » répondit-il, le téléphone coincé entre son épaule et son oreille gauche, tout en beurrant un premier petit pain.

« Bonjour, je vous appelle de l'institut de la police scientifique, dit une voix de femme.

— Eh bien, bonjour, bonjour ! » claironna Schäfer avec une gaieté forcée en regardant l'heure sur la pendule au-dessus de la cuisinière. Il était 8 h 17 du matin. « Vous êtes tombés du lit au labo ?

— Vous aviez dit que c'était urgent.

— En général, cela ne vous fait pas autant d'effet. »

Si la femme se formalisa de la remarque, elle n'en laissa rien paraître. Elle alla droit à l'objet de son appel. « Nous avons le résultat des analyses que vous nous avez demandées.

— Et ?

— Et aucune des empreintes relevées dans

l'appartement d'Olfert Fischers Gade ne correspond à celles d'Anna Kiel. »

Schäfer serra le poing. « Merde. »

Connie vint lui faire un baiser dans la nuque et lui fit signe qu'elle allait prendre une douche. Il lui fit un clin d'œil et lui pinça affectueusement les fesses.

Pendant ce temps, la femme au téléphone continuait de parler : « Rien ne prouve qu'elle soit entrée dans cet appartement. En revanche, l'institut des empreintes génétiques a répondu que l'ADN trouvé dans la colle du timbre correspondait bien à celui d'Anna Kiel.

— Sur les deux enveloppes ?

— Oui. »

Schäfer ricana, satisfait.

« Tout va bien, alors. » Il croqua un morceau de son bagel. « Bref, on a une correspondance génétique, mais pas d'empreintes, résuma-t-il.

— Oui et non.

— Pardon ?

— Je n'ai pas dit que nous n'avions pas de correspondance pour les empreintes digitales. J'ai seulement dit que ce n'était pas celles d'Anna Kiel. »

Schäfer fronça les sourcils. « Ce sont celles de qui, alors ?

— D'un certain… »

Schäfer l'entendait pianoter sur son clavier.

« … Duvall.

— Duvall ?

— Martin Duvall. »

Schäfer changea de position sur sa chaise. Le nom ne lui disait rien.

« Et on a quoi sur lui ?

— Une condamnation pour violence l'année dernière. Trente jours de détention sans sursis.

— OK. Je vais voir ça. Autre chose ?

— Pas pour l'instant.

— Je peux vous demander de m'envoyer tout ça par mail le plus vite possible ?

— C'est déjà fait », répondit la femme.

L'inspecteur Schäfer la remercia et raccrocha. Il pianota quelques instants sur la table en réfléchissant. Il entendait l'eau couler dans la douche et, sentant le parfum du gel douche aux agrumes atteindre ses narines, il regarda de nouveau l'heure à la pendule. Il avait encore une heure devant lui avant son premier rendez-vous.

Il se leva et prit la direction de la salle de bain.

*

La porte s'ouvrit au second coup. De quelques centimètres seulement, mais assez pour qu'Heloise ose la pousser un petit peu plus.

Elle passa la tête à travers l'entrebâillement de la porte.

« Il y a quelqu'un ? »

L'appartement était silencieux.

Elle vit que les sneakers Nike qu'il avait aux pieds la veille étaient posés à côté du paillasson.

« Ulrich ? » Heloise fit un pas à l'intérieur. « Tu es là ? »

Elle avait réussi à obtenir son adresse auprès de la standardiste du journal en jouant la carte « entre collègues » et surtout en lui faisant avaler un mensonge éhonté sur un prétendu scoop sur lequel ils devaient travailler ensemble de toute urgence. « Il s'agit de la princesse royale, une révélation incroyable. Je ne peux pas vous en dire plus, mais ça va faire du bruit ! Ulrich et moi devons nous retrouver chez lui en présence d'une source bien informée et j'ai égaré le papier sur lequel il m'a laissé son adresse. Exceptionnellement, vous ne pourriez pas… »

Elle croisait les doigts sous le comptoir et tâchait de ravaler sa honte tout en s'étonnant de la facilité avec laquelle la jeune femme avait gobé son mensonge. Ce qui évidemment l'amena à se demander s'il avait été aussi simple pour Anna Kiel d'obtenir son adresse à elle.

Elle continua d'avancer dans l'appartement.

Elle entendait maintenant un bourdonnement sourd quelque part et se dirigeait dans la direction du bruit quand, soudain, une idée lui traversa la tête : et si elle dérangeait le journaliste dans une situation embarrassante ? Heloise imagina la scène : le pauvre Ulrich décharné, couché sur le sofa, les yeux rivés sur l'écran de son MacBook et Youporn, un tube de lubrifiant à la main.

Elle fit une grimace dégoûtée et chassa la scène de son esprit. Elle marcha d'un pas plus lourd pour bien signaler sa présence et dit de nouveau d'une voix forte :

« Ulrich ? Tu es là ? C'est moi, Heloise ! »

Elle jeta un coup d'œil dans le salon.

Il était vide.

Pas seulement dans le sens où Ulrich n'y était pas,

mais de manière générale. La pièce elle-même était meublée de manière spartiate et peu accueillante. Elle continua, ouvrit une porte conduisant à une chambre dans laquelle se trouvait un lit double qui n'avait pas été fait. Une âcre odeur de fumée et de transpiration flottait dans la pièce, malgré un ventilateur électrique qui brassait l'air au-dessus du lit.

Heloise tira sur un cordon métallique qui fit cesser le bruit et ralentir les pales jusqu'à les arrêter complètement.

Elle inspecta la table de nuit sur laquelle étaient posés un cendrier plein et un flacon de comprimés. Elle souleva le flacon et lut l'étiquette. « Dramamine – original formula ». Le médicament avait visiblement été acheté aux États-Unis. D'après les indications, il s'agissait d'un remède contre le mal des transports et, dans les précautions d'usage, le principal effet secondaire à prévoir était une importante somnolence. Ce qui correspondait à ce que lui avait dit Ulrich la veille, c'est-à-dire qu'il avait du mal à dormir. Comme les comprimés se trouvaient au chevet de son lit et pas dans un sac de voyage, elle en déduisit que c'était plutôt les effets secondaires qu'il recherchait.

Heloise traversa la cuisine, le salon, puis elle retourna dans le vestibule.

Pourquoi Ulrich était-il sorti de chez lui sans fermer ni verrouiller sa porte d'entrée ? Cela ne collait pas avec son comportement quasiment paranoïaque lors de leur rencontre d'hier.

Heloise sortit son téléphone de sa poche intérieure et refit le numéro. Il y eut un léger décalage entre la tonalité dans son téléphone et la version remixée du morceau de Queen *We Will Rock You* venant d'un endroit à *l'intérieur* de l'appartement.

Heloise écarta l'iPhone de son oreille et se guida au bruit de la musique.

We will, we will rock you !

Elle retraversa la cuisine, écoutant le volume augmenter, et s'arrêta devant la porte de la salle de bain, qu'elle avait oubliée lors de sa première inspection. Elle apercevait le lavabo à travers la porte entrebâillée et une serviette grise suspendue à une patère fixée au mur du fond.

We will, we will rock you !

Heloise poussa la porte d'une légère pression et elle s'ouvrit lentement.

Elle ne cria pas. Sa bouche forma un O parfait pendant une seconde, mais pas un son ne passa ses lèvres. Au lieu de cela, ses yeux firent le tour de la pièce tandis qu'un frisson glacé se propageait de sa nuque à l'arrière de son crâne à travers ses synapses.

Le tabouret était renversé sur le sol en marbre. Un mince filet de sang avait coulé par terre et trouvé son chemin le long des joints du carrelage.

We will, we will rock you !

Le corps sans vie d'Ulrich Andersson pendait mollement au bout d'une corde fixée à un tuyau au plafond pendant que Freddie Mercury rugissait dans la poche de son pantalon.

17

« Qu'est-ce que tu fais ? » demanda l'inspecteur Lisa Augustin à Schäfer lorsqu'il tira brusquement le frein à main. « Pourquoi est-ce qu'on s'arrête ici ?

— J'ai un truc à faire. J'en ai pour une minute. »

Il ouvrit la portière et faillit être la cause d'un carambolage de hipsters en Tokyo Bike en traversant la piste cyclable.

La porte automatique s'effaça devant lui à l'entrée du service de l'état civil et il tira de sa poche arrière son passeport périmé, tout tordu d'avoir passé une matinée écrasé sous ses fesses.

« Bonjour ! » lança-t-il de son ton le plus aimable et le plus cordial. Cette nouvelle piste dans l'enquête l'avait mis de meilleure humeur qu'il ne l'était depuis des mois. Il sentait en lui une excitation qui n'intervenait que lorsqu'une affaire prenait une tournure positive.

Malgré la répercussion sonore de son salut dans les locaux déserts, la préposée derrière son guichet ne daigna même pas lever la tête. Schäfer appuya sa carrure imposante au comptoir et fixa sur la dame un regard insistant. Quand, après une rapide inspection du personnage, il conclut qu'elle n'était ni aveugle ni sourde, il décida qu'il avait simplement affaire à un cas de mauvaise volonté caractérisée.

Tant pis, il s'armerait de patience.

Un éléphant blanc, deux éléphants blancs, trois éléphants blancs…

« C'est pour quoi ? » aboya la dame, l'air rogue, sans le regarder.

Schäfer lui indiqua poliment le motif de sa venue, à la suite de quoi elle lui fit comprendre par un langage corporel parfaitement clair qu'elle ne lèverait son auguste arrière-train qu'à l'allure et à l'instant où elle le déciderait et qu'en outre elle n'aimait ni lui ni le métier qu'elle faisait.

En temps normal, il lui aurait laissé entendre par un vocabulaire choisi ce qu'il pensait de son attitude, mais aujourd'hui il se contenta de sourire derrière une mâchoire verrouillée, parce que Connie lui avait expliqué récemment que la meilleure manière de répondre à ce type d'insolence était d'utiliser une arme inconnue au Danemark : l'amabilité.

Souris, bébé. Contente-toi de sourire.

« Vous avez rempli correctement le formulaire ? coassa la bonne femme.

— Absolument. Le voici. »

Schäfer fit glisser le document vers elle ainsi que son passeport périmé.

Elle tapa inlassablement d'un seul doigt sur son clavier, avec une lenteur démonstrative et une paisible insolence.

Clic… clic… clic…

« Heureusement qu'on n'est pas pressés, fit remarquer Schäfer tout sourire.

— Taisez-vous et regardez l'objectif. »

Elle déclencha l'obturateur électronique, et le visage charnu de Schäfer apparut sur son écran. Il se pencha au-dessus du comptoir pour voir la photo. Son sourire forcé lui donnait l'air d'un type qui est en train de subir un détartrage.

« Une autre. Et fermez-moi cette bouche ! »

Schäfer obtempéra.

« C'est tout ? demanda-t-il.

— Oui.

— Merci beaucoup, madame. Je vous souhaite une bonne journée. » Il frappa deux fois sur le comptoir, une façon de prendre congé, puis tourna les talons et se dirigea vers la sortie.

« Vous vous fichez de moi ? » feula dangereusement la dame dans son dos.

Schäfer se retourna : « Pardon ?

— Quel âge croyez-vous que j'aie pour vous permettre de m'appeler *madame* ? »

Schäfer tiqua un peu, mais se ressaisit très vite et lança d'un air impassible :

« Je suis désolé. Vu la paire de couilles que vous posez sur ce comptoir, je me suis de toute évidence fourvoyé. »

Puis il sortit rapidement et monta dans la voiture dont il claqua la portière plus violemment que nécessaire.

Lisa sentit la colère de son collègue et le regarda, en haussant un sourcil.

« Qu'est-ce que tu es allé faire là-dedans ?

— Je suis allé m'assurer que j'allais bientôt pouvoir me tirer loin de ce pays de merde et de tous ces foutus connards de fonctionnaires qui se prennent pour Dieu.

— Ça, c'est envoyé ! » Lisa lui donna une tape amicale sur l'épaule alors qu'il s'engageait sur la chaussée.

Il tourna à droite dans Nørre Søgade et soupira bruyamment en découvrant que la circulation était tellement lente à la hauteur des bateaux-cygnes que les joggeurs aux fronts ceints de bandeaux fluo anti-sueur les doublaient tranquillement.

Son téléphone émit un bip et, simultanément, la radio de la voiture grésilla. Il répondit à l'appel sur son portable, et la voix d'Heloise Kaldan emplit l'habitacle.

« Schäfer ? Il… il est mort, ânonna-t-elle. Il faut que vous veniez tout de suite ! Faites vite ! »

Elle leur communiqua une adresse quelque part sur l'île d'Amager et elle raccrocha.

« Allez ! ! ! » gueula Schäfer à l'attention des autres automobilistes en se préparant à exécuter un demi-tour au milieu de la route. « Poussez-vous, bordel ! ! ! »

Et il actionna la sirène.

*

Heloise attendait dans le vestibule sur un tabouret trouvé à côté de l'étagère à chaussures d'Ulrich. Elle avait le dos appuyé à une veste accrochée au portemanteau et eut soudain envie de vomir en sentant l'odeur de transpiration de son ancien collègue. Elle mit la tête entre ses genoux et respira à fond pour calmer son estomac et faire disparaître les images.

Elle se releva et se dirigea lentement vers la salle de bain. Elle jeta un coup d'œil à l'intérieur où elle trouva Schäfer accroupi sous le cadavre d'Ulrich. Il avait mis un masque devant sa bouche et une combinaison de la police scientifique, des chaussons bleus et des gants de latex – un attirail qu'il avait également demandé à Heloise d'enfiler dès son arrivée sur les lieux.

Un flash se déclenchait chaque fois que le photographe de la police photographiait sous un nouvel angle le tabouret renversé, la lunette de W-C de travers, le sang sur le carrelage, les pieds violacés d'Ulrich pendant, immobiles, au-dessus.

Une jeune femme l'assistait. Heloise l'avait rencontrée un peu plus tôt, quand ils étaient entrés dans l'appartement. Elle avait les cheveux blonds et des bras musclés, et Schäfer l'avait présentée à Heloise comme l'inspecteur Lisa Augustin.

La femme se pencha pour ramasser quelque chose au fond de la cuvette à l'aide d'une pince. De son autre main, elle attrapa une poche plastique zippée, la secoua pour l'ouvrir d'un geste rapide et précis, et elle glissa à l'intérieur l'objet qu'elle avait découvert.

« La peau est perforée ici », dit Schäfer à son équipière en lui montrant le talon du mort avec la pointe de son stylo.

Heloise se sentait incapable de revoir le visage déformé d'Ulrich et gardait le regard fixé sur son torse et ses jambes.

« C'est de là que vient le sang, poursuivit Schäfer. Si c'est un suicide, son pied a saigné avant qu'il pousse le tabouret. »

Sa collègue secoua la tête. « Il n'y a pas de traces de sang sur le tabouret.

— Alors je voudrais bien qu'on m'explique comment il est arrivé là-haut. » Schäfer se releva et inspecta la salle de bain. « On a le tabouret, la cuvette du W-C, le rebord de la baignoire… » Il désignait au fur et à mesure chacun des éléments qu'il énumérait. « S'il saignait déjà en arrivant dans la salle de bain, il devrait y avoir des taches de sang sur le sol et sur la pièce de mobilier ou sur l'équipement sanitaire sur lequel il est monté avant de sauter.

— Et ce n'est pas le cas, commenta Lisa Augustin.

— Il n'a pas pu se blesser après s'être pendu, bon Dieu !

— Si, c'est possible, s'il a gigoté et donné des coups de pied dans tous les sens au moment où la corde s'est serrée autour de son cou.

— Un regret de dernière minute ?

— Oui, c'est souvent ce qui se passe. Instinctivement, le corps se débat pour survivre.

— Et ensuite, quoi ? Son pied a heurté un objet qui a provoqué cette plaie avant qu'il perde connaissance ? »

Lisa eut un geste d'impuissance.

« Admettons. Alors où se trouve l'objet en question ? s'interrogea Schäfer en regardant autour de lui. Qu'a-t-il pu heurter, dans la position où il est et à cette distance ? »

Lisa jaugea le cadavre.

« De quelle longueur sont ses jambes ?

— À peu près de la même longueur que les miennes. » Schäfer leva l'un des deux poteaux qui lui tenaient lieu de jambes.

Tous deux examinèrent la pièce pendant quelques

instants. Schäfer secoua la tête le premier. « Il n'y a rien que ses pieds aient pu atteindre de l'endroit où il se trouve. Pas de cette hauteur. »

Heloise sentit un souffle chaud dans sa nuque. En se retournant, elle fut saisie par un parfum qu'elle reconnaissait pour être un after-shave de chez Pierre Cardin. Il lui rappela les jours où, petite fille, dans la salle de bain de la maison de son enfance, elle jouait à chanter en tenant devant sa bouche le flacon en forme de micro, avec son bouchon convexe qui étirait si bizarrement le visage vers l'extérieur et grossissait son nez démesurément. Un genre de Snapchat du passé.

Un homme à la figure aimable et ornée d'une énorme moustache à la Dupond et Dupont se tenait derrière elle. Il indiqua poliment son désir de passer. « Je peux ? »

La voix du nouvel arrivant fit tourner la tête à l'inspecteur Schäfer, ce qui lui permit de découvrir la présence d'Heloise.

« Kaldan ! aboya-t-il. Dehors ! »

Heloise s'écarta et fit semblant d'aller dans le salon. En réalité, elle resta dans le couloir pour ne pas être vue et pouvoir entendre ce qui se disait.

« Alors, qu'est-ce qu'on a ? » entendit-elle le moustachu demander lorsqu'il eut rejoint les deux autres. Schäfer accueillit avec cordialité l'homme qu'il appelait Oppermann, et Heloise comprit à leur dialogue et au jargon qu'ils utilisaient qu'il devait s'agir du médecin légiste.

Elle se rapprochait de nouveau de la porte de la salle de bain à la seconde où Lisa passa la tête dehors pour voir où elle était.

Heloise sursauta.

« Vous seriez gentille d'aller attendre dans le séjour pendant qu'on finit ici. »

Heloise acquiesça à contrecœur.

Elle alla s'asseoir dans un canapé trop ferme, posé tout seul au milieu du salon. Il fallut que tous les policiers et experts scientifiques aient quitté l'appartement, qu'on ait décroché Ulrich et qu'on l'ait emmené à la morgue avant que Schäfer et sa jeune collègue viennent lui parler.

« Comment vous sentez-vous ? » s'enquit Schäfer en fichant une cigarette entre ses dents sans l'allumer.

Heloise haussa les épaules.

« On va faire un tour au commissariat, maintenant.

— Je dois vous accompagner ?

— Ouaip. »

Heloise hocha la tête.

*

Heloise était déjà venue de nombreuses fois à l'hôtel de police, mais la seule expérience qu'elle avait d'une salle d'interrogatoire remontait au jour où, en classe de première, elle avait copié lors d'un examen de fin d'année et été convoquée chez le proviseur.

À présent, elle était assise devant une table recouverte de lino noir, dans une petite pièce borgne et sans air, en face des inspecteurs Schäfer et Augustin qui attendaient qu'elle relate en détail la conversation qu'elle avait eue avec Ulrich la veille.

« D'après ce que nous savons, vous êtes la dernière personne à l'avoir vu vivant et ce que vous vous êtes dit hier peut s'avérer de la plus haute importance pour cette enquête, lui expliqua Lisa Augustin. Je dois vous informer que vous êtes entendue avec les mêmes droits qu'un suspect. Ce qui signifie que vous avez le droit de vous taire et d'exiger la présence d'un avocat pendant cet interrogatoire. »

Heloise ne comprenait pas. « Vous avez dit *suspect* ?

— C'est ce que j'ai dit. Vous n'êtes pas considérée comme une suspecte pour l'instant, mais nous ne pouvons pas exclure qu'à un stade de votre audition cela puisse être le cas. Ainsi, tout ce que vous nous direz aujourd'hui – dans la mesure où vous acceptez de parler – serait inutilisable lors d'un éventuel procès si nous ne vous avions pas au préalable informée de vos droits. Et c'est ce que nous venons de faire.

— Excusez-moi, mais nous parlons bien d'un suicide, ici ? » Heloise les dévisagea à tour de rôle.

Schäfer et Augustin se taisaient. Ils se contentaient d'attendre et de la regarder.

Heloise prit une longue inspiration et reprit l'histoire depuis le début. Elle leur parla des lettres et du premier coup de téléphone qu'elle avait passé à Ulrich depuis le restaurant de la Kongens Nytorv. Elle leur répéta le message qu'elle avait laissé sur son répondeur et leur raconta sa brusque apparition sur le trottoir alors qu'elle quittait le journal.

Les deux inspecteurs l'écoutèrent sans l'interrompre quand elle leur fit part des soupçons d'Ulrich à l'égard de Johannes Mossing. Ce ne fut que lorsqu'elle eut terminé de leur relater l'épisode de l'homme au pistolet que Schäfer prit la parole.

« Est-ce qu'il vous a décrit l'homme qui est venu chez lui le menacer ? »

Heloise haussa les épaules. « Brun, trapu.

— Appartenance ethnique ?

— Je n'en sais rien. Danois, je crois.

— Quand Ulrich a-t-il dit que cette rencontre avait eu lieu ?

— En 2013. Quelques mois après le meurtre de Christoffer Mossing.

— Pourquoi n'est-il pas venu voir la police ?

— Il m'a dit qu'il avait peur.

— Hmm, grogna Schäfer en se mâchouillant la lèvre inférieure.

— Il avait réellement peur, insista Heloise. Il avait beaucoup changé depuis la dernière fois que je l'avais vu au journal. Il était gravement paranoïaque.

— Il ne vous est pas venu à l'idée qu'il pourrait avoir envie de se suicider ? » demanda l'inspecteur Augustin.

Heloise tourna les yeux vers elle. L'insinuation contenue dans sa question ne lui plaisait pas du tout.

« J'ai trouvé qu'il avait l'air un peu fou, mais, non, il ne m'est pas venu à l'idée qu'il pourrait rentrer chez lui et se pendre.

— Il n'était pas fou », annonça Schäfer.

Heloise se tourna vers lui.

« Et nous ne sommes pas sûrs non plus qu'il se soit suicidé, poursuivit-il. Rien de ce qu'il vous a raconté à propos de Johannes Mossing n'est nouveau pour moi.

— Mais… s'étonna Heloise, son regard allant de l'un à l'autre. Pourquoi est-il toujours en liberté, alors ?

— Parce que ces rumeurs circulent sur Mossing

depuis de nombreuses années et que nous n'avons jamais réussi à trouver une seule preuve que ce soit la vérité.

— Même au champ de courses de Klampenborg ? Ulrich a dit qu'il avait parlé à…

— Nous avons retourné chaque pierre, répliqua Schäfer tranquillement. Nous avons fait venir Johannes Mossing ici pour l'interroger au moins une fois par an, de la fin des années 90 au début des années 2000. Son avocat a mis fin à notre "acharnement contre son client", comme il appelait ça. » Schäfer écarta les bras en un geste d'impuissance. « Il n'y a rien à aller chercher. Johannes Mossing est un homme d'affaires brillant, qui dirige une entreprise parfaitement légale et s'intéresse aux courses pendant ses loisirs. Il fréquente des gens à la réputation irréprochable, il a une femme charmante, de belles propriétés et un fils mort.

— Jusqu'à preuve du contraire, c'est ça ? »

Schäfer hocha la tête une seule fois. « C'est ça. »

Le regard d'Heloise devint songeur pendant quelques instants. Puis elle dit : « Si Johannes Mossing est vraiment celui que vous le soupçonnez d'être, et si Ulrich a reçu des menaces de mort parce qu'il est arrivé un peu trop près de la vérité – voire s'il a été assassiné à cause de cela –, quel pourcentage de chances y a-t-il que la mort de Christoffer Mossing soit un hasard ? se demanda-t-elle tout haut. Peut-être Anna Kiel avait-elle également eu vent de choses qu'elle n'aurait pas dû savoir ? Peut-être les hommes de Mossing la menaçaient-ils, elle aussi ? »

Le silence se fit dans la petite pièce et Heloise eut

l'impression que Schäfer et Augustin allaient ajouter quelque chose.

« Quoi ? Qu'est-ce qu'il y a ? J'ai loupé un épisode ?

— C'est peut-être vous ? » dit Lisa. Elle s'était levée de sa chaise et se tenait à présent appuyée au mur du fond.

« Peut-être moi qui *quoi ?* » Heloise se tourna perplexe vers Schäfer qui restait coi.

Et calme, et attentif.

« Qu'est-ce que vous êtes venue faire dans cette histoire ? continua Lisa. Une femme soupçonnée de meurtre vous envoie des lettres et semble savoir sur vous des choses très personnelles. Et maintenant, voilà qu'Ulrich Andersson meurt, probablement parce qu'il a parlé avec vous. Vous continuez à prétendre que vous n'avez jamais rencontré Anna Kiel, et que vous n'avez aucune idée de la raison pour laquelle elle vous écrit des lettres.

— Je prétends ? » Heloise sentit monter une vague de colère.

« Je ne prétends rien du tout. Je n'ai jamais vu Anna Kiel de toute ma vie. Et d'ailleurs, n'importe qui a pu m'envoyer ces lettres. Nous ne savons pas si c'est réellement elle qui les a écrites.

— Il y a des traces de son ADN sur les enveloppes », l'informa Schäfer.

Heloise ignorait pourquoi cette nouvelle la surprenait à ce point. Peut-être parce que, jusqu'à maintenant, ce n'était qu'une possibilité et que, tout à coup, cela devenait un fait avéré. Le col de sa chemise lui parut soudain plus serré et elle tendit la main vers le verre d'eau posé devant elle sur la table.

« Nous avons aussi reçu les résultats des prélèvements d'empreintes digitales », ajouta l'inspecteur.

Heloise leva vers lui des yeux interrogateurs.

« Qui est Martin Duvall ? » lui demanda-t-il.

La question l'atteignit comme une boule de démolition atteint la façade d'une barre HLM.

« L'une des empreintes trouvées dans votre appartement lui appartient », reprit Schäfer.

Heloise mit quelques secondes à se ressaisir. « Comment se fait-il que vous ayez les empreintes de Martin dans votre base de données ?

— Il a fait l'objet d'une condamnation l'année dernière.

— Une condamnation ?

— Oui.

— Pour quoi ?

— Pour violence.

— Pour violence ? répéta Heloise, abasourdie.

— Il a pris trente jours de prison sans sursis pour avoir cassé quatre dents au plaignant. »

Les épaules d'Heloise tombèrent : « Alors il a fait de la prison ? C'est ça que vous êtes en train de me dire ? »

Schäfer acquiesça lentement. « Alors vous le connaissez ?

— Oui.

— Quelle est la nature de votre relation ?

— Je l'ai utilisé comme source d'informations pour une série d'articles et… nous nous voyons.

— Vous êtes ensemble ?

— Non, pas vraiment.

— Lui est-il arrivé d'être violent avec vous ? »

Heloise hésita un instant avant de répondre. Elle pensait au soir où ils étaient allés dîner au Bistro Royal. Elle se rappela la façon dont il lui avait immobilisé les mains derrière le dos et dont il l'avait poussée contre le mur de sa chambre en lui arrachant sa petite culotte…

Avait-il dépassé une limite ce soir-là ? Avait-elle aimé ça ? Avait-elle regardé les marques autour de ses poignets le lendemain comme le souvenir d'une nuit de sexe intense ou comme celui d'un… viol ?

Schäfer posa une nouvelle question avant qu'Heloise ait eu le temps de répondre à la précédente. « Est-il possible que Martin Duvall ait quelque chose à voir avec tout ça ? »

Heloise eut un vertige et elle ferma les yeux. « Non, je ne crois pas…

— Est-il possible que ce soit lui qui ait pris cette photo de votre balcon ?

— Non. » Heloise rouvrit les yeux. « Je ne le connaissais pas quand cette photo a été prise.

— Pardon ? » s'exclama Schäfer, incrédule, tandis que Lisa Augustin revenait s'asseoir à la table.

La main d'Heloise tremblait quand elle la plongea dans sa poche intérieure pour prendre son téléphone.

18

Anna avait rendu visite à Nick plus tôt dans la journée. Elle avait loué un petit appartement avenue de la Liberté qui, comme son adresse ne l'indiquait pas, était situé non loin de son actuelle résidence.

Elle ne l'avait pas prévenu qu'elle était à Paris et, quand il avait vu que c'était elle qui était assise sur le banc d'acier, son visage s'était avachi comme un soufflé raté. Il espérait visiblement quelqu'un d'autre, et Anna avait presque eu pitié de lui.

Mais seulement presque.

« Je veux que vous me donniez accès aux fichiers, avait-elle exigé.

— Pas encore. Vous n'avez pas respecté les clauses de notre contrat.

— Si vous voulez que je vous aide, vous devez me donner ce que je demande. Sinon, le contrat est rompu. »

Elle pensait qu'il allait protester et s'était préparée à lui faire toutes sortes de menaces. Mais il avait accepté ses conditions. Elle vit qu'il avait perdu tout espoir et toute combativité depuis longtemps.

Il lui avait donné le nom du site Internet ainsi qu'un

mot de passe et lui avait dit : « Faites attention à vous, d'accord ?

— Ce ne sera plus très long, maintenant », lui avait-elle répondu en lui remettant un bout de papier avec le numéro d'un téléphone à carte.

« Je ne reviendrai plus. La prochaine fois que quelqu'un viendra vous voir, ce sera Heloise. Je compte sur vous pour m'appeler aussitôt. »

Il avait acquiescé.

« Vous croyez qu'elle va venir ? s'était-il inquiété.

— Elle viendra », avait-elle assuré.

19

Le laboratoire de la police scientifique, qui avait ses locaux dans l'immeuble Teilum de la Frederik V' Vej, entre Rigshospitalet et Fælledparken, était désert. D'habitude, le hall était bondé d'étudiants de la fac de médecine. Mais aujourd'hui, le foyer était sombre et si calme que, dans le couloir aux murs de briques brunes conduisant aux ascenseurs, Schäfer entendait le bruit de sa propre respiration.

Au premier étage, il aperçut plusieurs laborantins en blouse blanche, occupés à examiner des prélèvements de tissus dans des microscopes. Il salua de la tête ceux qu'il connaissait avant de s'engager sur la passerelle au bout du couloir. Arrivé à destination, il poussa la porte de la salle de dissection où l'on procédait aux autopsies.

Il y faisait plutôt froid et pour une fois l'odeur était presque supportable. La plupart des tables étaient vides, les cadavres de la matinée ayant déjà été conduits à la morgue, dans les sous-sols du bâtiment. Pourtant, il suffisait de rester quelques minutes dans cette pièce pour emporter dans ses vêtements ou ses cheveux un subtil parfum de mort. Parfois c'était une senteur minérale faisant penser à la rouille, d'autres fois un relent de pommes pourries. Dans les deux cas, l'odeur partait à l'eau et au savon. Par contre, les mauvais jours, on avait l'impression d'avoir mariné dans un tonneau de poissons qui auraient passé une semaine en pleine canicule et, alors, il fallait plus qu'une douche pour venir à bout de l'arôme de putréfaction qui vous collait à la peau.

Il dépassa les quatre premiers box de la salle de dissection qui en comprenait cinq, chacun équipé d'un grand lavabo en inox et d'une station d'accueil. Dans le dernier box, il tomba sur une équipe en plein travail.

« Bonjour, tout le monde », dit-il, les mains dans les poches, s'approchant de la table d'autopsie.

« Ah, te voilà ! » répondit gentiment le médecin légiste John Oppermann en grattant sa barbe contre son épaule, ses deux mains tendues devant lui et munies de gants de caoutchouc.

« On allait justement commencer. »

Schäfer et Oppermann n'étaient pas à proprement parler des amis, ils ne se fréquentaient pas en privé. Mais les deux hommes s'appréciaient. Leur travail respectif les avait conduits l'un et l'autre dans divers endroits du monde, frappés par les guerres et les catastrophes naturelles, bien loin de leur mare aux canards bien tranquille, en Scandinavie. Ils avaient partagé des expériences qui les avaient unis pour le meilleur et surtout pour le pire.

En 2000, ils étaient partis au Kosovo avec les Nations unies, soi-disant pour réaliser des autopsies et des identifications après que l'OTAN eut chassé les Serbes. Là-bas les attendaient les charniers humains laissés par

Milošević – une vision qui venait encore souvent hanter les nuits d'Erik Schäfer.

L'inspecteur regarda le cadavre d'Ulrich Andersson sur la table tandis qu'un légiste commençait à découper ses vêtements et à les répartir dans différentes poches plastiques. Le visage du mort était bleu et tuméfié, et la langue qui pendait hors de sa bouche était anormalement grande. Les taches cadavériques avaient commencé à apparaître sur les pieds, les jambes, les mains et les bras alors que le reste du corps était livide.

Quand Schäfer assistait à une autopsie, il se fichait en général de la cause du décès. Il était souvent accessoire pour l'enquête de savoir si la personne couchée sur la table en inox était morte d'une chute du cinquième étage, par étranglement ou à la suite d'un coup de fusil à canon scié. La seule chose qui intéressait l'inspecteur était les circonstances dans lesquelles elle était morte. S'agissait-il d'une mort naturelle, d'un accident, d'un suicide ou d'un meurtre ? Il faisait ce boulot depuis assez longtemps pour savoir que la première impression était rarement la bonne.

Pendant l'heure qui suivit, Schäfer regarda Ulrich Andersson se faire découper en Y du cou jusqu'au pubis. On lui ouvrit la cage thoracique et on sortit un par un chacun de ses organes, pour les observer.

« Le visage est cyanosé et montre de nombreuses hémorragies capillaires en forme de points », décrivit le médecin légiste à son assistant. Il fit signe à Schäfer d'approcher.

« On ne l'a pas remarqué dans la salle de bain où on l'a trouvé, mais ici c'est très visible : il y a des tas de saignements en petits points dans les yeux et sur les paupières, et regarde… tu as vu ça ? »

Du petit doigt, il lui montrait la partie arrière des oreilles du mort.

« Et on observe les mêmes ecchymoses à l'intérieur des glandes salivaires. Quand on se pend à une hauteur importante au-dessus du sol, ce qui semble avoir été le cas de notre client, on n'observe pas ce genre de saignements, expliqua Oppermann. En revanche, quand on meurt par étranglement – imaginons par exemple que quelqu'un noue une corde autour du cou de sa victime et la serre fort et longtemps – les vaisseaux sanguins qui ramènent le sang du cerveau vers le cœur sont obturés, mais pas les artères qui ont pour fonction d'irriguer le cerveau. On augmente donc la pression dans les veines du cerveau, ce qui fait éclater les veines capillaires. C'est ce qui provoque les hémorragies en petits points que tu vois là. »

Schäfer l'écoutait en hochant la tête.

« Par contre, si on se pend et que le corps est suspendu dans le vide, poursuivit le légiste, le poids important sur la corde a pour action de bloquer la circulation de toutes les veines et de toutes les artères en même temps. Et dans ce cas, il n'y a pas de microsaignements.

— Donc tes observations ne concordent pas avec une mort par pendaison ? conclut Schäfer en se grattant le cou.

— Si, mais il aurait fallu qu'il se pende à une poignée de porte, par exemple, et que son corps soit resté presque à l'horizontale. Dans ce cas, on aurait peut-être eu les mêmes saignements en forme de petits points. Mais dans le cas qui nous occupe, je n'ai jamais observé ce phénomène. Pas avec un corps suspendu dans le vide. »

Schäfer recula d'un pas en voyant John Oppermann trancher le scalp d'Ulrich Andersson d'une oreille à l'autre et rabattre la peau sur le visage qui se retrouva à l'envers. Le procédé, que l'inspecteur avait vu employer de nombreuses fois, lui faisait toujours penser à ces marionnettes réversibles qui d'un côté représentent le Petit Chaperon rouge et qui, quand on les retourne et qu'on leur fait passer la robe par-dessus la tête, laissent apparaître le Grand Méchant Loup. Paisible au recto, cauchemardesque au verso.

Le médecin légiste s'empara d'une scie Stryker, spécialement conçue pour épargner les tissus mous, et entreprit de trépaner Ulrich Andersson. Son cerveau et la corde bleue autour de son cou furent retirés et examinés.

« On distingue très clairement un sillon brun en forme de V à l'envers sur le cou, à l'endroit où la corde a été serrée, décrivit Oppermann en s'adressant au dictaphone qui recueillait ses commentaires. Mais on observe également une marque horizontale sur le cou ; une égratignure située en dessous du sillon creusé par la corde. »

Il choisit un scalpel très fin et commença à disséquer couche après couche les muscles recouvrant la trachée et l'œsophage d'Ulrich Andersson.

Schäfer attendit patiemment que l'autopsie soit terminée et qu'Oppermann ait retiré ses gants avant de lui demander un avis.

« Alors, doc, tes conclusions ? »

Le médecin légiste se savonnait soigneusement les mains au-dessus de l'évier.

« Il n'y a pas le moindre doute, dit-il. Nous avons les hémorragies en tête d'épingle, une égratignure sur le cou, des ecchymoses dans les tissus autour de la proéminence laryngée et une rupture de la corne de la thyroïde et de l'os hyoïde. Le mort ne s'est pas fait tout ça en se pendant au plafond de sa salle de bain.

— Alors, c'est un meurtre.

— La cause de la mort est vraisemblablement la strangulation à l'aide d'une corde. Un meurtre, oui, confirma Oppermann.

— D'accord. Vous n'aurez qu'à me faire passer le rapport d'autopsie dès que vous l'aurez », dit Schäfer. Il donna à Oppermann une tape amicale sur l'épaule et se dirigea vers la sortie.

Dans ce domaine, les choses ne se passaient pas comme le croient la plupart des gens. Les films américains avaient donné l'impression au spectateur lambda que les conclusions en médecine légale sont accessibles au public. Chaque fois qu'une célébrité passait l'arme à gauche en Amérique, tous les médias retenaient leur souffle en attendant le résultat de l'autopsie dont chaque point était ensuite détaillé en *prime time*. Aux USA on avait une tout autre liberté d'expression dans ce domaine, le Danemark en comparaison était le pays le plus secret du monde occidental. Cet état de fait était dû à un mélange de sens moral et de prudence politique, et ça ne datait pas d'hier. En l'occurrence, les rapports d'autopsie étaient exclusivement envoyés à la police et lui appartenaient à elle seule. Personne d'autre n'y avait accès. Quand Schäfer recevait les conclusions du médecin légiste dans une affaire, il était seul à décider à qui il voulait les transmettre, ou pas.

« Si l'on considère le mal que l'auteur s'est donné pour essayer de faire passer son crime pour un suicide, le travail est plutôt bâclé, dit Oppermann dans le dos du policier. L'assassin aurait mieux fait de se renseigner un peu. »

Schäfer demanda par-dessus son épaule : « On a affaire à un amateur, tu crois ?

— Je ne me permettrais pas de me prononcer là-dessus. Ce qui est sûr, c'est qu'il n'est pas médecin légiste. »

De retour à la Crim', Schäfer transmit au commissaire les conclusions du légiste. Un groupe d'investigation fut constitué. En plus d'Augustin et de Schäfer, il comprenait Lars Bro et Nils Petter Bertelsen ; un autre tandem de choc de la première section de la brigade criminelle.

« Bon », commença l'inspecteur Schäfer après avoir frappé deux coups secs sur le bord du grand bureau de la salle de réunion où ils étaient tous assis, attendant le briefing.

« Comme vous le savez, j'arrive du laboratoire de médecine légale où notre cher Oppermann a donné son opinion : il s'agit bien d'un meurtre.

— Qu'est-ce qui lui fait dire ça ? s'enquit Nils Petter Bertelsen.

— Les lésions observées chez la victime ne correspondent pas à un suicide par pendaison. Tout laisse croire qu'on l'a étranglé d'abord et pendu ensuite.

— Avons-nous un suspect ? Un mobile ?

— S'il était journaliste à *Expressen*, il devait y avoir pas mal de gens qui avaient envie de le voir pendu au bout d'une corde », lança Lars Bro, railleur.

Schäfer ignora sa remarque. « Nous savons que la victime, un certain Ulrich Andersson, était en arrêt de travail depuis longtemps. Nous savons aussi que, la veille de la découverte du corps, il avait parlé à une autre journaliste, Heloise Kaldan, une de ses consœurs du journal *Demokratisk Dagblad* où il était employé précédemment. Le médecin légiste estime que le mort était accroché au tuyau de la salle de bain depuis au moins douze heures, et Heloise Kaldan dit l'avoir vu avant-hier à l'heure du déjeuner. La victime a donc été assassinée entre 12 heures et 22 heures avant-hier. Selon le témoignage de Mlle Kaldan, la victime lui aurait dit premièrement : qu'il s'était occupé de l'affaire Taarbæk en 2013, et deuxièmement : qu'il avait mis le nez dans les affaires de Johannes Mossing liées au champ de courses de Klampenborg. Après avoir, semble-t-il, posé une ou deux questions de trop, il aurait apparemment été menacé à son domicile par un gros bras muni d'une arme de poing. »

Lars Bro fit remarquer d'un air étonné : « L'histoire remonte quand même à un bail. Pourquoi ce qui s'est passé à cette époque-là aurait-il un rapport avec ce qui vient d'arriver ? »

Schäfer les mit au courant de l'implication d'Heloise dans l'ancienne affaire, des lettres contenant l'ADN d'Anna Kiel, des empreintes de Martin Duvall et de la photo postée sur Instagram.

« Cette Kaldan est donc une pièce importante, signala Lisa Augustin. À nous de découvrir où la placer dans le puzzle.

— Mais elle n'est pas une suspecte ? demanda Nils Petter Bertelsen.

— Pas pour l'instant », dit Schäfer. Il sortit du dossier qu'il avait apporté les pochettes en plastique contenant les lettres. « Il en est arrivé une autre ce matin.

— Une troisième lettre ? s'exclama Lisa.

— Ouaip, dit Schäfer. Kaldan m'a appelé alors que je me rendais au labo. Je suis passé la chercher chez elle sur le chemin du retour.

— Fais voir », s'écria sa collègue tout excitée.

Schäfer lui tendit la pochette du milieu.

Chère Heloise,

Pourquoi n'as-tu pas d'enfant ? Moi, je sais pourquoi je n'en ai pas, mais toi ? On doit te poser la question tout le temps et tu as dû avoir le temps de réfléchir à une réponse, parce que tu n'es plus toute jeune.

Plus toute jeune. Et plus très... fertile.

TIC TAC TIC TAC.

Ma mère n'était pas une bonne mère.

C'est peut-être héréditaire. Aucune importance puisque mon horloge à moi n'a jamais marché.

Je dois avoir un défaut de fabrication.
Ou c'est elle qui m'a cassée.

Il y a tant de choses que je voudrais te dire.

Puisqu'on me prive de ta présence, Héloïse, donne-moi au moins par tes mots la douce essence de ton être.

Anna Kiel

« Aïe, ça fait mal, non ? » Lisa leva les yeux de la lettre. « Ou alors c'est moi qui suis susceptible ? "Salut, tu es vieille et desséchée et tu risques de ne jamais avoir d'enfant" ? !

— Quel âge a Heloise Kaldan ? s'enquit Bertelsen.

— Trente-six ans, répondit Schäfer. Un perdreau de l'année.

— Un perdreau de l'année ! Tu en as d'autres des expressions comme ça, papi ! s'esclaffa sa collègue.

— Tu as raison, répliqua-t-il, froissé, ça fait mal.

— Comment a réagi Heloise quand tu lui as donné les dernières nouvelles ?

— Quand je lui ai dit qu'Ulrich ne s'était pas suicidé, tu veux dire ?

— Oui.

— Je ne lui ai pas encore dit.

— Pourquoi ?

— Parce que je ne veux pas l'inquiéter prématurément et parce que... » Schäfer haussa les épaules. « Je n'ai pas envie que cette histoire sorte dans les journaux avant qu'on en sache un peu plus. »

D'abord, personne ne dit rien. Puis Lars Bro rompit le silence : « Qui fait quoi, alors ?

— J'aimerais que vous deux, vous alliez interroger les collègues et amis d'Andersson pour savoir s'il a parlé des Mossing junior et senior à quelqu'un d'autre qu'à Heloise », dit Schäfer. Il sortit du dossier un portrait d'Andersson pris en tête de sa chronique et le fit glisser sur la table jusqu'à Lars.

« Faites un tour au champ de courses avec ça. Montrez sa photo aux gens et voyons si quelqu'un se souvient de lui, là-bas. Il faut qu'on trouve les gens avec qui il a parlé et qu'on sache ce qu'ils lui ont dit.

— Et nous, on fait quoi ? demanda Lisa.

— Toi, tu retournes voir son ex-femme. »

Lisa fit la grimace et étouffa un juron. Schäfer et elle étaient passés ensemble chez l'ancienne épouse d'Ulrich Andersson à Amager, la veille. Les deux enfants du couple, une fille de sept ans et un garçon de neuf ans, avec des tignasses bouclées, rousses et hirsutes, mangeaient des torsades à la bolognaise devant un vieil épisode d'*Hannah Montana* défilant sur un écran plat beaucoup trop grand pour la pièce. Les gosses n'avaient même pas détourné les yeux de la télé quand leur mère avait invité Schäfer et Augustin à entrer.

L'ex-Mme Andersson les avait conduits dans la cuisine, et ils lui avaient annoncé la tragique nouvelle. Elle avait pleuré en silence, la bouche ouverte et le regard éperdu, avec les rires en boîte et la voix maniérée de Miley Cyrus dans le séjour en bruit de fond.

« Qu'est-ce que je vais dire aux enfants ? » leur avait-elle demandé ensuite, d'une voix sourde, épaisse de salive et de morve.

« Comment explique-t-on à des gosses que leur père a mis fin à ses jours ? Comment vont-ils vivre le restant de leur existence avec ça ? »

Et maintenant Lisa allait devoir retourner la voir pour lui dire que finalement le père des enfants ne s'était pas pendu. Et ils devraient vivre avec l'idée qu'il était mort d'une manière plus violente encore.

« Et toi ? demanda-t-elle à son coéquipier, qu'est-ce que tu vas faire ? »

Schäfer se leva et resserra la ceinture de son pantalon.

« J'ai deux mots à dire à M. Mossing. »

20

En comptant *un éléphant blanc, deux éléphants blancs, trois éléphants blancs*, et ainsi de suite entre la lumière d'un éclair zigzaguant dans le ciel et le coup de tonnerre qui vient tout de suite après, on peut savoir à combien de kilomètres se trouve l'orage. Selon le même principe, Heloise avait une théorie : on pouvait calculer la distance jusqu'à la fontaine de Storkespringvandet en comptant le nombre d'instituts de bronzage Consol Solcenter qu'on rencontrait sur sa route. Plus courte devenait la distance entre deux instituts, plus on s'éloignait du cœur bourdonnant de la capitale.

Elle se gara devant ce qui devait être le douzième institut depuis qu'elle était partie de chez elle en centre-ville. La rue principale de Herlev n'avait rien d'une sympathique rue piétonne de province comme elle se l'imaginait. C'était une grande avenue à double sens, flanquée de ce qui ressemblait à des maisons de retraite contemporaines et d'une succession d'ennuyeux commerces typiques de la banlieue : une pizzeria, trois salons de coiffure, deux kiosques à journaux, l'institut de bronzage cité précédemment et le fameux pub appelé

La Lanterne. Elle avait essayé de se renseigner sur les horaires d'ouverture avant de débarquer, mais l'établissement n'avait pas de site Internet. Elle en déduisit que sa clientèle ne devait pas être du genre iPad, smartphone, ultra connectée. Il était presque 2 heures de l'après-midi et on devait déjà avoir pissé les bières apéritives et décapsulé les digestives dans les divers troquets de la ville.

La Lanterne se trouvait à l'angle de deux rues et son architecture intérieure brillait par un mélange assez confus de plusieurs styles. On y trouvait des bancs en bois peints d'un brun orangé, des murs en faux colombages d'inspiration tyrolienne, des vases sur les tables avec des fleurs en plastique, un drapeau norvégien au plafond et un juke-box américain Rockabilly à droite de la porte, à côté d'un Tom Jones en carton-pâte grandeur nature.

Heloise jeta un coup d'œil à la discothèque : Big Fat Snake, Smokey, Bonnie Tyler, Dodo & The Dodos. Elle sourit toute seule de ce que cette playlist avait de prévisible, puis concentra son attention sur un vieil homme qui portait un bouc et avait le teint cireux du fumeur invétéré. Perché sur un tabouret au bout du bar, il serrait fermement le poing autour de sa bouteille de bière. Il n'y avait personne d'autre dans l'établissement, y compris derrière le comptoir.

« Tiens… » L'unique client salua Heloise d'un hochement de tête. « Vous n'êtes pas d'ici, vous. »

Heloise lui sourit et répliqua : « Je cherche la patronne.

— Jonna ?

— Oui. Jonna Kiel. Vous savez si elle est là ? »

L'homme descendit de son tabouret, passa derrière le bar, ouvrit la porte de la réserve et se mit à gueuler: «JONNA!!»

Une voix rocailleuse lui répondit: «Ouais, QUOI?

— Y a du monde!» rétorqua le vieux en allant tranquillement se rasseoir.

Heloise entendit des bruits de verre ou peut-être de bouteille renversée quelque part au fond de l'établissement.

Une grande femme maigre avec des créoles bleu turquoise aux oreilles apparut à la porte. Elle avait les cheveux courts et teints au henné et une peau grêlée de cicatrices d'acné.

«T'as besoin de quelque chose? demanda-t-elle à l'homme au bouc.

— Non, il y a du monde, redit-il avec un geste du menton vers Heloise.

— Vous êtes Jonna Kiel?» s'assura cette dernière.

La femme jeta légèrement la tête en arrière comme si elle observait Heloise à travers ses narines.

«Qui la demande?

— Êtes-vous Jonna Kiel?»

La femme acquiesça brièvement et croisa les bras.

«Je m'appelle Heloise Kaldan, je suis journaliste et je travaille pour *Demokratisk Dagblad.*

— Waouh, ça en jette! sourit la dame. Et qu'est-ce que vous venez faire ici, on a reçu le prix du Bistrot de l'Année?»

Elle et l'homme au bouc se regardèrent et pouffèrent de rire.

«Non, désolée. Je me demandais simplement si je

pourrais vous poser quelques questions, répondit Heloise en approchant du comptoir.

— Tant que vous consommez, vous pouvez me demander ce que vous voulez, ricana la femme avec un coup d'œil vers la rangée de bouteilles derrière elle. À moi de voir si j'ai envie de vous répondre. »

Heloise haussa les épaules et regarda le choix proposé. « Je vais prendre une eau minérale. »

La femme secoua la tête et accompagna la mimique d'un claquement de langue désapprobateur. « Mauvaise réponse.

— OK, alors donnez-moi… un demi. »

Heloise s'installa au bar pendant que Jonna Kiel lui versait sa bière.

« Ça fera cinq cents couronnes », annonça-t-elle avec un sourire taquin en posant le verre si brutalement que la mousse déborda et coula sur le zinc.

Heloise la scruta un instant, le temps de voir si c'était du lard ou du cochon.

La femme haussa les épaules d'une manière qui voulait dire : « Tu payes ou tu te casses. »

Heloise trouva un billet de cinq cents couronnes dans son porte-monnaie et le posa sur le comptoir. « Je suis venue vous poser quelques questions à propos de votre fille. »

La femme blêmit. Le sourire taquin avec lequel elle avait réclamé l'argent avait disparu également.

« Ma fille ? répéta-t-elle d'une voix blanche.

— Oui, votre fille, Anna. »

Jonna Kiel papillonna des paupières, mais le geste n'avait rien d'ingénu. « Ils l'ont trouvée ? »

Heloise secoua rapidement la tête. « Non. »

La femme ferma les yeux et poussa un long soupir. Heloise aurait été incapable de dire s'il exprimait le regret ou le soulagement.

Peut-être l'un et l'autre.

Après avoir rouvert les yeux, elle acquiesça imperceptiblement et tendit lentement la main pour s'emparer du billet de banque. Heloise pensa l'espace d'un instant qu'elle allait lui demander de s'en aller, mais elle ne dit rien.

« Quand avez-vous eu de ses nouvelles pour la dernière fois ? » demanda-t-elle à la mère d'Anna.

La femme haussa les épaules, l'air vague.

« Avez-vous eu de ses nouvelles depuis que la police la recherche ? »

La femme refusait toujours de répondre et Heloise insista : « Vous ne vous souvenez vraiment pas quand vous l'avez vue pour la dernière fois ?

— Je… je ne sais pas. Il y a un moment. »

Heloise hésitait un peu à jouer cartes sur table et finit par décider de dire la vérité. « Je suis venue vous voir parce qu'Anna m'a envoyé des lettres. »

La femme la regarda en secouant la tête, troublée. « Des lettres ?

— Oui.

— Dans lesquelles elle vous écrit quoi ?

— Elle m'écrit qu'elle et moi sommes liées. »

Jonna Kiel la jaugea des pieds à la tête, comme si elle cherchait sur elle un point commun, un lien concret, physique. « Comment ça, liées ?

— J'espérais que vous alliez pouvoir me le dire.

— Vous ne ressemblez pas à… Vous ne vous ressemblez pas, dit la femme. Vous n'avez pas le même genre.

— Quel est le genre d'Anna ? Quel genre d'amis a-t-elle ?

— Elle n'en a pas, je crois.

— Elle ne voyait personne ? »

La femme secoua la tête. « Non. À part Kenneth.

— Qui est Kenneth ?

— Un garçon avec qui elle allait à l'école. Il était une ou deux classes au-dessus d'elle. C'était un handicapé.

— Un handicapé.

— Il était en fauteuil roulant. Suite à un accident de voiture, je crois. Anna passait ses journées à le pousser partout dans la ville. Ils étaient tout le temps fourrés ensemble. Ils lisaient les mêmes bouquins et s'envoyaient des messages secrets, des trucs comme ça.

— Ils étaient amoureux ? »

La mère d'Anna haussa les épaules. « Comment voulez-vous que je le sache ?

— C'était des amis d'enfance ?

— Oui.

— Comment était Anna à cette époque ? »

Le regard de Jonna Kiel devint lointain et, un long moment, elle resta sans répondre.

« Ses professeurs disaient qu'elle était une enfant bizarre, dit-elle enfin. Renfermée, en colère. Elle me causait beaucoup de problèmes… J'étais souvent convoquée à l'école pour parler avec la directrice.

— Qu'est-ce qui la mettait tellement en colère, à votre avis ? »

La femme se leva pour aller chercher un paquet de

cigarettes posé sur la caisse. Elle en alluma une et tira trois longues bouffées avant de parler.

« Son père n'était pas un bon père. Il nous a abandonnées quand elle était petite. » Elle avança la lèvre inférieure et recracha la fumée en une colonne verticale. Puis elle haussa les épaules, résignée. « C'était peut-être ça qui la mettait en colère.

— Et vous ?

— Quoi moi ?

— Vous étiez une bonne mère ? »

La femme regarda Heloise d'un regard trouble, puis ses yeux se remplirent de larmes. « Vous avez des enfants ? » demanda-t-elle.

Heloise secoua la tête.

« Alors vous ne savez pas à quel point c'est dur. » Elle plongea sa cigarette, fumée à moitié, dans un verre d'eau qui se trouvait sur le comptoir. « On fait tout ce qu'on peut pour être la meilleure mère possible pour son enfant, mais ce n'est jamais assez. Je n'en sais rien… Frank, lui, il est parti. Il nous a abandonnées. Moi au moins, j'ai donné à notre fille un toit sur la tête et un lit où dormir.

— Vous étiez proches ?

— Anna et moi ?

— Oui. »

Jonna regarda au loin, de nouveau dans ses pensées. « Non, je suppose que non.

— Pourquoi ? »

À cela, elle ne répondit pas, mais elle dit : « Je crois que je ne l'ai pas revue depuis qu'elle est partie de la maison.

— Et c'était quand, ça ?

— Quand elle avait seize ans. »

Heloise fronça les sourcils. « Et elle n'est jamais revenue ? »

La femme secoua la tête.

« Et Christoffer Mossing ? Vous savez pourquoi Anna l'a tué ?

— Oui. »

Heloise la regarda attentivement, intriguée.

« La police a dit qu'elle était devenue folle, dit la femme. Folle à lier.

— Alors vous aussi vous pensez que c'est arrivé par hasard. Qu'elle a simplement disjoncté. »

Jonna se contenta d'acquiescer : « C'est possible.

— Si je vous dis : "fleur de cadavre", ça vous évoque quelque chose ?

— Pardon ?

— "Fleur de cadavre", répéta Heloise. Anna parle de *fleur de cadavre* dans l'une de ses lettres.

— Vous voulez parler de couronne mortuaire ? »

Heloise tourna malgré elle les yeux vers les « décorations » des tables.

« Non, rien à voir avec un enterrement. La fleur de cadavre est une plante qui pousse à Sumatra. »

Le visage de la femme était sans expression.

« La fleur attire les coléoptères entre ses pétales en dispersant autour d'elle une odeur de mort, poursuivit Heloise. Ça vous dit quelque chose ? »

Son interlocutrice fit une grimace et secoua la tête.

Heloise changea de tactique. « Depuis combien de temps avez-vous ce bar ?

— Je l'ai repris à mon compte en 1994. Il appartenait à mon père. Quand il est mort, j'ai repris le flambeau, pour ainsi dire.» Elle brandit une bouteille de Carlsberg pour illustrer son propos.

«Qu'est-ce que vous faisiez avant?

— Avant La Lanterne? J'avais une société de nettoyage. Ça s'appelait Kiel Cleaning.

— Et vous l'avez vendue en reprenant ici, c'est ça?»

La femme haussa vaguement une épaule.

«C'est à peu près ça.

— Et votre ex-mari, il faisait quoi?

— Frank? Il faisait tout et n'importe quoi. Il n'était jamais à la maison.

— Il avait bien un travail?

— Oh oui, il en avait plusieurs: électricien, garçon de café, mécanicien automobile, promeneur de chiens. Je vous l'ai dit, on ne le voyait jamais.

— Vous vous disputiez souvent?»

La femme s'essaya à une réponse humoristique. «Seulement quand nous étions dans la même pièce.

— Il y avait de la violence entre vous?»

Elle alluma une autre cigarette. «Quel rapport?

— Je me dis qu'Anna aurait pu être influencée par la relation de ses parents. Est-ce qu'elle vous a vus être violents l'un envers l'autre? Est-ce que vous battiez votre fille? Une fessée de temps en temps qui aurait pu dégénérer.»

Jonna Kiel secoua brièvement la tête en baissant les coins de sa bouche.

«S'est-il passé quelque chose entre Frank et vous

qui pourrait expliquer pourquoi Anna est devenue ce qu'elle est ? insista Heloise. Une enfant difficile.

— Je ne sais pas… Elle était mal dans sa peau, je crois.

— Et vous avez fait quelque chose pour l'aider à aller mieux ? »

Un long silence s'installa et l'homme au bouc commença à s'agiter sur son tabouret grinçant en similicuir.

« Je m'occupais de faire bouillir la marmite. J'ai fait en sorte qu'elle ait des vêtements et un endroit pour vivre, répéta-t-elle.

— Oui, vous l'avez déjà dit », répliqua Heloise, froidement.

La rousse la fixa pendant plusieurs secondes. « Anna était mal dans sa peau, et alors ? La vie n'était pas plus simple pour nous autres, hein ! » Elle prit à partie l'homme au bout du bar. « On a tous nos problèmes, on ne va pas égorger les gens pour autant ! Anna n'est pas normale, elle est malade dans sa tête, vous comprenez ? »

Heloise ne dit rien.

Lorsque la femme recommença à parler, sa voix semblait venir de très loin.

« Ai-je été une bonne mère ? » Après un pet de bouche, elle répondit à sa propre question. « Je ne crois pas. Mais j'ai fait de mon mieux. »

*

Heloise retourna dans sa voiture. Elle chercha le numéro de l'école de Herlev sur son smartphone et appela le secrétariat.

« Cité scolaire de Herlev, Marianne à l'appareil, que puis-je faire pour vous ?

— Bonjour, mon nom est Heloise Kaldan. Je me demande si vous pourriez m'aider. Je suis à la recherche d'un élève qui a fréquenté votre établissement.

— Oui ?

— Je ne connais malheureusement pas son nom et je ne peux pas non plus vous dire exactement en quelle année il était chez vous, mais je sais qu'il s'appelle Kenneth.

— Kenneth ?

— Oui. Il a dû passer son brevet en 1998, à deux ans près.

— Ouh la la. Ça ne va pas être facile de vous le retrouver.

— Vous n'avez pas des archives de vos anciens élèves ?

— Si, mais les archives dématérialisées ne remontent que jusqu'à 2002. Les élèves des années précédentes sont répertoriés dans des archives papier par ordre alphabétique suivant leur nom de famille. Il faudrait que je lise toutes les listes sur une période de quatre ans pour retrouver le Kenneth dont vous me parlez. Et je crains qu'il n'y ait beaucoup de Kenneth, alors comment ferais-je pour savoir si c'est le bon ?

— Oui, vous avez raison, je ne vais pas augmenter votre charge de travail avec une recherche aussi fastidieuse. »

La fonctionnaire eut un rire mi-gêné et mi-d'accord.

« Est-ce que cela vous ennuie si je viens moi-même consulter ces archives ?

— Euh… » La secrétaire s'éclaircit la gorge. « Je ne crois pas que j'aie le droit de…

— Ce ne sera pas long. Je me ferai toute petite. Je vous assure que personne ne remarquera ma présence.

— Non, vraiment. Ce n'est pas possible. Si vous aviez d'autres informations sur l'élève, en plus de son prénom, je pourrais peut-être… »

Heloise se rappela ce que Jonna Kiel lui avait dit.

« Je sais qu'il était dans un fauteuil roulant. En tout cas, il avait un handicap.

— Ah ! » s'exclama la femme, ravie, et Heloise crut qu'elle allait frapper dans ses mains. « Alors, il doit s'agir de Kenneth Vallø.

— Vous le connaissez.

— Bien sûr que je le connais, pas vous ?

— Non, euh… je…

— Kenneth Vallø est le fondateur de ScanCope.

— Excusez-moi, ça ne me dit rien.

— Mais si ! ScanCope, répéta-t-elle comme si le nom devait immédiatement évoquer quelque chose à la terre entière. La société d'informatique.

— Ah. Je ne connais pas.

— Vous n'êtes pas de Herlev ?

— Copenhague.

— Alors, je comprends mieux. Kenneth Vallø est une sorte de héros local dans notre ville.

— Un héros, carrément !

— Carrément ! Le nouveau stade que nous avons fait construire pour les élèves ? C'est grâce à une donation qu'il a faite à l'école il y a quelques années. Et la statue en bronze sur la place, et la nouvelle bibliothèque ? C'est Kenneth Vallø qui a financé tout cela.

— Incroyable ! C'est vraiment gentil de sa part. Mais pourquoi est-il aussi généreux, à votre avis ?

— Parce qu'il est comme ça.

— Effectivement, ça a l'air d'être un type drôlement sympa. Mais d'où lui vient tout cet argent ?

— Il s'est laissé racheter par un concurrent étranger il y a quelques années, un groupe chinois, il me semble. Je ne me rappelle pas combien il a vendu sa société, mais je sais que c'était une très grosse somme, plusieurs centaines de millions de couronnes, je crois. »

Heloise siffla, impressionnée.

« Et il est fier de la ville où il est né, continua la femme, inarrêtable à présent. Kenneth Vallø est un homme qui se rappelle d'où il vient », dit-elle avec, dans le ton, la fierté et la tendresse avec laquelle elle aurait pu dire : c'est-un-petit-gars-bien-de-chez-nous.

« C'est vrai que c'est formidable de pouvoir montrer sa gratitude à la ville qui vous a vu naître, commenta Heloise. Et vous ? Il y a longtemps que vous travaillez dans cette école ?

— Presque six ans.

— Vous n'auriez pas une collègue qui serait arrivée avant vous et qui l'aurait connu du temps où il était élève ?

— Non, malheureusement. La Principale qui était là à cette époque a pris sa retraite l'année dernière et le reste de l'équipe a été entièrement remplacé au cours des deux dernières années. Qu'est-ce que vous voudriez savoir sur lui ? Peut-être que je peux vous répondre ?

— Il y avait une fille avec qui Kenneth était ami quand il était enfant, commença Heloise. Une fille avec qui il a traîné jusqu'à la fin du collège.

— Je ne suis pas au courant de cela, malheureusement. Mais je suis sûre qu'il sera ravi de vous répondre lui-même. C'est un homme charmant.

— Vous le connaissez personnellement ?

— Non, mais j'ai des amis qui l'ont rencontré, dont un qui habite son quartier. Tout le monde dit que c'est un type adorable.

— Dans le même quartier, vous dites ?

— Il habite une grande maison, ici, à Herlev. »

Heloise fronça les sourcils. Comment un homme qui pesait plusieurs centaines de millions de couronnes pouvait-il choisir de rester vivre à Herlev ? Il devait avoir des goûts simples, ce garçon.

« Donc, comme je vous l'ai dit, il était ami avec une fille qui fréquentait votre collège, reprit Heloise. J'imagine qu'elle a beaucoup fait parler d'elle à Herlev. Elle s'appelle Anna Kiel. Son nom vous dit-il quelque chose ? »

Heloise n'entendit plus rien au bout de la ligne.

« Allô ? fit-elle. Vous êtes là ?

— Je suis là. » Sa voix n'avait plus du tout la légèreté aimable de tout à l'heure.

« Vous connaissez Anna Kiel ?

— Non, je ne la connais pas. Mais j'en ai entendu parler bien sûr.

— Vous savez donc qu'elle est recherchée pour meurtre ?

— Oui.

— Je suppose qu'elle n'est pas vraiment une héroïne, ici à Herlev ?

— Cette femme n'a rien à voir avec notre ville.

— Non, de toute évidence », répliqua Heloise, riant intérieurement de la propension qu'ont les gens à s'associer aux succès des autres et à repousser leurs échecs. « La raison pour laquelle je mentionne Anna Kiel est qu'elle et Kenneth Vallø étaient d'excellents amis quand ils étaient enfants. Ils allaient à l'école ensemble, ici même.

— Vous prétendez que Kenneth Vallø connaissait… cette *femme* ?

— C'est la stricte vérité. Je sais qu'à l'époque vous ne travailliez pas encore dans cet établissement, mais j'imagine que l'histoire d'Anna Kiel est quand même arrivée jusqu'à vos oreilles ?

— C'est le moins qu'on puisse dire.

— Et alors ?

— Que voulez-vous dire ?

— Que vous a-t-on dit sur elle ? »

La dame se tut quelques instants. Puis elle dit : « Excusez-moi. Pouvez-vous me rappeler qui vous êtes ?

— Je m'appelle Heloise Kaldan, je suis reporter au *Demokratisk Dagblad.*

— Reporter ? » Sa voix avait grimpé d'au moins deux octaves et Heloise sentit pratiquement monter sa tension à travers le téléphone. « Oh ! Je ne crois pas que j'aie le droit de parler de…

— Ne vous inquiétez pas. Je n'ai pas l'intention de vous citer ni même de faire mention de notre conversation. Je travaille sur un article et j'appelle simplement pour avoir quelques informations... »

Heloise se tut. Elle venait de réaliser qu'elle parlait dans le vide. Sa correspondante avait raccroché.

Elle réprima un soupir et essaya de rappeler le numéro de l'école. Elle laissa sonner pendant presque une minute, mais sans succès.

Alors elle renonça.

À la place, elle fit une recherche sur Google pour se renseigner sur ScanCope et Kenneth Vallø. Elle trouva une série de liens disant en substance que le type était devenu immensément riche du jour au lendemain. Elle cliqua sur le premier et lut un article qui remontait six ans en arrière. C'était bien une compagnie chinoise qui avait racheté sa start-up.

Elle survola le texte long et plein de renseignements techniques sur la société jusqu'au bas de la page où figurait une photographie prise lors de la réception donnée en l'honneur de l'entrée en bourse de ScanCope. Un homme qu'Heloise supposa être Kenneth Vallø posait au milieu de l'image. En faisant abstraction du fauteuil dans lequel il était assis, il ne ressemblait pas à quelqu'un qui souffre d'un handicap. Il se tenait droit comme un danseur étoile, son torse paraissait fort et vigoureux, il avait un regard puissant et il respirait la confiance en soi. Il était entouré de plusieurs personnes, des hommes en costume qui lui souriaient et lui serraient la main pour le féliciter et là, juste derrière lui, la main posée sur son épaule droite, se tenait Anna Kiel.

Heloise ne put s'empêcher de sourire en la voyant.

Les cheveux blonds d'Anna, lâchés sur ses épaules,

encadraient un visage fin avec de grands yeux bleus, une bouche aux lèvres pleines et un joli petit nez en trompette qui lui donnait un air jeune, presque enfantin, alors que d'après la date de parution du journal, elle devait avoir presque vingt-cinq ans le jour où cette photo avait été prise.

C'était la première fois, depuis qu'Heloise avait commencé ses recherches, qu'elle voyait un portrait d'Anna sur lequel elle n'avait pas l'air éteint. Sa bouche se fendait en un grand sourire, ses yeux bleus, posés sur Kenneth Vallø, brillaient de joie.

Elle semblait fière, presque heureuse.

Bon. Donc Anna Kiel et Kenneth Vallø n'étaient pas seulement des amis d'enfance. Leur amitié avait perduré dans leur vie d'adulte. Heloise se demanda s'il y avait eu autre chose entre eux. Étaient-ils amants ? Un homme à moitié paralysé pouvait-il avoir ce genre de relation ?

Heloise appela Morten Munk à la documentation. Il répondit après une seule sonnerie avec un : « *You may speak* », très théâtral.

« Salut, c'est moi, dit-elle. Je cherche les coordonnées de quelqu'un.

— Tu as essayé les renseignements ?

— Ha ha, très drôle. Il s'appelle Kenneth Vallø, il habite Herlev. Tu peux me trouver son adresse ?

— Laisse-moi une seconde », répondit Munk en raccrochant sans dire au revoir.

Heloise resta dans la voiture, moteur éteint, jusqu'à ce que son téléphone lui indique par un signal que Morten avait répondu.

21

La maison de Kenneth Vallø était une villa de riche comme on en voit des centaines. Le genre de maison qu'on trouve dans les villes de province et où habitent les gens qui gagnent bien leur vie, comme celle du dentiste au bord du fjord de Vejle, ou de l'avocat à Sønderborg. Jolie, imposante et manifestement coûteuse, en tout cas comparée aux maisons de lotissement qui l'entouraient. Mais ce n'était pas le style de maison auquel on se serait attendu de la part d'un homme qui a plus de trois cents millions de couronnes sur son compte en banque. C'est la première chose qui vint à l'esprit d'Heloise en arrivant.

Dans sa carrière de journaliste, elle avait eu l'occasion d'interviewer pas mal d'hommes d'affaires jouant dans la même catégorie que Kenneth Vallø et elle était même sortie parfois avec des garçons dont le nom de famille commençait par « von » ou se terminait par un chiffre latin. Bref, des jeunes gens dont les parents avaient des maisons sur la côte au nord de la capitale, avec vue sur le Sund, et même avec une fortune deux fois moins importante que celle dont disposait Kenneth

Vallø, elle avait pu constater que ces gens-là mettaient toujours un point d'honneur à posséder une demeure avec au minimum un court de tennis et un ponton privé.

Ici, il n'y avait ni l'un ni l'autre.

Elle s'engagea dans l'allée pavée conduisant à une maison en brique de plain-pied et alla se garer devant l'entrée.

Quand elle sonna à la porte, un pépiement d'oiseau sonore retentit dans la maison. Une jeune femme vint lui ouvrir. « Oui ?

— Bonjour. Je voudrais voir Kenneth Vallø. Est-ce qu'il est là ? »

La femme ne lui demanda ni son nom ni le motif de sa visite, elle ouvrit la porte en souriant et l'invita à entrer.

« Il est dans la cuisine, c'est par ici », dit-elle en la précédant.

Ils trouvèrent Kenneth Vallø assis à la table de la cuisine devant un déjeuner danois traditionnel, harengs marinés, œufs durs et ce qu'Heloise devina être un pâté de foie maison, dans un pot en céramique verni.

Heloise sentit l'eau lui monter à la bouche, son estomac réagissant instantanément à l'odeur délicieuse du pâté tiède et du pain sorti du four. Elle s'aperçut qu'elle mourait de faim.

« Pardonnez-moi, vous êtes à table », s'exclama-t-elle, s'arrêtant à la porte.

Kenneth leva la tête et sourit. « Bonjour !

— Bonjour. Je m'appelle Heloise…

— Kaldan, acheva-t-il en lui tendant la main. Je sais qui vous êtes. Et moi je m'appelle Kenneth. »

Un peu décontenancée, Heloise lui tendit une main hésitante. « Nous nous sommes déjà rencontrés ? »

Il secoua la tête. « Je vous ai reconnue grâce à votre signature.

— Ma signature ?

— Oui, vous êtes journaliste, n'est-ce pas ? Il y a votre photo au-dessus de vos articles.

— Ah, oui.

— Mais entrez et asseyez-vous, je vous en prie. » Il fit un geste désignant une place en face de lui.

« Je ne voudrais pas perturber votre déjeuner, s'excusa-t-elle, faisant mine de repartir. Je pourrais peut-être revenir tout à l'heure ? »

Heloise s'étonna elle-même du désir qu'elle avait de se montrer discrète. En temps normal, cela ne la gênait pas outre mesure de déranger ses sources, qu'elles soient à table, en vacances ou au beau milieu d'une cérémonie d'enterrement. Cela faisait partie du boulot – et contribuait à donner aux journalistes la réputation d'être des parasites – et jusqu'ici, cela ne l'avait pas ennuyée.

Alors pourquoi cette fois-ci ?

Était-ce le fauteuil roulant qui l'avait attendrie ? Se sentait-elle obligée d'avoir pour lui des égards parce qu'il était handicapé ? Dans ce cas, son attitude était discutable. Quoi qu'il en soit, il y avait quelque chose chez Kenneth Vallø qui donnait à Heloise l'envie de bien se comporter.

« Allons, soyons simples. Vous ne voulez pas m'accompagner ? »

Elle vit que la table était mise pour deux et se tourna vers la jeune femme qui l'avait fait entrer.

« Mais je ne veux pas prendre votre place…

— Je vous en prie, asseyez-vous, dit la femme en poussant doucement Heloise vers la place libre. J'ai des choses à faire, de toute façon. »

Elle recula la chaise pour Heloise qui remercia et s'assit.

La femme sortit de la cuisine et la laissa seule en compagnie de Kenneth Vallø.

« C'est votre compagne ? » lui demanda Heloise en tournant la tête vers la porte.

La tête de son hôte effectua un mouvement qui allait à la fois de bas en haut et de gauche à droite et qui semblait signifier à la fois oui et non.

« Miriam est mon assistante », dit-il. Son regard se posa attentivement sur Heloise et il se tut pendant plusieurs secondes. Puis il dit : « À quoi pensez-vous ?

— À rien de particulier. Ou plutôt, si. Je me demandais pourquoi un homme dans votre situation avait décidé de rester à Herlev.

— Au lieu de vivre au Luxembourg, ou en Provence, vous voulez dire ?

— Mmoui, ou bien Rungsted… »

Il éclata de rire. « Rungsted ? Pourquoi diable irais-je habiter à Rungsted ?

— Je ne sais pas, dit Heloise en lui prenant des mains la panière qu'il lui tendait. Ce n'est pas là que vivent les gens qui ont beaucoup d'argent ? »

Elle choisit une tranche de pain noir. Il était encore légèrement humide et tiède et dégageait une merveilleuse odeur de malt.

« Je suis né et j'ai grandi dans cette ville. Ma famille

habite à deux pas, ainsi que la plupart des gens que j'aime. Tenez, goûtez ce hareng, il est délicieux, dit Kenneth Vallø en poussant vers elle le plat en porcelaine. Pourquoi faudrait-il que je renonce à tout cela ? »

Heloise haussa les épaules. « Évidemment, c'est une façon de voir les choses. La plupart des gens rêvent de gagner au Loto – ou de monter une start-up informatique et de la vendre aux Chinois à un prix astronomique – pour pouvoir tout plaquer. Quitter l'endroit où ils vivent, l'endroit où ils sont nés. »

Elle attaqua le *smørrebrød*[1] qu'elle s'était préparé.

« Mmm, ce que c'est bon.

— N'est-ce pas ? C'est à cause du pain. Miriam a une formation de boulangère. Il faut que vous goûtiez ses tartelettes aux framboises. »

Heloise sourit. Des tartelettes aux framboises ? Vallø aurait choisi son assistante pour ses talents de pâtissière ? Ben voyons !

« Avec plaisir », répondit-elle en prenant une nouvelle bouchée de pain noir au hareng.

« Alors, Heloise Kaldan, qu'est-ce qui vous amène ? demanda Kenneth Vallø en s'enfonçant dans son fauteuil. Je ne pense pas que vous soyez venue vous documenter sur le monde de l'informatique.

— Qu'est-ce qui vous fait dire ça ? »

---

1. Un smørrebrød est une spécialité danoise. Littéralement, le mot signifie « pain beurré ». Les Danois ont élevé la confection de la tartine au rang d'art culinaire. Rien de plus appétissant en effet que ces échafaudages artistiquement composés d'ingrédients de toutes sortes mélangeant saveurs et couleurs. (*Les notes sont de la traductrice.*)

Il sourit et haussa les épaules. « Une impression », répliqua-t-il, attrapant une canette de Carlsberg sur la table sans la quitter des yeux.

Un *ritsch* sonore se fit entendre quand il détacha l'opercule.

Heloise hésita un instant puis elle dit : « Je suis venue vous voir parce que j'écris un article sur Anna Kiel. »

Vallø hocha la tête. L'expression de son visage resta inchangée ; son regard attentif, chaleureux.

Heloise l'observait les yeux plissés, l'air soupçonneux.

« Pourquoi ai-je le sentiment que cela ne vous surprend pas ?

— Probablement parce que c'est vrai : cela ne me surprend pas. N'importe quel journaliste ayant le respect de lui-même et de sa profession devrait s'intéresser à l'histoire d'Anna. C'est une femme qui mérite qu'on parle d'elle.

— Vous saviez que j'allais venir ?

— Cela ne m'étonne pas, en tout cas.

— Pourquoi ?

— Je ne viens pas de vous le dire ?

— Vous avez dit : n'importe quel journaliste ayant le respect de sa profession. Ma question est : Est-ce que vous saviez que *moi*, j'allais vous contacter ? »

Il but une gorgée de bière, s'essuya la bouche avec le dos de sa main et reposa la canette sur la table.

« Non. Mais cela me semblait dans le domaine du possible.

— Pourquoi ?

— Parce qu'elle a quelque chose à vous dire.

— Anna Kiel ?
— Oui.
— Comment le savez-vous ? »
Il sourit sans répondre.
« Pourquoi à moi ? demanda Heloise.
— Je ne peux pas répondre à cette question.
— Vous ne pouvez pas, ou vous ne voulez pas ? »
Kenneth Vallø gloussa un peu et il haussa les épaules. « Quelle différence ? »
Heloise posa ses couverts et repoussa son assiette. « Vous et Anna étiez amis ?
— Nous le sommes toujours. C'est ma meilleure amie. »
Heloise leva un sourcil. « Vous m'annoncez comme si c'était la chose la plus normale du monde que vous êtes l'ami d'une meurtrière.
— Anna n'est pas une meurtrière, c'est une… incomprise.
— Cela reste une meurtrière.
— Ce n'est que de la sémantique.
— Je ne peux pas vous laisser dire cela. On n'est pas plus ou moins meurtrier et, dans ce cas de figure, le point de vue de chacun ne rentre pas en ligne de compte. Anna Kiel a froidement assassiné Christoffer Mossing. C'est une meurtrière. Point final.
— Je crois qu'un jour vous verrez les choses différemment.
— Vous avez parlé avec la police ?
— Bien sûr. Des dizaines de fois. Erik Schäfer, un type bien.
— Que vous a-t-il demandé ?

— Il m'a demandé de lui expliquer la nature de mes rapports avec Anna. Quand je l'ai vue pour la dernière fois. Si j'ai financé sa cavale. Ce genre de choses.

— Et?

— Et quoi?

— C'est le cas? C'est vous qui financez sa cavale?

— Je vous en prie. » Il lui sourit avec indulgence. « Vous me croyez vraiment capable d'aider une criminelle en cavale, c'est bien comme ça qu'on dit?, à échapper à la police.

— Oui. »

Il réprima un sourire. « Et vous croyez vraiment que je vous le dirais à vous ou à qui que ce soit si c'était le cas? »

Heloise croisa les mains sous la table. « Donc, vous êtes en relation avec elle? »

Il ne dit rien. Se contenta d'un petit sourire heureux en regardant les aliments sur la table, comme s'il se demandait avec quoi il allait continuer son repas.

« Bon, alors la prochaine fois que vous lui parlerez, soyez gentil de lui dire qu'elle peut me passer un coup de fil. J'en ai marre de ces lettres incompréhensibles qu'elle m'envoie. Je suppose que vous savez qu'elle m'envoie des lettres? »

Il sourit plus largement. « Pourquoi dites-vous cela?

— Qu'est-ce que j'ai dit?

— Qu'elles sont incompréhensibles.

— Parce que c'est du chinois.

— Peut-être. Ou alors c'est vous qui les lisez de travers.

— De travers? Comment ça?

— Désolé, je l'ignore », rétorqua-t-il en secouant doucement la tête. Il pressa un bouton sur son accoudoir et le gros fauteuil matelassé s'écarta de la table en marche arrière. Il fit signe à Heloise qu'elle pouvait sortir de table.

Le déjeuner était officiellement terminé.

« Vous avez raison, conclut-il en prenant congé d'elle à la porte. Anna devrait sans doute se contenter de vous téléphoner. Qui sait si vous n'aurez pas de ses nouvelles très bientôt ? »

22

Heloise avait remis la troisième lettre d'Anna à l'inspecteur Schäfer, avant de partir pour Herlev.

Elle était de retour à son bureau, au journal, en train d'examiner la photo qu'elle avait prise avec son iPhone avant de la lui donner. Elle se sentait étrangement blessée par le ton du message. C'était comme si Anna Kiel avait voulu lui faire mal. Pourtant, après avoir rencontré sa mère et son ami Kenneth Vallø, elle commençait à avoir de la sympathie pour elle.

De la sympathie pour une meurtrière ?

Cela ne lui ressemblait pas.

Heloise avait un sens de la justice exacerbé et quand un criminel écopait d'une peine trop légère à ses yeux, elle était choquée. Elle savait pourtant que la réinsertion était la seule méthode qui ait fait ses preuves. Le système que les Américains avaient appelé le *three strikes and you're out*, c'est-à-dire qu'à la troisième récidive il n'y avait plus de pardon, n'avait pour effet qu'une escalade de la criminalité et il contribuait à fabriquer des délinquants dont la brutalité n'avait plus de limite. D'un autre côté, elle trouvait que le système de répression au Danemark était une hérésie : on donnait aux criminels une petite tape sur la main en leur faisant promettre de ne pas recommencer et on les envoyait faire des séjours beaucoup trop courts dans des installations confortables faisant plutôt penser à des centres de séminaires. C'était à ses yeux un affront aux victimes, beaucoup trop fréquemment oubliées dans la frénésie des pouvoirs publics à offrir aux détenus le meilleur environnement carcéral possible. Il y avait une Heloise en elle qui aurait jeté tous les assassins, les pédophiles et les violeurs dans un grand trou avec isolation phonique, fermé par une chape de plomb, afin d'oublier leur existence une bonne fois pour toutes. Elle avait bien conscience que ce n'était pas une attitude politiquement correcte, mais parfois elle ne pouvait s'empêcher de se sentir pleine de haine et d'indignation.

Cependant, quelque chose en Anna lui faisait ressentir… autre chose. Une compassion inexplicable, un besoin de comprendre ce qui l'avait conduite à une telle extrémité. À la nécessité de prendre la vie de quelqu'un d'autre.

Elle appela Schäfer au téléphone.

« Ouiallô ?

— C'est Heloise.

— Quoi de neuf ?

— Je voudrais juste savoir… Kenneth Vallø…

— Oui ?

— Je suis allée lui rendre visite, aujourd'hui.

— Vous êtes allée voir Kenneth Vallø ? Mais pourquoi ?

— Pour mieux connaître Anna. J'ai aussi eu une conversation avec sa mère.

— Je suis désolé de vous dire cela, Heloise, mais j'ai bien peur que vous perdiez votre temps à marcher dans mes traces.

— Je sais que vous avez déjà interrogé Vallø. Ce qui m'a paru bizarre, c'est qu'il avait l'air de savoir que j'allais venir.

— Qu'est-ce que vous voulez dire ?

— C'était comme s'il m'attendait. Je crois qu'il est encore en relation avec Anna.

— Je suis au courant qu'ils étaient proches, tous les deux. Mais nous avons vérifié tous ses mouvements bancaires, tous ses appels, émis et reçus. Nous avons épluché sa boîte mail et fouillé sa maison. Nous n'avons rien trouvé.

— Je vous dis qu'ils sont toujours en contact, insista Heloise.

— C'est possible, mais comme je vous l'ai dit, nous n'avons pas pu le prouver.

— De quoi est-ce qu'elle vit ?

— Pardon ?

— Anna. Comment paye-t-elle ses factures ? Il faut bien qu'elle dorme quelque part ? Il faut bien qu'elle mange ? Comment est-ce qu'elle paye tout ça ?

— Ça fait plusieurs années, maintenant, qu'elle est en fuite. Et vous avez raison, à moins qu'elle mendie au coin d'une rue avec les Gitans, d'une manière ou d'une autre, elle a de l'argent pour vivre. Mais elle peut parfaitement avoir trouvé un travail quelque part. Ça arrive. Les gens en cavale se coupent les cheveux, changent de nom et choisissent un prénom international comme Maria, ou Michelle, et ils se font embaucher dans un café au bord d'une plage à Pétaouchnock.

— Ou alors, ils ont un ami milliardaire qui leur envoie de l'argent.

— Ou alors ils ont un ami milliardaire qui leur envoie de l'argent, admit Schäfer. Il suffit qu'ils conviennent d'une boîte postale, d'une adresse, d'un lieu de dépôt. C'est vrai qu'il peut facilement lui faire parvenir du liquide dans une enveloppe ou un paquet.

— Est-ce qu'elle ne serait pas obligée de justifier de son identité pour récupérer un envoi de ce genre ?

— Si, bien entendu. Mais il est plus facile qu'on ne le croit de se procurer un faux permis de conduire. La plupart des gens sont incapables de faire la distinction entre des faux papiers et des vrais. »

Le poste fixe d'Heloise se mit à sonner sur son bureau. Elle vit que l'appel venait de la réception.

« Ne quittez pas une seconde », dit-elle à l'inspecteur.

Elle mit Schäfer en attente sur son portable et répondit.

« C'est le standard, j'ai un appel pour vous.

— Merci, vous pouvez le transférer. »

La ligne resta silencieuse pendant quelques secondes.

« Allô ? dit une voix d'homme.

— Oui ? Ici Heloise Kaldan. Qui est à l'appareil ?

— C'est vous qui êtes venue à Herlev, aujourd'hui ?

— Pardon ?

— C'est vous qui étiez à La Lanterne tout à l'heure ?

— Vous êtes ?

— Je m'appelle Frank Kiel. »

Heloise marqua un temps avant de demander : « Vous êtes le père d'Anna ?

— Oui. »

Elle s'empressa de débarrasser tous les papiers qui encombraient son bureau, dénicha un stylo dans le désordre et ouvrit un bloc-notes. « Que puis-je faire pour vous, Frank ?

— Vous avez parlé à mon ex-femme, aujourd'hui.

— C'est elle qui vous l'a dit ? »

Il partit dans un éclat de rire qui se finit en une quinte de toux. « Non. Nous ne nous parlons plus depuis longtemps.

— Comment connaissez-vous mon nom, alors ?

— C'est mon petit doigt qui me l'a dit. »

L'homme au bouc, songea Heloise.

« Qu'est-ce que vous voulez, Frank ?

— Je veux savoir ce que vous vouliez à Jonna.

— Je lui ai demandé de me parler d'Anna.

— Pourquoi ?

— Parce que j'essaye de comprendre qui elle est.

— Vous avez raconté à Jonna qu'elle vous écrivait des lettres.

— C'est exact.

— Pourquoi est-ce qu'elle vous écrit à vous ?

— Je n'en sais rien. C'est ce que j'essaye de comprendre. »

Il y eut un moment de silence. « Je crois que je sais pourquoi. »

Heloise posa son stylo. « Vous savez pourquoi elle m'écrit ?

— Je pense que je peux vous aider.

— D'accord, Frank. Dites-moi ce que vous savez.

— Non, pas comme ça. Pas au téléphone. On peut se rencontrer ?

— Vous êtes au Danemark ? demanda Heloise, surprise. Je croyais que vous viviez au Groenland.

— Je suis rentré il y a des années. » Frank Kiel marqua une pause. « On peut se voir ce soir ? »

Heloise accepta et nota une adresse sur un morceau de papier. Elle raccrocha et reprit la communication avec Schäfer.

« Devinez qui vient de m'appeler !… Allô ? Schäfer ? »

Mais il n'y avait plus personne.

23

Schäfer marcha sur une vieille pince de crabe desséchée qu'une mouette avait dû faire tomber sur la dernière jetée du port de Rungsted. Il se dirigeait vers un voilier de luxe, ou plutôt un yacht, amarré tout au bout du ponton flottant. Il était lui-même un ancien voileux et, quand les odeurs d'iode et l'air marin venaient lui taquiner les narines, il en arrivait presque à regretter sa vieille coque en bois au vernis écaillé. Mais le rafiot lui demandait tellement d'entretien qu'il avait fini par faire sienne l'une des devises favorites de son grand-père :

La seule chose qui procure plus de plaisir que de s'acheter des objets est de parvenir à les revendre.

Johannes Mossing était accroupi sur le pont du yacht, le dos tourné, et il n'avait pas vu Schäfer approcher. Il était occupé à détacher ou peut-être à attacher une amarre. Schäfer détailla son uniforme de rupin : polo jaune, pantalon de toile écru et chaussures de voile fauves. Il sourit intérieurement en secouant la tête. Ah, les préjugés ! songeait-il. Ils ont une fâcheuse tendance à se vérifier, finalement !

« Vous sortez ou vous venez de rentrer ? » s'enquit-il.

Johannes Mossing fit un quart de tour sur lui-même et remonta un peu ses lunettes de soleil sur son front.

« Je viens d'arriver, dit-il, tournant de nouveau le dos à Schäfer.

— C'est un putain d'beau rafiot que vous avez là, capitaine », gouailla Schäfer en se plantant devant, bien campé sur ses jambes et les poings sur les hanches. « On n'peut pas dire l'contraire !

— Qu'est-ce qui vous amène, commissaire Schäfer ? demanda Mossing, toujours sans le regarder.

— Inspecteur de niveau 1 ! C'est comme ça que ça s'appelle, présentement. Je ne suis plus commissaire.

— Ah vraiment ? » Mossing fit face à Schäfer avec un sourire acide. « On vous a retiré du galon ?

— Non, on ne peut pas dire ça. C'est à cause de la réforme de la police, et tout ça. Nouveaux départements, nouveaux titres, mais le boulot est le même : les ordures commettent des crimes et je les colle au trou. »

Les deux hommes se jaugèrent longuement.

« Qu'est-ce que vous êtes venu faire ici ? » demanda Mossing en montant sur le ponton et en se plantant devant l'inspecteur.

« J'ai un petit problème à propos duquel vous allez peut-être pouvoir m'aider. Un homme a été assassiné avant-hier, figurez-vous. Un journaliste. »

Mossing ne fit pas de commentaire.

« Ulrich Andersson. Son nom vous dit quelque chose ?

— Pourquoi, il devrait ?

— On l'a étranglé et ensuite on l'a suspendu au plafond de sa salle de bain. Un meurtre qu'on a essayé de maquiller en suicide.

— C'est terrible, ce que vous me racontez là.

— Ouaip, confirma Schäfer en se grattant derrière l'oreille. Mais ce qui est rigolo, c'est qu'une heure plus tôt, il était allé se plaindre que vous l'aviez menacé. »

Mossing ricana. « Qu'est-ce que c'est que ces âneries ?

— Il paraîtrait que l'année dernière un homme serait allé lui fourrer le canon de son arme dans le gosier, alors qu'il était sur le point d'écrire un papier sur Christoffer. »

Le sourire s'effaça des lèvres de Johannes Mossing lorsqu'il entendit mentionner le prénom de son fils.

« Mais le plus drôle, c'est que ce journaliste avait par hasard entendu les mêmes histoires que moi à propos de vos petites affaires sur le champ de courses, continua Schäfer. Et c'est quand il a voulu vérifier ces rumeurs qu'on est venu le menacer de toutes les flammes de l'enfer à son domicile.

— Tout cela m'a l'air passionnant, répliqua Mossing en commençant à faire quelques pas sur le débarcadère. Mais j'ai bien peur que ce pauvre homme et vous n'ayez regardé trop de films policiers. »

Schäfer le raccompagna jusqu'au parking. « Si je comprends bien, j'ai peu de chances de vous ramener avec moi à l'hôtel de police histoire de bavarder un peu ?

— Vous n'aurez qu'à appeler mon avocat chez Orleff & Plessner si vous avez d'autres questions à me poser, répondit Mossing en montant s'asseoir dans un Range Rover noir Sentinel. J'imagine que vous avez toujours son numéro. »

Schäfer posa la main sur la portière restée ouverte et se pencha vers l'homme d'affaires.

« Vous savez bien qu'un jour ou l'autre je découvrirai toutes les saloperies que vous trafiquez. » Le ton jovial avait complètement disparu, à présent. « Vous croyez peut-être que vous allez continuer à vous tirer impunément de tout ce que vous trafiquez en douce, mais à un moment il y aura un courant d'air qui fera s'écrouler votre château de cartes. Quelqu'un qui lâchera le morceau, et lorsque cela se produira vous irez croupir en prison, et pour longtemps. Et pour un type de votre âge, longtemps, ça peut vouloir dire toujours. »

Mossing le regarda d'un air torve. Puis sa bouche se plissa en un minuscule sourire et une lueur de provocation s'alluma dans son regard. Cela ne dura pas plus d'une seconde – peut-être deux – mais jamais Schäfer n'avait été aussi près d'obtenir des aveux de Johannes Mossing.

Puis le vieil homme fit claquer doucement sa langue en secouant la tête, comme un instituteur sadique qui remet à sa place un élève à moitié attardé devant toute la classe.

« Comme toujours, vous vous trompez, *inspecteur* Schäfer. » Il fit tourner la clé de contact et le moteur se mit à ronronner. « Mon château de cartes ne craint rien du tout. Et maintenant, si vous voulez bien m'excuser. Je vais rentrer profiter du restant de cette belle journée en compagnie de ma charmante épouse. »

Il saisit la poignée pour fermer la porte, puis interrompit son geste.

« Comment se porte votre femme couleur chocolat, au fait ? C'est Connie, n'est-ce pas ? »

À l'entendre prononcer son prénom, Erik Schäfer sentit sa poitrine se serrer.

« Sacrée beauté exotique que vous vous êtes dégottée là, continua Mossing, avec un sifflement de connaisseur. Prenez-en soin. On ne sait jamais, quelqu'un pourrait vous la voler. »

Une colère viscérale s'empara de Schäfer. « Comment connaissez-vous le prénom de ma femme, salopard ? »

Mossing haussa nonchalamment une épaule. « Oh, j'aime me tenir informé.

— Je vous conseille de rester très loin d'elle, vous m'entendez ? » Schäfer envoya un solide coup de poing dans la portière arrière du Range Rover, une réaction qui fit éclater de rire Johannes Mossing.

« Sur ce, je vous souhaite une bonne journée, Schäfer. » Mossing claqua la portière et enfonça la pédale d'accélérateur. Le 4×4 démarra si vite que les gravillons de la route allèrent ricocher sur la carrosserie d'une Porsche Cayenne, stationnée juste à côté, et qu'un nuage de poussière enveloppa Erik Schäfer.

Il resta planté là, à suivre Mossing des yeux jusqu'à ce que la voiture tourne à gauche dans Rungsted Strandvej et disparaisse.

Alors il jura à haute voix et donna un coup de pied rageur à une canette de Coca vide qui ricocha plusieurs fois sur le parking.

24

Le ciel, si bleu ce matin, était maintenant couvert d'un plafond de nuages noirs et bas. On aurait dit une représentation du Jugement dernier. Brusquement il creva au-dessus de Copenhague, inondant les rues les plus basses en moins de vingt minutes. La pluie était si drue et si abondante que même l'athée le plus convaincu aurait pu envisager de planter des clous dans des planches et de construire une arche – ou au moins un radeau.

C'était le troisième épisode de pluies diluviennes en deux mois et les égouts de la capitale, qui n'étaient pas prévus pour absorber des masses d'eau aussi importantes, faisaient faire des heures supplémentaires aux experts des compagnies d'assurance auprès des propriétaires de boutiques en sous-sol.

Le déluge avait fait tomber les pétales et cassé les tiges des fleurs dans les plates-bandes, mais le jardin botanique était plus beau et plus luxuriant que jamais.

Les gouttes tambourinaient sur le toit de verre de la palmeraie tandis qu'à l'intérieur la température avoisinait les 35°. Heloise retira sa veste en jean trempée et se mit en quête de ce qui l'amenait ici : l'Amorphophallus titanum.

La fleur de cadavre.

Ses recherches lui avaient enseigné que non seulement il en existait un spécimen en plein cœur de Copenhague, mais qu'en plus il était en pleine floraison, pour la troisième fois en quatre ans. Un véritable miracle botanique selon les spécialistes, puisque la plante n'était supposée faire qu'une fleur tous les dix ans en moyenne. La seule explication à ce phénomène étant qu'elle avait dû s'acclimater dans le nord de l'Europe, loin de son Indonésie natale. Ou alors, songeait Heloise, les insectes endémiques du Danemark étaient plus attirés par l'odeur de cadavre que ne l'étaient ceux de son pays d'origine.

Elle avait vu des photos de la plante sur Internet. Elle était effectivement gigantesque, plusieurs mètres de haut. Elle avait des pétales violacés et un énorme pistil jaune pâle érigé comme un mât, et Heloise n'avait rien trouvé d'étrange à ce qu'elle soit également connue sous le nom de phallus de Titan. Quand elle la découvrit au milieu de la palmeraie, elle constata que le pistil jaune n'était plus dressé comme sur la photo. Il pendait, raplapla, mou et sans vigueur, comme un ver de chou monstrueux.

« Vous arrivez trop tard. »

Heloise se tourna vers la voix nasillarde et se trouva nez à nez avec un jeune homme dégingandé aux cheveux longs, vêtu d'un pull-over de jardinier vert foncé.

Le garçon fit un signe du menton vers la plante. « Elle a terminé sa floraison.

— C'est ce que je vois, dit Heloise, amusée. Elle n'est plus en grande forme.

— Vous auriez dû venir la semaine dernière. Elle était tellement belle. »

Belle ?

Ce n'était pas le premier adjectif qui venait à l'esprit d'Heloise. Fascinante, oui. Grande, impressionnante et improbable, certainement. Mais belle ? Cette créature de Frankenstein de l'univers végétal ? Ça, non !

Elle monta sur l'estrade installée devant cette curiosité de la nature, se pencha légèrement et inspira prudemment par le nez. Elle fronça les sourcils, inspira plus profondément et se retourna vers le jeune jardinier.

« Elle ne sent rien ?

— Non, c'est terminé, lui expliqua-t-il. Ce n'est que lorsque la fleur éclôt et que sa température interne s'élève jusqu'à atteindre celle du corps humain qu'elle sent la chair en putréfaction.

— La température du corps humain ?

— À peu près 37°. À ce moment-là, les composés secondaires soufrés se dégagent de la plante et se diffusent dans la forêt humide. Les coléoptères et les mouches nécrophores, attirés par son odeur et sa chaleur, se posent sur son pistil chaud et descendent vers la corolle qui a la couleur d'un morceau de viande. »

Heloise fit une grimace. « C'est répugnant.

— Ce n'est pas répugnant. C'est génial.

— Pourquoi génial ?

— Rendez-vous compte ! C'est la preuve que la plante est intelligente. Rusée, maligne. Je trouve ça plutôt digne d'admiration, non ?

— Hmm. » Heloise redescendit de l'estrade. « Je trouve ça assez morbide.

— Ce n'est pas de sa faute à elle si elle a été créée avec ce type de besoins. Elle n'a pas choisi de sentir le cadavre. Elle ne fait que jouer avec les cartes que la nature lui a distribuées et elle en joue bien. C'est une question de survie.

— Admettons. » Heloise lui sourit. « Personnellement, je préfère les tulipes, mais il faut de tout pour faire un monde. »

Le jeune homme se plaça entre la plante et Heloise, comme pour lui faire un rempart de son corps. Il coinça une mèche de cheveux derrière son oreille, et Heloise aperçut un appareil auditif derrière la partie supérieure du pavillon.

« Les tulipes sont de jolies fleurs, mais elles sont banales. »

Heloise réalisa avec étonnement au ton de sa voix qu'elle l'avait blessé.

« Elles sont des milliards et elles fleurissent chaque année. Elles n'ont rien de spécial. Mais elle… » (Il caressa la longue saucisse toute molle qui pendait de la fleur) « … elle ne ressemble à aucune autre. »

Heloise ferma les yeux et songea qu'il n'y avait manifestement pas que les nécrophores qui se laissaient ensorceler par les vapeurs soufrées de la fleur de cadavre. Ce jeune homme avait gravement besoin de prendre l'air. Et de se trouver une petite amie.

Elle le remercia pour le temps qu'il lui avait consacré et sortit sous la pluie battante.

Un marchand ambulant vendait du café au sommet de

l'escalier conduisant à la grande pelouse et Heloise décida de s'offrir un cappuccino. Puis elle descendit vers le lac et s'arrêta, ses vêtements lui collant à la peau, au milieu de la passerelle en bois blanc d'où elle pouvait admirer les gouttes d'eau, sautillant et dansant sur les feuilles de nénuphars comme du pop-corn dans une poêle chaude.

Elle revoyait le visage torturé d'Ulrich et devait cligner des yeux pour faire disparaître cette image obsédante. D'après Schäfer, le médecin légiste n'avait pas encore livré ses conclusions. On ne savait toujours pas de quoi il retournait, mais Heloise ne pouvait pas s'empêcher d'avoir un sombre pressentiment.

Pourquoi un homme qui avait si peur de la mort aurait-il mis fin à ses jours ? N'était-ce pas comme si une personne souffrant de claustrophobie décidait de se laisser enterrer vivante ? Et pourquoi Ulrich serait-il venu la mettre en garde si c'était pour rentrer chez lui et se pendre tout de suite après ?

Non, elle ne pouvait pas y croire. Cela n'avait aucun sens. On avait dû l'éliminer parce qu'il savait quelque chose… mais quoi ? Et pourquoi Anna Kiel avait-elle tué Christoffer Mossing ? Était-ce réellement par le fait du hasard, comme semblaient le penser les enquêteurs ? Certainement pas. Johannes Mossing ne pouvait pas être le seul élément qui reliait les deux affaires.

Et si c'était Martin ?

Heloise ne le connaissait pas encore assez pour exclure qu'il puisse être impliqué dans cette histoire. Ces dernières semaines avaient assez prouvé à quel point elle savait peu de choses sur lui. C'était comme si, tout à coup, elle était entourée de criminels.

Son regard tomba sur une cane qui avait mis le cap sur le pont pour mettre ses canetons à l'abri. Une petite boule de plumes jaunes et brunes était restée à la traîne et nageait maintenant à grande allure pour rejoindre le reste de la couvée.

Qu'est-ce qu'Anna disait réellement dans ses lettres ? Qu'est-ce qu'elle essayait de lui faire comprendre ?

Toutes les pièces semblaient d'une manière ou d'une autre faire partie d'un même puzzle, mais parmi celles dont Heloise disposait pour l'instant, aucune ne s'imbriquait avec les autres.

Elle resta sur le pont jusqu'à ce que tous les canetons soient de nouveau en sécurité auprès de leur maman. Puis elle sortit du jardin botanique.

*

Schäfer trouva Lisa Augustin assise par terre, toute seule, dans leur bureau de l'hôtel de police. Elle était adossée au mur du fond, tapissé de plaques d'aggloméré, en train de compulser des documents. Divers papiers étaient dispersés autour d'elle et Schäfer vit qu'elle y avait souligné des passages, ajouté des commentaires et fait des gribouillis.

« Où sont passés Bro et Bertelsen ? » lui demanda-t-il.

La jeune femme leva brièvement les yeux et les rabaissa aussitôt sur ce qu'elle avait entre les mains. « Au labo.

— Qu'est-ce qu'ils sont allés faire là-bas ? » Schäfer enleva son blouson et l'accrocha au dossier de son fauteuil. Il s'assit lourdement et le fit pivoter de gauche à droite, puis de droite à gauche, patientant, regardant travailler sa collègue.

« Tu sais, les traces de semelles relevées sur la lunette des toilettes à Amager Strandvej ?

— Oui, qu'est-ce qu'elles ont ?

— Elles ne sont pas de la même pointure que les pieds de la victime.

— Et alors, tu ne me surprends pas. À part ça ?

— Elles correspondent à une basket de marque Puma, pointure 41. Ulrich Andersson portait du 45. C'est tout ce que je sais. »

Schäfer ne fit pas de commentaire.

« Tu vas bien ? lui demanda Lisa en remontant ses lunettes sur son front. Tu as l'air de mauvais poil. »

Schäfer se contenta de grogner.

« Tu as pu voir Mossing ?

— Mm-hmm.

— Il était chez lui ?

— Non. À la marina. Putain, ils ne s'emmerdent pas ces riches. »

Sa collègue acquiesça. « Qu'est-ce qu'il t'a dit ?

— Rien, comme d'habitude. Il n'a rien à voir avec quoi que ce soit et il m'a renvoyé vers son avocat. Mais il ment. Je sais qu'il ment. »

Ils se turent un long moment, puis Schäfer demanda à sa collègue, avec un mouvement du menton vers les documents sur lesquels elle travaillait :

« Et toi, qu'est-ce que tu fais ?

— J'étudie les lettres d'Anna Kiel.

— Et alors ?

— Je n'y comprends rien. Elles n'ont aucun sens.

Qu'est-ce qu'elle attend de Kaldan ? Pourquoi tient-elle à rester aussi mystérieuse ? » Lisa était presque en colère. « Pourquoi ne lui écrit-elle pas franchement ce qu'elle veut au lieu de déblatérer toutes ces conneries ?

— La vraie question est : Pourquoi Heloise ? rétorqua Schäfer. Qu'est-ce qu'Anna Kiel attend d'*elle*, en particulier ? »

Lisa soupira.

« Continue à faire ce que tu es en train de faire, dit Schäfer. Et puis fais venir Heloise Kaldan, qu'on ait une petite conversation avec elle. Tu as pu voir l'ex-épouse, au fait ?

— Oui.

— Alors, qu'est-ce qu'elle a dit ?

— Pas grand-chose », rétorqua Lisa en se levant de sa position inconfortable avec un gémissement de douleur. « Beaucoup de larmes. Peu de paroles. »

25

Anna avait trouvé des sachets de thé dans le placard de la cuisine du petit appartement rue de la Liberté. Elle remplit la vieille bouilloire émaillée et alluma la cuisinière à gaz. Elle s'assit à une petite table et se mit à parcourir les photocopies qu'elle avait rapportées de la bibliothèque ce matin.

La pile sous ses yeux avait plusieurs centimètres d'épaisseur.

Elle avait également rédigé un résumé à l'attention de la journaliste avec des dates, des détails et des noms.

Douze noms en tout, parmi lesquels elle en connaissait neuf. Neuf hommes dont elle se souvenait.

Elle s'était servie du lien et du mot de passe fournis par Nick et elle avait vomi deux fois. Mais maintenant, le dossier était prêt. Maintenant, elle n'avait plus qu'à attendre, et si les choses ne se passaient pas comme elle l'espérait, il lui faudrait crier plus fort, de manière plus intelligible.

Mais Nick lui avait demandé d'être « subtile ». C'était le mot qu'il avait employé. Il lui avait dit qu'elle devait utiliser la suggestion raffinée plutôt que la publicité tapageuse. Il l'avait prévenue que la journaliste ne viendrait pas, si elle savait pourquoi on lui demandait de venir.

Elle était impatiente de la voir, à présent.

Elle voulait en finir.

Anna rassembla tous les papiers dans une chemise cartonnée jaune qu'elle alla ranger dans son sac à dos accroché dans l'entrée, alors que la bouilloire commençait à siffler.

Elle s'installa devant la fenêtre de la cuisine avec une tasse de thé et regarda défiler les voitures en bas de chez elle.

C'est bientôt terminé, se dit-elle. En un sens, c'était vrai.

Et, en même temps, elle savait que ce ne serait jamais vraiment terminé.

26

Tout sur le corps de cette femme pointait vers le bas. Elle était probablement plus jeune qu'elle en avait l'air, mais sa peau trop lâche avait depuis longtemps renoncé à se tendre sur une quelconque zone musculaire.

Heloise la regarda se lover autour de la barre métallique avec le charisme d'une baleine échouée sur une plage. La pointe de ses cuissardes noires était usée, son vernis à ongles écaillé, et plutôt que lascif elle avait le regard apathique.

Heloise n'était jamais entrée dans une boîte de strip-tease, mais elle avait eu l'occasion de voir le film *Showgirls* quand elle était adolescente, dans les années 90 ; une histoire de rivalité entre danseuses nues à Las Vegas, avec des corps parfaits, brillants et scintillants, se trémoussant sur scène avec un plaisir évident. Elle en gardait un souvenir assez érotique.

Elle ne s'attendait pas à ce qu'un bar topless à l'enseigne de Beverly Hills, coincé entre un McDo et une boutique de téléphonie mobile dans le port de Nyhavn, puisse rivaliser avec une superproduction hollywoodienne et des actrices à la plastique retouchée, mais le contraste lui fit tout de même un choc.

Il n'y avait que trois clients dans l'établissement : une femme dont le corps décati et le maquillage vieux d'une semaine aurait pu rivaliser avec ceux de la danseuse sur scène, et deux hommes maigres au teint grisâtre. Ils étaient assis assez loin les uns des autres pour qu'Heloise en déduise qu'ils étaient venus chacun de leur côté.

À part eux, le bar était désert.

C'était peut-être ce qu'il y avait de moins surprenant. Il n'était que 18 h 30, et à l'extérieur du rideau occultant, il faisait encore jour. Il y avait autant d'ambiance qu'à une messe de bénédictins. Pas franchement excitant.

L'un des deux hommes au bar se tourna vers la porte à l'entrée d'Heloise. Leurs regards se croisèrent et il lui fit un signe de reconnaissance.

Elle se dirigea vers lui et il se leva de son tabouret. Il n'était pas imposant, chétif et court sur pattes, et Heloise se sentit presque athlétique en comparaison.

« Frank Kiel ? » demanda-t-elle, tendant la main.

Il la serra d'une poigne molle et moite. « Et vous êtes Louise ?

— C'est Heloise, mais, oui, c'est moi.

— Prenez place », dit-il après s'être de nouveau assis, tapotant le tabouret en skaï rouge à côté de lui.

Heloise garda sa veste mouillée et obtempéra. Elle alla droit au but. « Que pouvez-vous me dire sur votre fille ?

— Oh ! Du calme ! s'exclama-t-il avec un regard vers le sac à main d'Heloise. Si on buvait un coup d'abord ? Je me sens la gorge un peu sèche. »

Heloise le regarda droit dans les yeux.

Il lui sourit avec toute l'amabilité du monde et haussa les épaules, fataliste. « Un p'tit verre. Votre journal n'a pas un budget pour ça ? »

Il n'y avait toujours personne derrière le comptoir.

« Je n'ai pas l'impression qu'il y ait quelqu'un pour nous servir », fit-elle remarquer.

Frank Kiel tourna la tête et éleva la voix. « Hey, June ! »

La femme accoudée au bar un peu plus loin leva la tête.

« On a soif ! »

Elle poussa un soupir et descendit lentement de son tabouret, passa de l'autre côté du zinc et s'approcha en traînant des pieds.

« Qu'est-ce que je vous sers ? »

Elle avait l'accent polonais, ukrainien peut-être.

« On aimerait bien deux rhums Coca, s'il te plaît, commanda Frank Kiel. Double dose de rhum, et du brun, je te prie.

— Merci, juste un. Je ne prends rien, intervint rapidement Heloise.

— Mets-en deux quand même ! » insista Frank Kiel. Puis en s'adressant à Heloise : « Ça lui évitera de se relever. »

La femme versa les boissons et les posa sur le bar. Frank Kiel les fit glisser vers lui comme un croupier qui ramasse les mises.

« Ça fera trois cent quatre-vingts couronnes », annonça la serveuse.

Frank Kiel regarda Heloise.

Elle secoua la tête en sortant sa carte Visa de son portefeuille.

« Nous ne prenons que du liquide », déclara la femme, désignant le mur derrière elle où le même renseignement figurait, tracé au marqueur sur une feuille de papier d'écolier, fixée au miroir avec un morceau de scotch. « Il y a un distributeur un peu plus bas sur le quai, si vous n'avez pas d'argent sur vous », ajouta-t-elle, serviable.

Heloise finit par dénicher un billet de cinq cents couronnes froissé dans son portefeuille et le tendit à la barmaid qui le lissa et le déposa dans le tiroir-caisse après avoir consciencieusement tapé la somme demandée. Heloise commençait à s'impatienter.

« Bon, Frank, je vous rappelle que c'est vous qui m'avez contactée. Maintenant, que vouliez-vous me dire à propos d'Anna ?

— Que voulez-vous savoir ?

— Quand l'avez-vous vue pour la dernière fois ? »

Frank Kiel haussa les épaules et but une longue gorgée dans son verre. « Je ne me rappelle pas exactement la date.

— Votre femme dit qu'elle ne l'a pas vue depuis qu'elle a quitté la maison. C'était il y a dix-sept ans. Elle n'a pas pu me renseigner beaucoup.

— Ça doit être à peu près ça.

— Il paraît que vous êtes parti vivre au Groenland quand votre fille avait huit ans. C'est exact ?

— Oui.

— L'avez-vous revue, depuis ?

— Oui, bien sûr.

— Quand ?

— L'année dernière. »

Heloise le regarda plusieurs secondes sans rien dire. « Vous avez donc revu Anna *après* le meurtre de Christoffer Mossing ?

— Hmm… je ne sais plus très bien si c'était avant ou après.

— L'assassinat de Mossing remonte à avril 2013.

— Ah, alors vous devez avoir raison, acquiesça-t-il en terminant le premier verre.

— Où vous êtes-vous vus ?

— Dans un bar.

— À Copenhague ?

— Mm-hmm.

— Comment s'appelait ce bar ?

— Je crois me souvenir que c'était chez Andy's.

— Le pub qui se trouve sur Gothersgade ? »

Heloise se souvint qu'Ulrich lui avait dit connaître son informateur du champ de courses pour l'avoir rencontré chez Andy's.

« Oui, c'est ça.

— Vous y allez souvent ?

— Mouais. Une à deux fois par semaine, environ.

— Est-ce que le nom de Ulrich Andersson vous dit quelque chose ? »

Frank Kiel jeta la nuque en arrière. « C'est un des deux gars du groupe ABBA ? »

Heloise ferma les paupières pour ne pas lever les yeux au ciel.

« Non. C'est un journaliste. Il travaille à *Expressen.* » Elle le regarda avec attention.

« Un roux avec des taches de rousseur…

— Peut-être bien, répondit Frank Kiel. Je connais tellement de monde là-bas ! Je l'ai sûrement croisé.

— D'accord. Donc, vous avez rencontré Anna chez Andy's l'année dernière ?

— Oui.

— Quand ?

— Oh… je ne me souviens pas exactement, hésita-t-il, attaquant le second verre.

— Il faisait chaud ? Il neigeait ? Essayez de vous rappeler.

— Je crois qu'il neigeait.

— Donc, c'était en hiver.

— Forcément.

— Comment avez-vous organisé le rendez-vous ? C'est elle qui vous a contacté ?

— Oui.

— Comment ? »

Le regard de son interlocuteur était devenu fuyant. Il évitait de croiser celui d'Heloise.

« Je… elle m'a envoyé une lettre.

— Une lettre ?

— Oui, elle m'a écrit, comme elle vous écrit à vous.

— Que disait cette lettre ?

— Je ne sais pas. Un truc du genre : Salut, papa. Ça fait un bail. On pourrait se voir. Quelque chose dans ce goût-là.

— Et vous vous êtes retrouvés chez Andy's ? dit Heloise, pour avoir confirmation.

— Yes.

— C'est vous qui aviez suggéré cet endroit pour vos retrouvailles ?

— Oui.

— Comment le lui avez-vous fait savoir ?

— Hein ?

— Comment avez-vous fait passer le message ? »

Frank Kiel se tortilla un peu sur son tabouret et vida son second verre, cul sec. Il avait consommé les deux boissons en moins de cinq minutes.

« Je ne suis plus très sûr. »

Heloise le regarda en silence.

« Ben quoi ?

— Vous n'avez jamais reçu de lettre d'Anna, n'est-ce pas ?

— Bien sûr que si.

— Je ne crois pas, non.

— Hé ! Je sais plein de choses qui pourraient vous intéresser ! » protesta Frank Kiel.

Heloise secoua la tête. « Je ne crois pas non plus que vous ayez revu votre fille.

— Si, je vous jure que si ! » Les yeux exorbités du père d'Anna Kiel devinrent fuyants. « Si vous me donnez cinq cents couronnes, je vous dirai tout ce que je sais.

— Merci, ça ira, dit Heloise, descendant de son tabouret.

— Mais vous avez plein de fric ! Je le sais parce que vous en avez donné à Jonna pour qu'elle réponde à vos questions. »

Heloise avait enfin compris. L'homme au bouc avait dû parler à Frank de sa visite à La Lanterne et il l'avait appelée dans l'unique but de gagner un peu d'argent sur le dos de sa fille.

Il lui donnait envie de vomir. Elle n'était pas encore sûre que Jonna avait failli dans son rôle de parent, mais *lui* ! ! Heloise ne savait pas ce qui la choquait le plus : qu'il ait abandonné sa fille en fichant le camp au Groenland, ou qu'il essaye aujourd'hui de profiter de sa situation.

Elle se leva et s'apprêta à s'en aller. « Je regrette, mais vous ne m'êtes d'aucune utilité. »

Frank Kiel renâcla de façon fort peu ragoûtante. « Pourquoi vous dites ça ? Je ne comprends pas !

— Vous avez laissé tomber votre famille, accusa Heloise d'une voix froide, impersonnelle. Vous êtes parti alors qu'Anna n'était encore qu'une enfant, et tout ce que vous pourriez me raconter ne présenterait aucun intérêt pour moi.

— J'étais bien obligé ! Cette cinglée de Jonna était en train de faire couler le navire. À l'époque, je cumulais sept boulots différents pour joindre les deux bouts, alors quand on m'a fait cette proposition au Groenland, j'ai foncé. Au début, j'envoyais de l'argent, mais... » Sa jugulaire battait frénétiquement et son visage passa du gris au violet. « ... au bout d'un moment, j'en ai eu marre de ses conneries. Personne n'a le droit de me reprocher d'avoir foutu le camp. N'importe qui aurait fait pareil à ma place avec cette bonne femme qui bouffait tout notre fric au jeu. »

Heloise sentit un frémissement au niveau du plexus. Elle se rapprocha de nouveau du comptoir.

« Qu'est-ce que vous venez de dire ?

— J'ai dit que personne ne peut me reprocher d'être parti, marmonna-t-il dans ses miasmes. Ce n'est pas vous qui étiez marié avec elle, alors ne venez pas me faire la morale.

— Vous avez raison, admit Heloise en posant une main conciliante sur son épaule. Vous dites qu'elle jouait tout l'argent que vous gagniez?

— Tous les mois, c'était pareil. Une semaine avant la paye, on était à sec. Saleté de jeu.

— Elle jouait à quoi?

— À tout.

— Vous pouvez me donner un exemple?»

Heloise revint s'asseoir à côté de lui.

«Le Loto, les cartes. Elle passait ses journées à la machine à sous de La Lanterne quand c'était encore son père, le patron.

— Et les chevaux?»

Il bascula la tête en arrière et aspira les glaçons pour ne pas perdre une goutte du breuvage, puis posa le verre vide sur le bar.

«Aussi.

— Elle jouait aux courses?

— Je viens de vous le dire. Alors ne venez pas me chanter que tout est de ma faute. Elle était accro.»

Heloise sortit son bloc-notes de son sac et l'ouvrit. «Frank, savez-vous si Jonna fréquentait le champ de courses de Klampenborg?»

Il regarda le stylo en suspens au-dessus de la page blanche et hésita un instant. Puis il s'essuya le nez dans sa manche et un bref sourire plissa sa bouche.

«C'est bien cinq cents couronnes que vous avez données à Jonna?»

Heloise soupira et ouvrit son portefeuille. «Je n'ai plus que cent vingt couronnes en liquide.

— Ça ira», dit-il, la main tendue.

Heloise lui donna l'argent.

« Est-ce que Jonna fréquentait parfois le terrain de courses de Klampenborg, Frank ?

— Elle y était tout le temps, vous voulez dire ! »

La strip-teaseuse avait vu les billets. Elle descendit de l'estrade et s'approcha du bar. Après une pirouette maladroite, elle détacha le crochet de son soutien-gorge mauve en dentelle et deux mamelles s'en échappèrent.

Frank la regardait, ravi, sans lâcher le billet de cent couronnes.

Heloise ignora la danseuse et continua : « Et elle gagnait ?

— Ça lui arrivait. Mais le plus souvent, elle perdait.

— On parle de quel genre de sommes ? »

Il haussa les épaules. « Parfois, elle perdait cinq mille, dix mille couronnes. Parfois plus. Beaucoup plus.

— Combien ?

— Je ne sais pas, moi. Mais je me souviens de la dernière somme que je lui ai envoyée du Groenland : trente-huit mille couronnes. J'avais économisé deux mois de salaire pour elle et pour Anna, pour qu'elle puisse payer les traites de la maison et passer l'été tranquille.

— Et elle a tout perdu ?

— Elle les avait déjà bouffées depuis longtemps. » Il se racla bruyamment la gorge et cracha dans son verre. « Tout ce que je lui ai envoyé a disparu dans ce qu'elle devait.

— Est-ce qu'elle vous a déjà parlé d'un certain Johannes Mossing ?

— Qui est-ce ?

— Le père de Christoffer Mossing. »

Frank Kiel secoua la tête. « Je ne me souviens pas qu'elle ait prononcé ce nom-là. Ça fait vingt-deux ans qu'on ne s'est pas vus.

— Et pourtant, vous vous rappelez la somme exacte que vous lui aviez envoyée ?

— Croyez-moi, si vous aviez économisé trente-huit mille couronnes pour les donner à quelqu'un, vous vous en souviendriez aussi. Surtout si l'argent avait servi à payer des dettes de jeu. » Il fit signe à la serveuse. « Et en plus, ça n'a pas suffi. »

Heloise fronça les sourcils. « Ça n'a pas suffi à quoi ?

— À payer ses dettes. Enfin, pas la totalité.

— Que voulez-vous dire ?

— J'ai coupé les ponts avec elle après cette histoire, mais j'ai entendu dire qu'elle devait encore de l'argent. Beaucoup d'argent. Je ne comprends même pas comment elle a fait pour perdre autant de fric – elle perdait plus d'argent que nous n'en avions. Elle devait l'emprunter quelque part. »

Quand les gens ne pouvaient pas payer ce qu'ils devaient, ils disparaissaient. Ils disparaissaient, Heloise. Tu comprends ce que je suis en train de te dire ?

Heloise se mordillait la lèvre inférieure. « Toutes ces dettes qu'elle avait contractées, à l'époque… vous savez comment elle a fini par les rembourser ?

— Je n'en ai aucune idée et je m'en fous. »

Heloise se pencha vers Frank Kiel. « Frank, avez-vous la moindre idée de la raison pour laquelle Anna a tué Christoffer Mossing ? »

Il secoua la tête.

« Jonna m'a dit qu'elle était devenue folle. Cliniquement folle, dit Heloise. Vous y croyez, vous ? »

Il ne répondit pas.

« Elle m'a dit aussi qu'elle était une enfant renfermée et en colère…

— Ce n'est pas vrai », dit-il, et, pendant une seconde, Heloise vit de la tendresse dans son regard embrumé. « Elle était mignonne quand elle était petite. Gentille et câline.

— Et ensuite, que s'est-il passé ? »

Il haussa une épaule. « Comme vous l'avez dit vous-même : je suis parti. Je n'ai aucune idée de ce qu'a été la vie d'Anna après mon départ. »

Heloise prit congé de Frank Kiel et se dirigea vers la porte tandis que la barmaid changeait comme par magie le billet fraîchement acquis en un verre de Bacardi Coca.

Sur le trottoir, devant le club de strip-tease, elle téléphona à Schäfer, mais tomba sur le répondeur. Elle lui laissa un message lui demandant de la rappeler le plus vite possible.

Elle raccrocha et regarda le vieux port.

La pluie s'était arrêtée.

Elle marcha dans la direction de Bredgade au son des pneus roulant à vive allure sur la chaussée encore mouillée, luttant inconsciemment contre une intuition qui était en train de prendre forme au fond de son esprit.

27

Un petit groupe d'adolescentes japonaises coiffées comme des Playmobil, équipées d'appareils photo reflex, illuminaient la grande pièce haute de plafond, chaque fois qu'elles appuyaient sur le déclencheur. Elles bavardaient à mi-voix et rompaient de temps à autre le silence en pouffant d'un rire de petites filles, la main devant la bouche et l'expression mutine. Il ne leur manquait que les couettes et la jupe plissée, songea Heloise.

Elle reconnut deux fidèles, assis de part et d'autre de la nef, tête baissée en prière et dégageant cette aura de ferveur particulière aux gens qui souffrent.

Mais à part ça, Marmorkirken était déserte.

Le gardien à l'entrée de la tour était le même que lorsque Heloise était petite. Il s'appelait Bobo, et Heloise avait toujours trouvé qu'il avait un nom de personnage de Tolkien. Il ressemblait d'ailleurs à un Hobbit et il était exactement le même que la toute première fois qu'elle l'avait vu. Il était la version pâlotte et humaine d'un raisin sec surmonté d'un toupet blanc comme de la crème chantilly.

Tous les ans, pour Noël, elle lui apportait une

bouteille de vin de Porto et, grâce à ce cadeau, il la laissait entrer dans le dôme en dehors des heures d'ouverture et se faufiler, comme elle venait de le faire aujourd'hui, derrière la lourde porte en chêne à l'insu des autres visiteurs.

En passant près du bureau derrière lequel il était invariablement assis, elle lui fit un sourire et il lui sourit en retour, d'un air complice et affectueux.

« C'est un peu humide, là-haut, ce soir », la prévint-il.

Heloise hocha la tête et poursuivit son chemin.

Elle connaissait cet endroit comme sa poche. Savait exactement quelles marches allaient grincer, où l'escalier devenait irrégulier et combien de pas il lui faudrait parcourir pour atteindre les combles qui s'étendaient au-dessus des fameuses peintures de la voûte représentant les douze apôtres.

Enfin, arrivée sur la coursive qui faisait le tour du dôme, elle put contempler la ville de Copenhague.

Scintillante dans la tombée du jour, familière. Et rassurante.

Après l'avoir essuyé avec la manche de sa veste, elle s'assit sur le banc qui donnait sur le château d'Amalienborg, l'île de Holmen et l'opéra. Normalement, à cette heure-ci, elle aurait dû choisir l'autre côté du dôme pour voir le soleil se coucher derrière les toits, mais le temps était couvert à l'ouest et le ciel était plus beau de ce côté.

Elle suivit un long moment le vol des courriers réguliers au-dessus d'Amager. Il ne s'écoulait qu'un laps de temps très court entre les avions qui se succédaient dans le ciel bleu-mauve du soir, comme des perles sur un fil, vers l'aéroport de Kastrup.

Heloise avait besoin de la quiétude de ce lieu pour se concentrer et mettre de l'ordre dans ses idées et les événements de la semaine. En quelques jours, elle avait failli perdre son travail, une meurtrière psychopathe et recherchée avait fait une fixation sur sa personne et elle venait d'apprendre que Jonna Kiel avait – ou avait eu en tout cas – un problème d'addiction aux jeux de hasard. Elle avait découvert le cadavre d'Ulrich Andersson et quelqu'un était entré dans son appartement à son insu.

Ou pas.

Elle n'arrivait pas à faire coller tous ces événements les uns avec les autres. Qui avait pris cette photo depuis son balcon pour la poster sur Instagram ?

Quelle que soit la façon dont elle envisageait cette affaire, elle retombait toujours sur la même personne.

Martin.

C'était Martin qui lui avait remis les documents sur le scandale Skriver qui l'avaient mise en difficulté au journal. C'était lui encore qui avait débarqué chez elle, le jour où elle avait reçu la photo sur Instagram, et elle savait maintenant qu'il avait un passé judiciaire pour actes de violence. Plus elle y réfléchissait, plus elle avait le sentiment de ne le connaître que de manière superficielle et de n'avoir vu de lui que la façade lisse et propre qu'il avait choisi de montrer au monde.

Elle décida de l'appeler.

Il répondit dès la première sonnerie. « Salut ! »

Il y avait une gaieté communicative dans sa voix qui fit battre le cœur d'Heloise et elle entendait qu'il était dehors, quelque part, en mouvement.

« Salut, Martin. Où es-tu ?

— Je rentre chez moi. Et toi ? »

Heloise entra directement dans le vif du sujet. « Comment se fait-il qu'il y ait une condamnation pour violence dans ton casier judiciaire ? »

Elle entendit qu'il s'était arrêté de marcher.

« Pardon ?

— La police a trouvé tes empreintes digitales dans mon appartement après l'intrusion et apparemment tu es dans leurs fichiers. »

Après une courte pause, il répondit simplement : « Oui.

— Oui ? C'est tout ce que tu trouves à répondre ?

— Que veux-tu que je te dise d'autre ?

— Je veux que tu me dises pourquoi tu as purgé une peine de prison. »

Il se tut un instant puis dit : « J'ai cassé la figure à un type. Je n'en suis pas fier, mais je te jure qu'il l'avait mérité. »

Heloise fronça les sourcils. « *Mérité* ! J'aimerais bien que tu m'expliques *qui* mérite de se faire casser quatre dents de devant ?

— Savoir qui il était n'a pas d'importance.

— Cela en a pour *moi.* »

Elle l'entendit soupirer longuement avant de répondre : « Il s'appelle Thomas Berggren. Il a été mon ami pendant vingt-quatre ans jusqu'à ce que j'apprenne qu'il couchait avec ma femme. »

Chacun de ses mots tomba comme un coup de hache fendant une bûche.

Craac, craac, craac.

Heloise se taisait.

« Écoute, continua-t-il. Je ne t'en ai pas parlé parce que cela n'avait rien à voir avec nous deux. J'ai enfreint la loi, il y a longtemps, et j'ai payé ma dette. Ma femme est devenue mon ex-femme, et mon ami, un ancien ami. Ils ne comptent plus pour moi, plus du tout. C'est du passé. Mais je te mentirais si je prétendais que je regrette mon geste. Comme je te l'ai dit : Il l'avait mérité. »

Heloise ne savait plus que penser. Lui avait-il dit la vérité ? Ou bien s'agissait-il d'un nouveau mensonge, inventé pour l'occasion ? Elle n'avait plus confiance en lui. Il lui avait donné tant de raisons de douter de son honnêteté. Chaque fois qu'elle exigeait une réponse, il en avait une toute prête. Comment croire un homme dont c'est le métier, depuis plusieurs années, de reformuler, manipuler et travestir la vérité ?

« Comment as-tu fait pour ne pas perdre ton job ? s'étonna-t-elle. Ils ne t'ont pas licencié quand tu es parti en taule ?

— On ne m'a pas viré parce que, dans mon domaine, je suis le meilleur. » Il n'avait même pas essayé de faire preuve d'un minimum de modestie.

Heloise se renversa sur le banc, la tête appuyée contre la paroi vert-de-gris du mur en cuivre et ferma les yeux. Elle ne savait plus que penser.

« Où es-tu ? » lui demanda Martin.

Heloise ne répondit pas à cette question.

« Tu ne veux pas qu'on se voie pour parler de tout ça ? Je viens te rejoindre, dis-moi juste où tu es.

— Je crois… », dit Heloise, essayant de se convaincre elle-même qu'elle faisait le bon choix, « … je crois qu'il vaut mieux qu'on arrête de se voir.

— Quoi ? Non, ne fais pas ça, je…

— Je préfère être seule, en ce moment. Il y a tellement de trucs qui se passent, au boulot, tout ça…

— Heloise, dit-il, sa voix réduite à un murmure grave. Je crois qu'il est temps que tu essayes de me faire un peu confiance. Je crois… je crois que je suis tombé amoureux de toi. »

Elle sourit tristement.

« J'aimerais te croire, soupira-t-elle, le regard perdu sur les toits de la ville. Mais je n'y arrive pas. »

Heloise resta assise sur son banc longtemps après avoir raccroché le téléphone. Elle avait perdu la notion du temps en essayant de démêler les nombreuses pensées qui se bousculaient dans sa tête. Elle sursauta quand la petite porte à côté d'elle fut poussée violemment.

Bobo passa la tête dans l'ouverture.

« Si tu ne veux pas devenir sourde, Heloise, lui dit-il, pointant du doigt la coupole derrière elle, je te conseille de descendre, à présent. Il est bientôt 8 heures. »

Heloise bondit sur ses pieds et se tourna, effrayée, vers l'énorme cloche en bronze.

« Pardon, je réfléchissais. »

Le vieil homme secoua la tête avec indulgence et lui tint la porte pour qu'elle puisse se sauver par le petit escalier en chêne.

Ils avaient à peine traversé les combles que le mécanisme d'horlogerie commença à crisser et à grincer. Les rouages se mirent à tourner avec un grondement sourd et la pièce fut brusquement inondée par un vacarme assourdissant de sons de cloches à plusieurs voix.

Heloise et Bobo se bouchèrent les oreilles tout en dévalant le colimaçon peint à la chaux blanche, si étroit qu'Heloise s'écorcha le coude sur un petit clou qui sortait du mur.

Quand ils furent arrivés à une distance raisonnable du bruit, le vieux la saisit par le bras.

« Tu saignes », dit-il.

Heloise retourna son bras et examina la plaie. Ce n'était qu'une égratignure, mais le sang coulait abondamment et gouttait sur la pierre blanche de l'escalier.

« Suis-moi », lui dit-il en l'entraînant derrière lui.

Il écarta une tenture et Heloise le suivit à travers une porte donnant sur une chambre minuscule.

Elle s'exclama, étonnée : « Je ne suis jamais entrée ici !

— Oui, dit-il tout en fouillant dans le tiroir supérieur d'une petite commode. Il y a encore quelques endroits que tu ne connais pas dans cette église.

— C'est vrai ? Je croyais que je la connaissais dans ses moindres recoins. »

Bobo secoua la tête, mystérieux. Puis il sourit. « Eh bien, tu te trompes.

— Mais… ? » Elle regarda autour d'elle. « Tu veux dire qu'il y a d'autres pièces que je ne connais pas ? Je n'ai pas le droit de les voir ? »

Heloise se sentait comme quelqu'un qui vient d'apprendre un secret sur un ami qu'elle était convaincue de bien connaître. Elle n'aimait pas ce sentiment.

« Assieds-toi, Heloise », dit le vieil homme.

Elle s'assit sur une chaise tapissée de velours vert mousse, près d'un vieux secrétaire en acajou.

« Donne ton bras », ordonna-t-il, gentiment.

Heloise tendit le bras.

Bobo mordit de ses canines jaunâtres le coin de l'emballage et en sortit une lingette avec laquelle il essuya délicatement le sang. Puis il colla un sparadrap sur l'égratignure et lui tapota affectueusement le bras.

« Voilà, dit-il. Tu es comme neuve. »

Heloise le remercia distraitement, mais elle ne pensait déjà plus à la plaie. « Qu'est-ce que c'est que ces pièces que je ne connais pas ? »

Bobo gloussa un peu. « Pourquoi es-tu si curieuse ? »

Heloise haussa les épaules. « C'est juste que c'est important pour moi.

— Alors pourquoi est-ce si important ? »

Heloise ne répondit pas.

Bobo la regarda à travers des pupilles presque opaques de cataracte. L'un de ses yeux était si blanc qu'Heloise se demanda s'il n'était pas aveugle.

« Pourquoi le dôme de Marmorkirken a-t-il autant d'importance pour toi, Heloise ? »

Elle haussa les épaules. « Je m'y sens en sécurité.

— La plupart des gens ont le vertige quand ils montent ici.

— Pas moi, rétorqua-t-elle. C'est mon endroit. »

Le vieux gardien se leva et l'invita à faire la même chose. Ils se dirigèrent ensemble vers la sortie et, devant la lourde porte, il posa une main sur chaque épaule de la jeune femme pour qu'ils soient face à face.

« Certains viennent ici pour trouver la paix, Heloise. La consolation. D'autres viennent y chercher l'absolution. »

Heloise ne dit rien.

« Tu viens ici depuis que tu es toute petite, Heloise, et je te connais bien. Mais il y a maintenant très longtemps que tu n'as plus l'air heureux… » Il la scruta avec attention. « Ce que j'essaye de te demander, c'est : Est-ce que tu as fait quelque chose que tu éprouves le besoin de te faire pardonner ? Parce que, dans ce cas, je suis sûr que le pasteur sera heureux de t'aider. Quoi que tu aies à lui dire, tu peux lui faire confiance. Tu le sais, n'est-ce pas ? »

Heloise ne baissa pas les yeux.

L'espace d'un instant, elle eut envie de tout lui dire. De pleurer sur son épaule paternelle. Mais les mots restèrent coincés dans sa gorge.

Alors, elle dit simplement : « Non, Bobo. Ce n'est pas d'être pardonnée que j'ai besoin, mais au contraire d'accorder mon pardon. »

28

Heloise n'avait rien mangé depuis les deux tartines de pain noir qu'elle avait grignotées chez Kenneth Vallø à 15 heures. Son estomac gargouillait et pourtant elle n'avait pas faim. Elle avait juste envie de rentrer se mettre au lit, de fermer les yeux et de se laisser sombrer quelques heures dans un monde où tout était encore possible. Un monde où des hommes comme Johannes Mossing n'existaient pas, où les gens qui l'entouraient ne mouraient pas et ne se pendaient pas, où elle ne recevait que des cartes postales de vacances et des cartes de vœux, ou bien des lettres envoyées par des amis ou des parents.

Un monde où tout était comme avant.

Elle prit Bredgade et tourna à droite dans Fredericiagade pour rejoindre le chemin de son domicile par Olfert Fischers Gade. Le rosier grimpant qui poussait autour de sa porte d'entrée était toujours en fleur. Elle s'arrêta et plongea le nez dans une rose poudrée. Elle respira très fort et deux fragiles pétales tombèrent doucement sur le trottoir. Elle entra dans l'immeuble et commença à grimper l'escalier vers le dernier étage.

Son téléphone bipa dans sa poche alors qu'elle arrivait au quatrième.

C'était un SMS de Karen Aagaard :

« Hello ! La Pelle a manifestement décidé de te pardonner ton article sur Skriver et tu vas t'en tirer avec une simple réprimande. Les bruits de couloir prétendent en outre que Mikkelsen ne tient pas du tout à ce que tu t'en ailles. Alors, félicitations ! Et au fait : l'article de Bøttger sur le ministre de l'Industrie sort mardi. Je brûle d'impatience ! »

Heloise sourit.

Voilà au moins un problème en moins.

Elle monta le dernier étage d'un pas plus léger et retira ses chaussures sur le paillasson devant sa porte d'entrée. Elle venait de tourner sa clé dans la serrure et de poser la main sur la poignée quand l'homme apparut de nulle part.

Tout se passa très vite.

Avant qu'Heloise ait eu le temps de se retourner, il se jeta sur elle. Crochetant sa gorge de son bras droit qu'il bloqua avec sa main gauche, il la poussa dans son vestibule. Elle fit tomber son sac et se mit instinctivement à griffer et à frapper des deux mains le bras qui l'étouffait. En pure perte.

L'homme la souleva de sorte que, pendant quelques secondes, ses pieds se retrouvèrent à dix centimètres du sol. Une douleur atroce lui traversa la gorge et la peur l'envahit. Elle eut l'impression que le temps s'arrêtait, qu'elle pédalait dans le vide au ralenti et qu'un profond silence l'entourait subitement.

Puis l'homme la fit redescendre et ses pieds touchèrent

terre de nouveau. Il relâcha un peu la pression sur son cou – juste assez pour qu'elle puisse, suffocante, avaler une goulée d'air.

Puis il serra de nouveau.

« Heloise, murmura-t-il, en humant sa nuque. J'aurais tellement aimé éviter de faire ce que je m'apprête à faire, mais tu n'as pas voulu écouter. »

Tout son corps n'était plus qu'un cri : sa peau, son sang, ses muscles hurlaient de douleur et de désespoir.

Elle ouvrit la bouche, mais aucun son n'en sortit.

L'homme la poussa plus loin dans l'appartement.

Elle trébucha sur le seuil de la porte du salon. Son agresseur l'entraîna vers le canapé et l'allongea à plat ventre sur les housses gris pâle sans relâcher la pression autour de son cou.

Il enfonça un genou dans son dos et une douleur la traversa comme un coup de poignard. Elle essaya de se dégager à coups de pieds, mais plus elle gigotait plus il resserrait son étreinte.

« Tu aurais dû être plus prudente, Heloise.

— Arrêtez ! » parvint-elle à le supplier. On aurait dit que sa voix sortait d'un puits.

L'homme ne s'arrêta pas.

Il posa la main sur l'arrière de son crâne et enfonça profondément son visage dans le coussin du canapé. Puis il s'allongea sur elle de tout son poids. Ses poumons brûlaient et elle avait l'impression que son cou se détachait de son corps, qu'il n'était plus relié à sa colonne vertébrale.

Soudain, elle entendit un bruit ; un bruit que dans un premier temps, elle ne put identifier. On aurait dit le cri d'une mouette, un caquetage ondulant, et elle comprit que c'était un rire. L'homme *riait.* Il pressait sa tête à l'étouffer dans le tissu du sofa et lui serrait la gorge à l'étrangler et il riait.

À cet instant, elle sut qu'elle allait mourir.

Elle ne passa pas sa vie en revue. Aucun diaporama ne défila sur son écran intérieur, avec des images couleur sépia de son enfance, du sirop de rhubarbe maison, des parties de Jokari et du camping sauvage au bord de la mer du Nord. Pas de regrets, pas de rêves irréalisés, pas de chemin qu'elle n'avait pas eu le temps de prendre.

Juste le silence.

Je meurs, songea-t-elle.

Et tout devint noir.

29

Heloise dut faire un effort pour s'arracher au sommeil. Elle entrouvrit lentement les yeux, essaya de se repérer dans l'espace, mais elle ne distinguait que des silhouettes floues dans une pièce plongée dans la pénombre. Sa langue était sèche et épaisse dans sa bouche. Elle s'efforça de déglutir et eut l'impression qu'on avait plongé une lame tranchante dans sa gorge et les muscles de son cou.

Où suis-je ?

Ses paupières trop lourdes ne cessaient de se refermer et elle se frotta le visage pour s'obliger à se réveiller. Sa main avait une odeur âpre et incompréhensible d'éthanol qui fit monter des spasmes de nausée dans son estomac.

Elle tenta de se lever. Tout à coup, une sensation lui fit retenir sa respiration tandis que l'adrénaline pompait par petits à-coups dans ses veines.

Elle n'était pas seule.

Quelqu'un respirait quelque part derrière elle, dans l'obscurité.

Elle tourna prudemment la tête.

« Qui est là ? »

Elle perçut un mouvement. Sentit une main qui se posait sur son épaule. Entendit une voix qu'elle connaissait. Grave. Rauque.

« Heloise. »

Elle s'écarta brusquement pour échapper au contact de la main, essaya encore une fois de se lever, eut un vertige et dut y renoncer.

« Martin ? Qu'est-ce que… qu'est-ce que tu m'as fait, Martin ? »

Elle se sentait anesthésiée. Empoisonnée.

« Qu'est-ce que tu m'as donné ? »

Heloise tâtonnait pour trouver un point d'appui et Martin lui prit le bras.

Puis tout disparut et elle sombra de nouveau dans l'inconscience.

30

Quand Heloise ouvrit les yeux, il faisait jour. Elle avait dormi longtemps et les brumes de la nuit s'étaient dissipées. Celles de son cerveau aussi. Tout était clair, à présent ; y compris la chambre dans laquelle elle se trouvait, limpide dans le soleil matinal.

À côté du lit, un appareil auquel elle était reliée par des électrodes bipait doucement, régulièrement. Un tuyau, fixé à son nez, envoyait de l'oxygène dans ses poumons et un goutte-à-goutte envoyait un liquide dans sa main gauche à travers un tuyau de caoutchouc souple.

Martin tenait fermement la droite.

Il avait le front incliné au-dessus du lit, les yeux clos. Il dut sentir qu'Heloise le regardait, car il leva la tête et la regarda à son tour.

Il sursauta en voyant qu'elle était réveillée.

« Bonjour », dit-il, doucement, lâchant sa main de crainte de l'effrayer une nouvelle fois. « Comment te sens-tu ?

— J'ai soif », chuchota Heloise.

Il prit un verre sur la table de chevet, l'approcha de

son visage et inséra avec précaution une paille entre ses lèvres sèches.

Heloise aspira l'eau, déglutit et fit une grimace.

« Tu as mal ? » lui demanda-t-il.

Elle hocha la tête et essaya de se mettre assise. « Qu'est-ce qui s'est passé ?

— Tu ne veux pas qu'on appelle quelqu'un, d'abord ? dit-il en tirant sur le cordon au-dessus de sa tête. Je voudrais que le médecin te voie.

— Comment suis-je arrivée ici ? demanda-t-elle. Où est-il ? L'homme qui m'a attaquée ?

— Chuut…, répondit Martin en lui caressant doucement les cheveux. Tu ne dois plus te préoccuper de lui. La police l'a arrêté. Il ne peut plus te faire de mal. »

Heloise lui prit la main. Ses phalanges étaient rouges, fendillées.

« Qu'est-ce qui t'est arrivé ? »

Avant qu'il puisse répondre, la porte s'ouvrit et Gerda entra dans la chambre. Heloise vit qu'elle avait pleuré. Elle avait les joues rouges et gonflées et ses paupières étaient tuméfiées par les larmes qui d'ailleurs se remirent à couler aussitôt qu'elle posa les yeux sur elle.

« Tu es réveillée ! » s'écria-t-elle, soulagée, en s'asseyant sur le bord du lit.

Heloise lâcha la main de Martin et prit celle de Gerda.

« Comment as-tu su que j'étais là ?

— Martin m'a téléphoné et m'a dit ce qui s'était passé. »

Heloise se tourna vers lui. « Mais comment… ? »

Les zygomatiques de son amie se crispèrent en un

bref sourire. « Il n'y a pas beaucoup de filles dans l'armée qui s'appellent Gerda, alors… »

Gerda se mit à pleurer à gros sanglots et à parler de manière décousue avec des phrases qu'elle ne terminait pas.

« Tu étais… Et j'ai cru que plus jamais… Quand je pense que tu aurais pu… »

Elle tomba dans les bras d'Heloise en reniflant comme une gosse. Heloise mit un bras autour d'elle pour la consoler, mais elle ne pleura pas. Elle n'aurait pas pu quand bien même elle l'aurait voulu. Elle se sentait sèche et vide.

« C'était qui, ce type ? » demanda-t-elle à Martin quand Gerda se fut un peu ressaisie. « Qu'est-ce qui s'est passé, au juste ?

— Je ne sais pas comment il s'appelle. La police va venir te voir pour discuter avec toi de tout ça.

— Comment as-tu su que j'étais ici ? » demanda-t-elle à Martin.

Gerda et lui échangèrent un regard, et il s'apprêtait à répondre, mais la porte de la chambre s'ouvrit à ce moment sur une femme d'un certain âge, en blouse blanche et avec un stéthoscope pendu autour du cou tel un énorme sautoir.

« Ah, vous êtes réveillée », constata-t-elle, comme Gerda l'avait fait un instant plus tôt. Elle sourit à Heloise avec une empathie distanciée et professionnelle.

Elle s'approcha du lit et se pencha sur le visage de sa patiente. Puis elle sortit de la poche de poitrine de sa blouse un objet qui ressemblait à un stylo, appuya à une extrémité avec un petit clic, et éclaira le fond de l'œil d'Heloise.

« Puis-je vous demander de me donner votre nom au complet ainsi que votre numéro de sécurité sociale ? »

Heloise s'exécuta.

« Et où habitez-vous, Heloise ?

— Olfert Fischers Gade, à Copenhague.

— Est-ce que vous savez où vous êtes ? »

Heloise tourna la tête vers la fenêtre par laquelle on voyait les vastes pelouses verdoyantes de Fælledparken.

« À Rigshospitalet ?

— C'est exact. » Le médecin éteignit sa lampe de poche et la remit à sa place. « Vous avez subi un traumatisme important à la gorge, Heloise, et vous allez ressentir des douleurs dans cette région pendant quelques jours. On vous a fait une exploration au scanner et vous n'avez pas d'hémorragie cérébrale, ni de lésions graves au niveau des tissus mous de la gorge. Il est possible toutefois que vous ayez subi un traumatisme crânien. Vous avez la nausée ? Mal à la tête ? »

Heloise se tâta. « Oui.

— Est-ce que vous vous sentez vertigineuse, l'esprit embrumé ?

— Non, plus maintenant, seulement fatiguée, répondit Heloise en secouant la tête.

— Vous vous souvenez de quelque chose ? »

Heloise réfléchit un instant, creusa sa mémoire. Ses pensées faisaient comme un écho dans sa tête. Que s'était-il passé ? D'où venait ce type ? Tout était arrivé tellement vite.

« Il y avait un homme. J'étais en train d'ouvrir la

porte de chez moi et il… il m'a attrapée par là. » Elle mit une main sur sa pomme d'Adam et fut effrayée de sentir le pansement autour de son cou. « Il a serré fort, et ça faisait mal, et je… je ne sais pas comment j'ai fait pour lui échapper. Je ne me souviens de rien d'autre. »

Elle les regarda tous les trois, à tour de rôle.

« Il est possible que le reste ne vous revienne jamais, dit le médecin. Vous vous êtes évanouie et vous êtes restée inconsciente un long moment. Mais vous allez vous remettre parfaitement. Il va seulement falloir que vous restiez un peu tranquille pendant quelque temps.

— Quand vais-je pouvoir rentrer chez moi ?

— On verra demain comment vous vous sentez. Je voudrais au moins vous garder en observation cette nuit. Je reviendrai prendre de vos nouvelles plus tard, d'accord ? »

Heloise acquiesça.

Elle avait à peine eu le temps de refermer la porte de la chambre qu'on frappa deux petits coups très discrets.

L'inspecteur Schäfer passa prudemment la tête dans la chambre. Son visage se fendit d'un large sourire quand il vit qu'elle était réveillée.

« Je suis content de vous voir sur pied !

— Je ne le suis pas encore tout à fait », rétorqua Heloise. Il lui était désagréable de se trouver à moitié nue dans ce lit, entourée par tous ces gens.

« Vous savez ce que je veux dire. Réveillée, quoi ! Comment vous sentez-vous ? »

Elle haussa les épaules.

« Est-ce que je pourrais parler à Heloise seul à seule ? demanda Schäfer à Gerda et Martin.

— Je serai juste là, dehors », dit Gerda en serrant bien fort la main de son amie avant de sortir. Martin posa sur Heloise un regard inquiet et, après un petit signe de tête, il suivit Gerda.

Schäfer tira une chaise près du lit et s'assit au chevet d'Heloise.

« Bon, et maintenant, dites-moi comment vous vous sentez réellement.

— Atrocement mal, à vrai dire.

— Vous avez l'air en forme, pourtant. »

Heloise s'essaya à un ricanement, mais sa gorge lui faisait trop mal. « L'homme qui m'a fait ça... vous l'avez arrêté ? »

Schäfer acquiesça.

« Qui est-ce ?

— Il s'appelle Stefan Nielsen. Un type peu recommandable. Son casier judiciaire est plus lourd que mon... Il est très lourd. Violence caractérisée, menaces de mort et intimidation. Kidnapping...

— Kidnapping ?

— Un garçon de seize ans qu'il a enfermé pour s'amuser dans un hangar à bateau pendant trois jours, l'année dernière. »

Schäfer sortit de sa poche une photo qu'il avait retrouvée dans les fichiers de la police et la montra à Heloise.

« C'est lui. Il vous dit quelque chose ? »

Elle se redressa dans le lit et étudia le visage de son agresseur. Il avait la mâchoire large, une figure carrée et les cheveux noirs.

« Ulrich m'a dit que le type qui l'avait menacé était brun et trapu. »

Schäfer acquiesça. « Vous le reconnaissez ? »

Elle secoua la tête. « Je ne l'ai vu à aucun moment. Il m'a attaquée par-derrière. »

L'inspecteur remit la photo dans sa poche. « Tant pis. Je pense que c'est mieux de toute façon que vous n'ayez pas eu le temps de le voir. Cela évitera qu'il hante vos cauchemars.

— Comment pouvez-vous être sûrs que c'est bien lui ? Comment l'avez-vous retrouvé ? »

Schäfer fronça les sourcils. « On ne vous a rien dit ? »

Heloise le regarda d'un air interrogateur.

« Votre ami Duvall… c'est lui qui est venu à votre secours. »

Heloise n'avait pas l'air de comprendre.

« Il est entré dans votre appartement et il est intervenu avant qu'il ne soit trop tard. Vous auriez vu la tronche de votre agresseur quand il en a eu terminé avec lui. On a dû attendre qu'ils le rafistolent aux urgences avant de pouvoir l'interroger. Ce n'était pas un top model au départ, mais maintenant, il ne ressemble plus à rien », ricana Schäfer, apparemment enchanté.

Une larme coula sur la joue d'Heloise.

« Martin m'a sauvé la vie ?

— Ouaip », répliqua Schäfer.

31

Il avait fallu vingt-huit points de suture pour recoudre la plaie allant de son front à sa pommette droite en passant par son nez. Il avait également écopé d'une incisive cassée et d'un globe oculaire qui avait viré au noir à cause d'un éclatement de vaisseaux.

« Je trouve que ça te va bien », dit Schäfer à la gueule cassée en face de lui dans la salle d'interrogatoire. « Ça fait mal ? À part la blessure d'orgueil, je veux dire. »

L'homme ne répondit pas.

« Ça doit quand même être assez vexant pour un voyou comme toi de se faire transformer en chair à pâté par un yuppie avec des ongles manucurés et un pantalon qui sort du pressing. »

Schäfer posa un dossier sur la table, avec un claquement sec.

« Sacrément vexant ! » dit-il encore une fois avec une grimace compatissante.

Il recula une chaise et s'assit en face de l'homme.

« C'est Stefan, c'est ça ? Stefan Nielsen ? On ne s'est jamais rencontrés toi et moi, mais je vois ici que tu es un habitué. Tu connais la maison et tu sais comment ça marche. Je suis évidemment supposé te dire que tu as droit à la présence d'un avocat et que tu n'es pas obligé de répondre à mes questions. Mais si tu me racontes des choses que j'ai envie de savoir, qui sait, peut-être qu'on se montrera un peu moins sévère avec toi quand tu passeras devant le juge d'ici deux heures. »

L'homme s'appuya tranquillement au dossier de sa chaise et sourit.

« Je ne suis pas intéressé par ce que tu as à me vendre.

— Tu n'as pas envie d'un petit allègement de peine ?

— Ne t'inquiète pas pour moi. Je serai vite dehors.

— Je n'en serais pas si sûr, à ta place, rétorqua Schäfer. Un délit de ce type-là, ça va chercher entre cinq ans et perpète. Tu ne vas pas t'en sortir comme ça. Il y a des témoins. Tu vas aller au gnouf, ça ne va pas faire un pli. Et quand on aura ajouté l'assassinat d'Ulrich Andersson sur ta facture, tu prendras le double. À moins qu'on trouve un compromis tous les deux. »

Schäfer ouvrit le dossier et en sortit une photo du cadavre d'Ulrich Andersson sur la table d'autopsie. Son thorax était ouvert comme un carton de déménagement dont on aurait été en train de vider le contenu ; les organes rouge foncé, le tissu adipeux jaunâtre, les boyaux et les tendons exposés aux regards.

Schäfer lança le cliché qui s'arrêta à quelques millimètres de la main droite de l'homme.

« Lui, là, tu t'en souviens ? C'est le gars à qui tu as fait téter le canon de ton flingue il y a quelques années – celui que tu as étranglé avant de le pendre dans son appartement à Amager Strand, l'autre jour.

— Ça ne me dit rien. »

L'œil valide de la brute avait une expression joueuse, provocatrice. Si l'on faisait abstraction de son visage détruit, il ne ressemblait pas du tout à un type qui avait trouvé son maître la veille. Il avait plutôt l'air de s'amuser.

« Où étais-tu jeudi dernier ? »

Il haussa les épaules.

« Par-ci, par-là.

— Où étais-tu plus précisément jeudi dernier, entre 12 heures et 22 heures ? »

L'homme se balança en arrière sur sa chaise, joignit les mains derrière sa nuque, croisa les jambes et les allongea. « Je passe. »

Schäfer laissa couler son regard sur lui et s'arrêta sur ses pieds croisés.

« Chouettes baskets », dit-il avec un petit signe de tête vers les sneakers rouges qui dépassaient sous la petite table.

L'homme poussa un long soupir en regardant le plafond, mais il ne fit pas de commentaire.

« Ce genre de pompes coûtent beaucoup plus cher aujourd'hui que du temps où j'étais jeune, continua Schäfer. Aujourd'hui, tu ne touches pas une paire de chaussures aussi stylées à moins d'une journée de salaire. » Il tourna quelques pages du dossier puis releva les yeux. « D'ailleurs, je ne vois rien ici sur la manière dont tu gagnes ta vie ? »

Silence.

« Tu avais presque huit mille couronnes de liquide sur toi quand on t'a arrêté.

— Et alors ?

— Tu les as eues comment ?

— L'argent de la petite souris, répondit-il avec un large sourire, dévoilant son incisive cassée.

— Et sinon, qu'est-ce que tu fais de tes journées ?

— Je bricole.

— Tu bricoles ? Tu bricoles pour qui ?

— Pour moi.

— Ça veut dire que tu es à ton compte ? »

L'homme hocha longuement la tête, comme s'il était séduit par la formule. « À mon compte, c'est ça.

— Et tu fais quoi exactement ?

— Je règle les problèmes.

— Heloise Kaldan était un problème qui avait besoin d'être réglé ? Ulrich Andersson aussi ? »

Le type regarda autour de lui en bâillant, comme s'il s'ennuyait.

Erik Schäfer se pencha vers lui. « C'est Johannes Mossing qui t'a payé pour les éliminer ? »

L'homme regarda l'inspecteur droit dans les yeux et lui sourit sans répondre.

« Qu'est-ce qu'il trafique ? Qu'est-ce qu'il cache ? insista Schäfer. Si tu me donnes Johannes Mossing – quelque chose de solide dont je puisse me servir pour l'épingler –, tu verras que le temps que tu vas passer chez nous sera bien plus court et bien plus agréable qu'il ne risque de l'être dans le cas où tu refuserais de coopérer. »

C'était évidemment du bluff. L'inspecteur n'était nullement habilité à proposer ce genre de marché et il eut la très nette impression que son interlocuteur le savait.

Ses sourcils vinrent pratiquement se rejoindre au-dessus de son nez tandis qu'il demandait à l'inspecteur Schäfer : « Johannes qui ? »

Les deux hommes se jaugèrent un long moment. Puis l'agresseur d'Heloise éclata de rire, d'un grand rire sonore.

« OK. J'ai compris, dit Schäfer. Alors on va procéder à la manière dure. »

Au même moment, la porte s'ouvrit dans le dos de Schäfer et un type court sur pattes, en qui l'inspecteur ne tarda pas à reconnaître l'avocat Marcus Plessner, entra précipitamment dans la pièce. Il portait un costume gris argent qui devait avoir été confectionné sur mesure, car Schäfer n'avait pas connaissance d'une boutique de prêt-à-porter dans le monde entier qui soit capable de proposer un vêtement aux mensurations de l'avocat. Sa largeur et sa corpulence étaient équivalentes à sa taille et on aurait dit un Rubik's Cube avec des pieds.

La ligne de ses cheveux était bizarrement plus basse sur son front que la dernière fois que Schäfer l'avait vu, des implants de cheveux bruns poussant à présent comme des bouquets de cresson sur ses tempes jadis parfaitement nues.

« Écartez-vous de mon client, je vous prie », lança-t-il en guise d'entrée en matière avant d'aller se planter à côté du prévenu.

Il posa une main sur l'épaule de Stefan et examina les dégâts sur sa figure.

« J'espère pour vous que vous n'êtes pour rien dans tout ça. » Il parlait en regardant l'inspecteur Schäfer d'un air de reproche. Son débit était rapide, comme à l'accoutumée. Si la tchatche avait été une discipline olympique, il aurait eu la médaille d'or.

« Malheureusement non, je ne peux pas m'attribuer le mérite de ce chef-d'œuvre. »

Erik Schäfer avait déjà eu affaire à l'avocat Plessner. L'homme avait un talent inégalé pour faire passer les voyous, les pédophiles, les violeurs et les trafiquants de drogue pour d'infortunées victimes et – ce qui était pire – il parvenait à en convaincre jurés et magistrats.

Schäfer avait à maintes reprises eu le plaisir discutable de sa présence durant les interrogatoires de Johannes Mossing, et quand celui-ci avait fini par porter plainte contre Schäfer pour harcèlement, c'était également Plessner qui avait eu la charge de pousser des cris d'orfraie au tribunal :

C'est une expérience particulièrement traumatisante pour un citoyen exemplaire comme M. Mossing que de devoir subir de perpétuelles accusations de la part d'un fonctionnaire de l'État. Il n'existe pas la moindre preuve contre mon client ! C'est du harcèlement pur et simple, et si M. Schäfer n'y met pas un terme immédiatement, nous serons contraints de demander au tribunal une mesure d'éloignement à son égard.

« Vous ne dites plus un mot, d'accord ? ordonna Plessner à Stefan. Sauf si je vous y invite. »

Le regard de Schäfer passait de l'un à l'autre. « Quel que soit le boulot que tu fais, Stefan, ça doit rapporter gros pour que tu aies les moyens de t'offrir les services d'un cabinet aussi prestigieux qu'Orleff & Plessner.

— Vous ne répondez pas, répéta l'avocat à son client.

— C'est quand même assez rigolo que tu sois

représenté par les gens de Johannes Mossing ! Et les anciens collaborateurs de Christoffer Mossing !

— Content que cela vous amuse, dit Plessner, grinçant. Maintenant, je vais vous prier de sortir. J'ai besoin de parler à mon client en tête à tête.

— J'avais fini, de toute façon. » Erik Schäfer se leva. « Je vous informe que votre client est accusé de tentative de meurtre sur la personne de la journaliste Heloise Kaldan et que par la même occasion nous allons le mettre en examen pour l'assassinat du journaliste Ulrich Andersson.

— Merci pour le renseignement et au revoir. » Plessner lui indiqua la porte.

Au moment de sortir, Schäfer se retourna : « Je vous envoie un technicien de la police scientifique, au fait. »

Plessner lui jeta un regard incrédule. « Pour quoi faire ?

— Nous avons besoin d'une empreinte de ses chaussures », répondit l'inspecteur en désignant les baskets Puma de Stefan. « Je ne serais pas étonné qu'il chausse du 41, ce qui risque de poser un problème à votre client pour deux raisons. La première, c'est que nous avons trouvé des empreintes de semelles dans l'appartement où Ulrich Andersson a été tué…

— Et la deuxième ? » renifla Plessner agacé.

Schäfer abaissa la poignée de la porte. « Hmm… Vous savez ce qu'on dit des hommes qui ont des petits pieds ? »

32

Gerda était passée ce matin chez Heloise pour lui préparer un sac de vêtements propres : un slip, un sweat à capuche, un bas de jogging, ses baskets vertes préférées et une veste en jean. Elle avait déposé le sac à l'hôpital de bonne heure et demandé à son amie si elle voulait qu'elle reste avec elle.

« Non, sauve-toi. Je vais très bien », lui avait affirmé Heloise, et c'était presque la vérité.

Finalement, elle n'allait pas si mal. Elle n'avait plus la sensation que sa pomme d'Adam était passée dans un blender et sa tête n'avait plus le poids d'une boule de bowling sur sa nuque. Le médecin avait accepté de signer sa sortie contre la promesse qu'elle resterait sagement au lit pendant quelques jours.

Mais Heloise avait trop peur de se retrouver chez elle toute seule. Enfin, pas peur – parce que ça, même la tête sur le billot, elle refuserait de l'admettre. Disons qu'elle n'avait pas très envie d'être seule dans son appartement.

Pas aujourd'hui. Pas tout de suite.

Schäfer avait téléphoné pour l'informer que

l'homme qui l'avait attaquée était également mis en examen pour le meurtre d'Ulrich.

Le meurtre.

L'intuition d'Heloise était juste. Ulrich avait été assassiné. Par l'homme qui l'avait aussi attaquée, elle.

Cela lui avait fait un choc.

Schäfer lui avait dit que l'homme était passé devant le tribunal et que le juge avait décidé de le mettre en détention provisoire. Mais était-il le seul à en vouloir à sa vie ? Y en avait-il d'autres, tapis dans l'ombre, prêts à se jeter sur elle dès qu'elle aurait le dos tourné ? Est-ce qu'un jour elle se sentirait de nouveau en sécurité ?

Est-ce qu'elle devrait laisser tomber cette affaire ?

Heloise emporta le sac que lui avait apporté Gerda dans la salle de bain et fut heureuse d'échapper un peu aux bruits de l'hôpital. Elle fit couler de l'eau froide dans ses mains et s'aspergea le visage. Elle se regarda dans la glace.

Lève la tête, se dit-elle. Tiens-toi droite et ressaisis-toi !

Dans l'ascenseur, elle appuya sur le bouton du rez-de-chaussée et sentit une nuée de papillons dans son estomac quand il se mit en marche. Chaque fois que les portes s'ouvraient dans les étages, de nouveaux patients entraient dans l'étroite cabine en métal, tous vêtus de l'uniforme de l'hôpital. Certains étaient reliés à un respirateur, d'autres traînaient un goutte-à-goutte avec eux. Il y en avait qui avaient des tumeurs au cou et au visage, d'autres qui devaient avoir des problèmes rénaux à en juger par leur teint jaunâtre et leurs jambes gonflées, et enfin, il y eut une petite fille sans cheveux qui sourit gentiment à Heloise.

Heloise lui rendit son sourire, mais elle ressortit de cet ascenseur en se disant que jamais elle n'avait moins cru en Dieu que ce jour-là.

Elle traversa rapidement le hall d'accueil et c'est presque en courant qu'elle passa la grande porte à tambour pour retrouver l'air libre où l'accueillirent un ciel gris de fin de matinée et un vent violent qui balaya ses cheveux.

Martin l'attendait, comme il l'avait promis. Heloise vint s'asseoir à côté de lui, dans la voiture.

« Salut ! »

Il se pencha vers elle et l'embrassa. « Tu es prête à rentrer chez toi ?

— Oui. Je ne l'étais pas il y a cinq minutes, mais maintenant, oui. »

Ils traversèrent le pont de Fredensbro en direction de l'appartement d'Heloise, vitres grandes ouvertes. En quelques jours, les feuilles des arbres étaient passées du vert à un brun oranger et il y avait une fraîcheur dans l'air qu'elle n'avait pas ressentie la semaine précédente.

C'était l'automne.

Martin gara la voiture au pied du rosier et lui tint la main jusqu'à la porte de chez elle.

Heloise ouvrit et inspecta l'appartement.

« Il n'y a aucune trace de ce qui s'est passé, remarqua-t-elle. C'est encore mieux rangé qu'en temps normal.

— Gerda est passée mettre de l'ordre et faire un peu de ménage. »

Heloise vit un gros bouquet de fleurs mauves posé sur

la table du salon. Elle alla lire la carte qui l'accompagnait. Il s'agissait d'un message de prompt rétablissement de la part de la rédaction du journal, signé par Karen Aagaard, Bøttger et tous ses collègues journalistes d'investigation.

Heloise sourit. Elle posa la carte et continua à regarder autour d'elle.

« Mon tapis a disparu », dit-elle en montrant le parquet nu devant le canapé où se trouvait habituellement un tapis berbère avec des motifs bleus.

« Exact. » Martin vint lui entourer les épaules de son bras. « Il était fichu, malheureusement.

— Vous l'avez jeté ?

— Oui.

— Mais pourquoi ? »

Il lui lança un long regard en se grattant la joue. « Tu es sûre d'avoir envie de savoir ?

— Oui », répondit Heloise. Entre le moment où elle s'était retrouvée couchée à plat ventre sur le canapé, le genou de son agresseur enfoncé dans le dos, et celui où elle s'était réveillée à l'hôpital, la main de Martin dans la sienne, c'était le noir complet. « Je veux savoir ce qui s'est passé. J'ai besoin de savoir.

— Soit, dit Martin en l'entraînant dans la cuisine. Il y avait du sang sur le tapis et on l'a jeté.

— Le sang du type ?

— Oui.

— Comment es-tu entré, ce soir-là ? Pourquoi est-ce que tu étais là, d'ailleurs ? » Elle s'assit à la table de la cuisine.

« Après t'avoir eue au téléphone, j'ai décidé de venir chez toi. »

Martin ouvrit le réfrigérateur et en sortit une bouteille d'eau gazeuse. Il remplit un verre qu'il prit sur l'étagère au-dessus de l'évier.

« Tiens, bois. Il faut que tu t'hydrates. »

Heloise but une gorgée à contrecœur.

« Tu as décidé de venir ! Juste comme ça !

— Écoute, Heloise… Je sais que tu as peur de laisser quelqu'un entrer dans ta vie – et aussi que tu as du mal à me faire confiance. Mais c'est important ce qu'il y a entre nous, non ? C'est sérieux, tu comprends ? »

Elle ne répondit pas.

« Alors, après que tu m'as dit que tu ne voulais plus qu'on se voie, je suis venu ici, parce que j'étais convaincu que tu ressentirais les choses différemment si j'étais en face de toi. »

Heloise hocha lentement la tête.

« Quand je suis arrivé, la porte sur la rue était entrouverte et je suis entré sans avoir besoin de sonner à l'interphone. Une fois dans l'appartement, je l'ai vu. Ta porte d'entrée n'était pas fermée et il… » Martin s'interrompit. Il passa plusieurs fois sa main sur sa bouche et dut prendre une longue inspiration. « Il était assis sur toi, tu avais la tête enfoncée dans le canapé et il… il souriait. »

Heloise l'écoutait raconter la scène sans rien dire.

« Cette ordure était en train de sourire et j'ai pété les plombs. Je l'ai arraché du canapé et je me suis mis à le frapper. J'ai continué jusqu'à ce que je n'aie plus de force dans le bras. Je… à vrai dire, je ne me souviens plus très bien ce qui s'est passé ensuite. Je sais que j'ai appelé la police, après l'avoir ligoté. J'ai pris un câble électrique de ta chaîne stéréo et je lui ai attaché les mains derrière le dos. Ensuite, ce Erik Schäfer et toute une bande de policiers ont débarqué dans ton appartement. Une ambulance est arrivée, non deux, je crois… Enfin, en tout cas, il y avait des tas de secouristes. Ils t'ont emmenée. Ils ont mis les menottes à ton agresseur et ils l'ont embarqué. On m'a interrogé ici, à cette table.»

Heloise vit qu'il était bouleversé, même s'il essayait de le cacher. Elle se mordit la lèvre. «Ça va, toi?

— Moi? Tu viens de te faire sauvagement agresser et tu me demandes si *moi* je vais bien?

— Ça a dû être éprouvant pour toi aussi.»

Il acquiesça. «Il y a un tas de questions qui tournent en boucle dans ma tête. J'ai dit à la police tout ce que je savais sur ce qui s'est passé ce soir-là, mais personne ne m'a rien raconté à moi.»

Heloise déglutit. Cela lui fit mal à la gorge. «Qu'est-ce que tu voudrais savoir?

— Qui était cet homme?

— Il s'appelle Stefan Nielsen.

— Tu le connaissais?»

Heloise secoua la tête. «Pas du tout. Mais Schäfer m'a dit qu'en plus de mon agression on l'accuse également d'avoir tué un journaliste qui s'appelle Ulrich Andersson.»

Martin tiqua: «Celui qui travaillait à *Expressen*?

— Oui. Tu le connais?

— Non. Mais j'ai lu dans le journal ce matin qu'il avait été assassiné à son domicile.

— C'est moi qui l'ai trouvé.»

Martin ouvrit de grands yeux.

« La police pense que c'est le même homme qui l'a fait, poursuivit Heloise.

— Putain, Heloise. Mais c'est complètement dingue ! Pourquoi un psychopathe comme lui s'en prendrait-il à toi ?

— Je crois que c'est parce que j'enquête sur… »

La conversation fut interrompue par la sonnerie du téléphone d'Heloise. L'appel était en numéro caché et elle décrocha en disant simplement : « Allô ? »

Un grésillement sur la ligne. Puis un silence, un temps mort. Et enfin :

« Heloise ? »

Pour une raison quelconque, la voix rauque de la femme fit courir un frisson dans le dos d'Heloise et elle chercha le regard de Martin.

« Qui est à l'appareil ?

— Vous savez qui est à l'appareil.

— Anna ?

— Mmm.

— Anna Kiel ?

— Vous voyez bien que vous le saviez. »

Heloise sentit une immense colère monter en elle. Elle en avait assez, à présent. « Pourquoi vous obstinez-vous à m'écrire et à me téléphoner ? Qu'est-ce que vous me voulez ? »

Anna répondit à sa question d'une voix claire, presque polie : « Ce n'est pas moi, Heloise, qui vous veux quelque chose.

— De quoi parlez-vous ? Pourquoi cherchez-vous à entrer en relation avec moi ?

— Je vais vous le dire, mais pour cela il faut que vous veniez à moi.

— Que je vienne à vous ? Mais j'ignore où vous êtes. Je ne sais même pas *qui* vous êtes.

— Je suis avec lui.

— Qui, lui ? » Heloise criait à présent dans le téléphone. « Qu'est-ce que vous voulez, bon Dieu ? !

— Si mon histoire vous intéresse, il faut d'abord que vous veniez le voir, lui. Vous êtes la seule à pouvoir la raconter. La seule à qui il acceptera d'en parler.

— Vous savez quoi ? » Heloise secoua la tête. « Je crois que tout cela ne m'intéresse plus. Trouvez quelqu'un d'autre à emmerder. Moi j'en ai terminé avec tout ça. »

La voix au bout du fil était calme, impassible. « Il ne s'agit pas seulement de moi. Mais également de vous. C'est *votre* histoire, Heloise. Si vous voulez en voir la fin, il faut que vous veniez, maintenant. »

Le front d'Heloise se plissa : « Je ne comprends pas…

— Il vous attend.

— Qui m'attend. Mossing ?

— Il ne reste plus beaucoup de temps, il faut vous dépêcher, à présent. »

Un clic. Et une tonalité discontinue. Tut-tut-tut.

Heloise regarda le portable dans sa main. « Je n'y crois pas, elle a raccroché ? !

— C'était qui ? » Martin s'était levé pour venir près d'Heloise.

« Tu te rappelles ce que je t'ai dit l'autre jour, au téléphone ?

— Quand tu m'as annoncé que tu ne voulais plus qu'on se voie ?

— Oui, dit-elle. Je ne le pensais pas. »

Il baissa les yeux vers elle et sourit : « Je sais. »

Puis elle lui raconta tout ce qui s'était passé depuis qu'elle avait reçu la première lettre d'Anna Kiel.

33

« Je vais te raconter une histoire. »

Lisa Augustin posa trop brutalement la pile de livres sur son bureau et renversa un gobelet de café froid qui se répandit partout.

« Merde !

— Une histoire ? » Schäfer leva les yeux du dossier qu'il avait sous les yeux. Il venait de passer un long moment à examiner les photos du cadavre de Christoffer Mossing avec son cou tranché.

Lisa agitait fébrilement ses mains devant le distributeur d'essuie-tout accroché au mur. L'appareil délivrait une feuille à la fois avec une lenteur exaspérante.

« C'est une histoire qui remonte à la sombre époque du Moyen Âge », reprit-elle quelques minutes plus tard en épongeant la flaque de café. Elle semblait si contente d'elle qu'Erik s'installa confortablement dans son fauteuil, les mains sur la nuque pour l'écouter.

« Vas-y.

— Alors, voilà. L'histoire se passe à Paris au début du XIIe siècle. » Elle jeta la boule de papier souillé dans la corbeille et rassembla ses cheveux en un chignon lâche sur sa tête.

« Il est question d'une jeune fille qui n'est autre que la nièce de Fulbert, le chanoine de Notre-Dame.

— Chanoine ?

— Un chanoine est… » Elle ouvrit ses notes et lut à haute voix : « … "le nom qu'on donne à tout membre du clergé attaché à une église en dehors des prêtres et des chapelains", je ne suis pas non plus très sûre de savoir ce que c'est qu'un chapelain. » Elle jeta le bloc sur son bureau. « Bref, quoi qu'il en soit, la jeune nièce du chanoine est en quête de réponses à ses questions existentielles.

— Comme tout un chacun, commenta Schäfer.

— Elle supplie sa famille de lui permettre d'étudier. Il apparaît vite qu'il n'y a qu'un seul maître dans la ville capable de lui donner l'enseignement qu'elle attend, un philosophe et théologien répondant au nom de Pierre Abélard. »

Lisa faisait les cent pas dans le bureau tout en racontant.

« Donc, la jeune fille commence à étudier chez cet Abélard qui s'aperçoit rapidement qu'elle est extraordinairement intelligente ; d'un niveau intellectuel comparable à celui des plus grands érudits de l'Église et, bien qu'il ait vingt ans de plus qu'elle, il ne peut s'empêcher d'être fasciné et attiré par la jeune fille.

— Aïe ! Voilà qui n'augure rien de bon.

— Tu as deviné. Ni une, ni deux, ils s'engagent dans une liaison torride et, chaque fois que le père et la mère de la jeune fille pensent qu'elle est en train de réfléchir à de grandes questions philosophiques et de stimuler son intellect dans ses pénates, ils sont en réalité en train de s'envoyer en l'air.

— Oh, merde.

— Oui. D'autant plus qu'à cette époque, ce genre de comportement était absolument proscrit, vu qu'ils n'étaient pas mariés.

— Euh, excuse-moi une seconde. » Schäfer levait le doigt comme à l'école. « Si tu en as encore pour très longtemps, j'aimerais bien aller me chercher une bière fraîche et un seau de pop-corn. »

Sa collègue ne releva pas et continua son histoire. « Évidemment ils ne s'affichent pas en public et ce n'est que lorsque la fille se retrouve enceinte que la famille comprend qu'ils ont copulé. Elle est donc excommuniée pour avoir vécu dans le péché. Alors, elle et Abélard décident de fuir en Bretagne où elle met au monde un fils. À un moment donné – je ne sais plus quand exactement – ils retournent à Paris pour se marier.

— Et ils vécurent heureux… bla bla bla.

— Pas vraiment. Parce qu'une nuit les membres de la famille de la fille pénètrent dans la maison d'Abélard et ils l'attaquent dans son sommeil. Ils ne lui ont toujours pas pardonné d'avoir jeté l'opprobre sur leur famille et ils sont venus pour le castrer – terminé, plus de zigounette. »

Schäfer fit une grimace et posa une main protectrice sur son entrejambe.

« Abélard survit et part se cacher dans un monastère au nord de Paris où il devient moine et embrasse le célibat – il n'a plus tellement le choix, tu me diras –, et il convainc la fille de devenir nonne dans un couvent à proximité.

— Et alors ?

— Et alors, ils vivent un amour épistolaire pendant vingt ans.

— Un amour comment ?

— Un amour par écrit. Ils s'écrivent de longues lettres passionnées et leur amour perdure malgré la séparation jusqu'à ce qu'ils meurent tous les deux, des années plus tard. Ils sont enterrés côte à côte dans un cimetière parisien. Et figure-toi que leurs lettres ont été publiées, décortiquées et analysées par les historiens et les romantiques pendant des centaines d'années et qu'elles le sont encore à ce jour. »

Lisa s'empara d'un livre sur la table et le brandit sous le nez de Schäfer. Un post-it rose dépassait d'une page au milieu du livre.

« Et *maintenant*..., dit-elle, nous arrivons à la question à un million de couronnes. À ton avis, quel était le prénom de la jeune élève ? »

Schäfer la regarda, haussa les épaules.

« Héloïse, dit Lisa, d'un ton triomphant. Elle s'appelait Héloïse. »

Schäfer haussa un sourcil, mais ne fit toujours pas de commentaire.

« Il y a des tas de livres qui parlent de leur amour impossible, reprit Lisa. Mais je n'en ai trouvé qu'un seul dans lequel les lettres les plus connues du couple sont traduites en danois. »

Elle ouvrit l'ouvrage qu'elle avait entre les mains à

la page marquée par le post-it rose et le posa devant son collègue.

« Voici une lettre d'Abélard à Héloïse. Lis la ligne que j'ai soulignée ! »

Schäfer se pencha au-dessus de la table et lut : « "Puisqu'on me prive de ta présence, Héloïse, donne-moi au moins par tes mots la douce essence de ton être.[1]" »

Il leva un regard étonné vers Lisa. « Comment as-tu fait pour trouver ça ? »

Elle alla s'asseoir au fond de son fauteuil et posa les pieds sur sa table, ravie de son petit effet.

« J'ai essayé d'analyser les lettres d'Anna Kiel de mille manières différentes, mais la moitié de ce qu'elle écrit est totalement incompréhensible, et cette phrase ne donnait aucun résultat dans les moteurs de recherche. Alors j'ai eu l'idée de la soumettre à Google Translate. J'ai d'abord essayé en allemand : *nichts*. Puis en espagnol : *nada !* Enfin, j'ai cherché la traduction française de la phrase – *et voilà*[2] ! »

Schäfer sourit de toutes ses dents. « C'est du sacré bon boulot, Augustin ! Et où as-tu retrouvé la version danoise ?

— Je suis allée à la bibliothèque chercher tous les bouquins qu'ils avaient sur le sujet, et je les ai épluchés un par un », répliqua Lisa sans forfanterie, comme si c'était une évidence.

Schäfer réfléchit : « Anna Kiel termine donc chacune

1. Abélard et Héloïse, *Correspondance*, « Bibliothèque médiévale », texte établi et présenté par Paul Zumthor, 10-18, 1979. (*NdT*)

2. En français dans le texte.

de ses trois lettres à Heloise par une référence à cette histoire d'amour interdite, remontant au Moyen Âge.

— Ouaip.

— Mais pour quelle raison ?

— C'est ce que nous allons devoir demander à la journaliste.

— Il y a peu de chance qu'elle ait déjà entendu parler de ce couple du XIIe siècle. C'est le genre de trucs qui n'intéresse que les passionnés d'histoire, non ?

— Je n'en sais rien, dit Lisa. *Heloise* est un nom assez particulier. On doit lui demander tout le temps d'où ça vient. Par exemple, j'allais en classe avec une fille qui s'appelait Iseult, et chaque fois que les gens entendaient son nom, ils réagissaient en disant : *Tristan* ? »

Schäfer la regardait avec des yeux de poisson mort.

« Iseult, répéta Augustin. Tu sais, comme dans Tristan et Iseult ! »

Il ne percutait toujours pas.

« Putain, je n'y crois pas ! s'exclama-t-elle en roulant des yeux. Tristan et Iseult sont des amants du Moyen Âge, comme Héloïse et Abélard.

— Ça va peut-être te surprendre, répliqua Schäfer, mais je n'étais pas né en ce temps-là. Je n'ai pas eu le plaisir de rencontrer les cinglés dont tu me parles.

— Ce que j'essaye de te dire, c'est qu'Heloise a dû entendre parler de son homonyme. Elle connaît sûrement l'histoire. Quelqu'un lui en a obligatoirement parlé à un moment ou à un autre.

— Eh bien, il n'y a qu'un moyen de le savoir. »

*

Heloise sursauta en entendant sonner le téléphone.

Elle venait de partager une bouteille de vin blanc avec Martin, malgré la mise en garde de son médecin à l'hôpital contre le mélange alcool et antalgiques. Elle lui avait longuement parlé d'Anna Kiel. Puis, ils avaient somnolé un moment sur le canapé, enlacés et épuisés, et Heloise avait fini par sombrer dans un sommeil comateux. Quand la sonnerie la réveilla, le coussin en soie qu'elle avait sous la tête était trempé de salive, et elle avait l'impression que quelqu'un lui avait collé un lourd magnet de frigo au milieu du front.

Elle réussit à dénicher le mobile dans l'espace entre deux coussins.

« Allô, répondit-elle à voix basse pour ne pas réveiller Martin.

— Bonsoir, vous dormiez ? s'excusa Schäfer.

— Non. Oui. Un peu.

— Comment allez-vous ?

— Groggy. Mal à la gorge. Je suis globalement assez fracassée.

— Désolé. Ça va passer. Je vous le promets.

— Mouais, peut-être, je n'en sais rien… qu'est-ce qu'il y a ?

— On est en train de bosser sur l'affaire avec ma collègue, et on essayait de trouver un lien entre vous et Anna Kiel.

— Oui, et alors ? »

Heloise se rappela soudain le coup de fil d'Anna.

« Vous ne seriez pas diplômée d'histoire, par hasard ? » demanda Schäfer. Elle l'entendait remuer des documents à l'autre bout du fil.

« Non, licence d'administration et gestion des entreprises, et master en communication et journalisme. Pourquoi ? »

Elle se redressa dans le canapé en se frottant l'œil.

« Si je vous dis : "Héloïse et Abélard", cela vous parle ? »

Heloise s'interrompit au milieu de son geste et fixa de son œil encore libre la flamme jaune et bleu de la bougie qui brûlait toujours sur la table basse. Une douleur envahit sa poitrine, comme si la question de l'inspecteur avait été une gorgée de liquide brûlant.

« Héloïse et Abélard ? répéta Heloise.

— J'ai demandé à ma coéquipière d'étudier les lettres d'Anna Kiel et il s'avère que la formule qu'elle utilise à la fin de chacune d'entre elles – "donne-moi au moins par tes mots la douce essence de ton être" – est extraite d'une vieille lettre d'amour datant du Moyen Âge, une lettre envoyée par un théologien à sa jeune amante qui s'appelait Héloïse, comme vous, sauf que cela s'écrivait avec un accent et un tréma comme dans Schäfer, à part qu'il est sur le "i". » Il se tut, essoufflé, et il se passa plusieurs secondes avant qu'Heloise ne réponde. « Allô ? Vous êtes encore là ?

— Non.

— Quoi, non ?

— Ça ne me dit rien.

— Vous n'avez jamais entendu cette histoire ?

— Non.

— Bon. » Schäfer semblait déçu. « Mais je trouve quand même bizarre qu'Anna Kiel ait eu l'idée d'utiliser dans ses lettres une référence écrite en l'an mille cent et des brouettes à une femme qui se prénommait Héloïse.

— Ça l'est…

— Et vous êtes sûre de n'avoir jamais entendu parler de ces personnes du Moyen Âge avant aujourd'hui ?

— Oui.

— Bon. Mais je persiste à croire que cela doit avoir une signification. Peut-être qu'il faut regarder les choses à partir d'un angle différent. Vous voulez bien aller vous documenter là-dessus ?

— Je n'y manquerai pas. Autre chose ?

— Pas pour l'instant. Et de votre côté ? Vous avez du nouveau ?

— Non », mentit Heloise. Elle avait l'impression que sa voix sonnait creux, comme si elle était penchée au-dessus d'un puits asséché, et qu'elle s'entendait parler tout au fond.

« Vous en êtes sûre ?

— Oui. On peut se parler à un autre moment ?

— Pas de problème. Mais vous allez bien ?

— Oui.

— Vous en êtes certaine ? Je vous trouve un peu…

— Je vais bien, merci, à plus. »

Heloise coupa la communication et laissa son téléphone lui tomber des mains, tandis qu'elle glissait du canapé sur le parquet, où elle resta un long moment à respirer par à-coups.

Elle se sentait malade. Malade et détruite et cassée en petits morceaux quelque part à l'intérieur, au plus profond de son être.

Ça ne pouvait pas être vrai.

Il ne fallait pas que ce soit vrai.

Avec une lucidité qui la remplit d'horreur, elle comprit à cet instant de quoi parlaient ces lettres – ce qui la liait à Anna – et elle ne savait pas ce qui était le pire : l'histoire qu'Anna Kiel voulait partager avec elle, ou ce qu'elle était contrainte de faire pour avoir le droit de l'entendre.

34

« Hé, bébé ?

— Mmm... » Erik Schäfer s'arracha à ses pensées et tourna la tête vers Connie, assise à l'autre bout du canapé en velours grenat.

« Oui, chérie. Tu disais quelque chose ? »

Elle rit. « C'est la troisième fois en dix minutes que tu es perdu dans tes pensées. Tu étais où ?

— Oh, ce n'est rien. Juste un truc au boulot qui me taquine. » Il saisit avec plus de fermeté le pied de sa femme posé sur ses genoux et reprit le massage. « Je suis sur une affaire en ce moment dans laquelle je me perds un peu.

— Raconte-moi », proposa Connie.

Et c'est ce qu'il fit.

La plupart de ses collègues masculins évitaient de parler de leur travail à leur femme. En débauchant, ils rangeaient les événements de leur journée de boulot dans une petite boîte mentale bien fermée, qu'ils laissaient à l'hôtel de police. Ils rentraient chez eux, en banlieue, manger des fricadelles et du gratin de chou blanc, échangeaient des banalités et regardaient des séries Netflix avec bobonne. Le lendemain, ils retournaient au bureau et ils rouvraient la boîte.

Mais Schäfer n'était pas comme ça.

Il ne savait pas décrocher de son job. Et il ne voulait pas – d'ailleurs, même s'il l'avait voulu, il n'aurait pas pu – décrocher de Connie. Alors elle le prenait comme il était, tel quel, avec ses accidents du travail et ses séquelles d'enquêtes difficiles.

Il lui dit tout ce qui lui revenait en tête sur l'affaire, mais, quand il eut fini, il avait le sentiment agaçant d'être passé à côté de quelque chose.

« C'est comme s'il y avait un infâme petit ver en train de creuser des galeries dans mon cerveau et que je n'arrive pas à m'en débarrasser. Un caillou que j'aurais oublié de retourner. Ou un angle sous lequel j'ai omis de regarder cette affaire, se plaignit-il en se grattant furieusement la tête. Tu connais cette sensation ?

— Tu as peut-être simplement besoin d'une bonne nuit de sommeil, le rassura Connie. Tu as travaillé tout le week-end et ça fait plusieurs nuits que tu tournes et vires dans le lit au lieu de dormir. Va te coucher de bonne heure ce soir et, demain, je suis sûre que tu y verras plus clair. »

Schäfer gloussa : « L'apôtre de la bonne hygiène de vie a parlé : Dors huit heures, bois plus d'eau ! Arrête de fumer ! Mange moins de beurre !

— Moque-toi si tu veux, moi je sais que ça marche », protesta Connie.

Elle regarda, l'air malheureux, son pied entre les mains de son mari. « Comment peux-tu être amoureux d'une femme qui a des pieds aussi moches, des orteils tordus et des oignons ?

— Tes pieds sont ce que je préfère chez toi», rétorqua Schäfer.

Il souleva sa jambe et la tint devant lui comme une guitare, vrillant ses orteils comme s'il était en train de l'accorder.

Connie éclata de rire et Schäfer se sentit heureux jusqu'à la moelle des os. Mais quand ils allèrent se coucher, il dormit d'un sommeil agité, se réveilla plusieurs fois, se mettant à réfléchir, dans le noir. Il suivait le parcours du ver dans les galeries de son esprit, reprenait chaque détail de l'affaire, s'assoupissait, se réveillait encore puis recommençait.

À 6h20, il se leva et alla se doucher.

«Qu'est-ce que tu fais?» grommela Connie à moitié endormie, regardant l'heure à sa montre posée sur la table de nuit.

«Chut..., murmura-t-il en lui donnant un baiser. Rendors-toi. Je dois retourner au bureau.»

*

La circulation matinale vers l'aéroport de Copenhague était aussi dense qu'à l'intérieur d'une fourmilière. La queue aux guichets de la Norwegian Airlines s'étendait sur la moitié de la surface du hall d'embarquement, et Heloise se félicita d'avoir acheté un billet Premium qui lui donnait accès à la file prioritaire pour l'enregistrement et à la file rapide au contrôle de sécurité.

C'était la dernière place disponible sur le premier vol pour Orly et elle n'avait pas eu le choix.

Elle fut l'une des premières passagères à être autorisée

à monter à bord et elle était déjà tranquillement assise sur le siège 3A quand les autres passagers crapahutaient dans le couloir avec enfants en bas âge et bagages à main, pour rejoindre leur place.

Elle n'aimait pas beaucoup l'avion, en règle générale. Probablement parce qu'elle avait eu l'occasion de couvrir trop de crashes aériens à l'époque où elle travaillait à la rédaction de l'information, vu trop de sièges arrachés et dispersés sur les flancs d'une montagne, ou dans un champ de betteraves en Ukraine, avec des pieds en chaussettes qui semblaient sortir de terre. Trop de nuages en forme de champignon s'élevant d'une zone de sinistre, tels de macabres signaux de fumée envoyés par les morts.

Elle avait lu quelque part que la plupart des accidents d'avion arrivent au cours des trois premières minutes après le décollage, et depuis ce jour-là elle n'avait jamais réussi à se détendre avant que l'avion ait atteint une certaine altitude, et que le signal lumineux s'éteigne au plafond de la cabine. Et même à ce moment-là, même quand l'avion était bien parti vers sa destination et que le personnel de bord avait commencé à distribuer des cacahuètes et des sodas, elle avait toujours cette appréhension latente.

Aujourd'hui, elle ne sentait rien.

Hier soir, elle n'avait pas résisté au tsunami de ses émotions et elle s'était laissé submerger, sans chercher à lutter, par cette vague qui avait déferlé sur elle sans prévenir. Elle avait accepté de refouler sa colère et sa honte un instant et avait laissé se rouvrir une partie d'elle-même, restée close depuis des années. Elle avait tout raconté à Martin et s'était autorisée à ressentir sa douleur comme elle était – pure et violente – et elle avait failli en crever.

Mais quand le vol DY3638 de la Norwegian avait décollé ce matin de l'aéroport de Copenhague, elle avait remis le bouclier.

Froide et indifférente en apparence, brisée à l'intérieur.

Lorsque l'avion eut traversé les nuages et que le ciel de l'aube apparut, elle sortit son ordinateur de son sac et se mit à écrire le début de son article.

*

Erik Schäfer trouva une place de parking devant la glyptothèque et termina tranquillement à pied jusqu'à l'hôtel de police. Il ficha une cigarette dans sa bouche et l'alluma.

Il fumait moins qu'avant. Il y a dix ans, être fumeur était encore du domaine du possible. D'ailleurs, sa journée ne pouvait commencer autrement qu'assis à la table de la cuisine chez lui, avec une tasse de café, une cigarette et son journal. Connie ne se plaignant de l'odeur que très occasionnellement. À l'hôtel de police, le cendrier sur son bureau ressemblait invariablement à un cimetière de mégots, et jamais il ne terminait un repas sans le cliquetis de la pierre d'un briquet. Mais un jour, la loi anti-tabac avait été votée et les missionnaires du ministère de la Santé étaient partis en croisade. Du jour au lendemain, les fumeurs étaient devenus des sous-hommes, honnis de ceux qui ne l'étaient pas, jetés dehors comme des chiens désobéissants. Ils en étaient réduits à se mettre à l'abri d'une pauvre marquise, le col relevé sur les oreilles, pour téter leur clope en douce comme des toxicomanes, avant d'être autorisés à rentrer au chaud.

Et franchement, c'était en dessous de la dignité de Schäfer d'en arriver là. Il ne laisserait à personne le droit de décider quand et où il devait fumer. Alors, au lieu d'en fumer vingt par jour dans les minuscules fumoirs avec extracteur de la préfecture ou dans les zones balisées, sur le trottoir devant le bâtiment, il avait préféré réduire sa consommation. De manière drastique. Maintenant, il ne fumait plus qu'une ou deux cigarettes par jour, maximum trois ou quatre, mais jamais comme un animal soumis et jamais en se cantonnant aux « espaces fumeurs ». Il allumait des cigarettes quand il faisait un trajet entre un point A et un point B, dans un espace qui – jusqu'à nouvel ordre – pouvait encore être considéré comme un espace de liberté : dans la rue, en pleine nature, ou sur la terrasse de sa maison.

Il salua le planton en touchant le bord d'un chapeau imaginaire et prit l'ascenseur pour monter à son bureau, au deuxième étage.

« Bon ! dit-il, frappant dans ses mains avec détermination au moment de franchir le seuil. Qu'est-ce qui a bien pu m'échapper ? »

Il reprit tout depuis le début.

Il relut mot à mot chaque ligne de chaque pièce du dossier et il en était à la moitié du rapport d'autopsie de Christoffer Mossing quand Lisa entra dans le bureau.

« Ah, tu es déjà là ?

— Mmm… répondit Schäfer sans lever la tête.

— Qu'est-ce que tu fais ? »

Il arracha ses lunettes de lecture de son nez et il les jeta sur la table. « Je suis en train de devenir dingue. »

Lisa Augustin sourit et alla s'asseoir de son côté de la table.

« Je suis certain qu'il y a quelque chose, quelque part, dit-il en se frottant les yeux.

— Tu penses à quoi ?

— Je ne sais pas. Je n'arrive pas à mettre le doigt dessus. Tu sais, comme quand on a un nom sur le bout de la langue ? C'est exactement l'impression que j'ai. Qu'est-ce qui m'échappe dans cette affaire ?

— Je l'ignore, mais quand tu auras trouvé, dis-le-moi ! »

Son téléphone sonna, elle décrocha. Après une brève conversation, elle raccrocha et dit à Schäfer : « C'était Bertelsen. Ils ont identifié une empreinte d'hypothénar qui avait été relevée sur la face interne de la porte de l'appartement d'Ulrich Andersson.

— Et elle correspond à qui ?

— Devine !

— Stefan Nielsen ?

— Gagné ! »

L'inspecteur Schäfer hocha la tête, satisfait. « Bon, alors, c'est réglé !

— Ça nous donne un moyen de pression.

— Malheureusement, je crois qu'on peut faire une croix là-dessus. La tête sur le billot, il ne nous dira rien sur Mossing.

— Tu crois vraiment qu'il préférera se taper une longue peine plutôt que de dénoncer Johannes Mossing ? »

Schäfer acquiesça. « Et je ne crois pas que ce soit

une question d'honneur. Ça n'a rien à voir avec le fait qu'il refuse d'être une balance, ou ce genre de truc, et il n'est pas non plus du genre à craindre d'éventuelles représailles.

— Alors pourquoi ?

— Je n'en sais rien. C'est dans ses yeux. Dans sa façon de me regarder. Son sourire. On aurait dit qu'il prenait son pied.

— Il prenait son pied parce que tu étais en train de l'interroger ?

— Non, pas seulement. De manière générale.

— Hmm. » Lisa s'éloigna vers la porte. « Je te rapporte quelque chose ? »

Erik Schäfer leva les yeux : « Hein ?

— Tu veux un café ? Je vais en chercher pour moi. Je t'en rapporte un ? »

Schäfer secoua la tête et sa collègue sortit du bureau. Les mains derrière sa nuque, il examina le tableau d'affichage accroché sur le mur.

Il y avait des photos de la scène de crime à Taarbæk ; du lit ensanglanté dans la chambre à coucher de Christoffer Mossing et de l'arme du crime : un couteau à fileter, planté dans un numéro de *Vanity Fair* avec George Clooney en couverture. Il y avait des photos de traces de sang trouvées sur la tête de lit et sur le mur, entourées au marqueur. Des photos du carton de jus de fruits dans lequel Anna Kiel avait bu après avoir commis son crime et sur lequel elle avait laissé son ADN.

Au milieu du tableau était fixé un portrait de la meurtrière – celui que tous les journaux avaient diffusé après le meurtre. Sur le cliché, elle se tenait si près du bord d'une falaise qu'on aurait dit qu'elle volait. Derrière elle, un précipice de plusieurs centaines de mètres de profondeur. Toute personne ayant un minimum d'instinct de survie aurait eu dans les yeux un peu d'appréhension. Et même chez quelqu'un que la mort fascine, l'idée d'une telle chute aurait dû provoquer une réaction, déclenchée par l'adrénaline : un sourire nerveux, des yeux exorbités, des poings serrés, des gouttes de transpiration sur le front.

Le visage d'Anna Kiel faisait penser à la mire d'un vieux poste de télévision. Elle avait tous les instruments nécessaires pour exprimer un sentiment, mais son mécanisme semblait arrêté. Ses bras pendaient mollement le long de son corps, son sourire était figé, neutre, quant à ses yeux… ils étaient exactement comme les avait décrits la dame au sac à main.

Éteints.

Schäfer s'approcha du tableau pour regarder la photo de plus près. Puis il en décrocha les photocopies des lettres d'Anna Kiel.

Qu'est-ce qui lui échappait ?

Il trouva un Stabylo vert fluo et surligna certains passages.

Peut-être suis-je née avec une tare.
Peut-être est-ce elle qui m'a rendue tarée.
Nous sommes liées à travers lui, je le comprends, à présent.
Si je te dis Amorphophallus titanum…
Tu as compris ? Tu as compris, maintenant ?

Schäfer scrutait les lignes, sentant le ver se frayer un chemin dans sa cervelle.

« Qu'est-ce qui m'échappe, nom de Dieu ? » murmurait-il, tout seul.

Il releva les yeux sur le tableau d'affichage et fit un pas en arrière pour avoir une meilleure vue d'ensemble. Il faillit trébucher sur la corbeille à papier et jura pour ensuite l'envoyer voler d'un coup de pied.

La corbeille traversa le bureau et alla percuter un pot de lierre, posé sur le rebord de la fenêtre. Le pot tomba par terre et se brisa. La terre se dispersa sur le linoléum gris clair.

L'un de ses collègues s'arrêta dans le couloir et passa la tête dans le bureau.

« Tout va bien, ici ? »

Schäfer poussa un grognement et le chassa d'un geste agacé.

« T'as un sacré caractère, vieux. Fais attention de ne pas tout péter ! Et si tu allais chercher une pelle et une balayette pour ramasser tout ça ? »

Vieux.

Schäfer jeta au type un regard torve et envisagea pendant une seconde de nettoyer le sol en se servant de *lui* comme balai. Il lui tourna le dos et l'autre continua son chemin en sifflotant.

Schäfer, très énervé, se mit en quête d'un objet dont il pourrait se servir pour ramasser la terre. Il savait qu'il y avait un balai dans la kitchenette, à l'autre bout du service, mais il avait la flemme d'aller le chercher. Finalement, il prit deux morceaux de carton et utilisa l'un comme pelle et l'autre comme balayette.

Il releva la tête pour voir où avait atterri la corbeille.

Son regard s'arrêta sur le bureau de Lisa, et il sentit une effervescence dans la poitrine.

Il lâcha ses cartons, faisant de nouveau tomber de la terre partout. L'étrange sensation se propagea dans ses bras et jusqu'au bout de ses doigts.

Il s'approcha du bureau de sa collègue. Le post-it rose dépassait toujours de l'ouvrage qui se trouvait au sommet de la pile, mais c'était celui qui était tout en dessous qui avait attiré l'attention de Schäfer. Il renversa la tour de livres qui atterrit par terre à grand fracas, s'empara du dernier et examina la couverture.

Abélard et Héloïse – lettres d'amour. C'était un livre en français et Schäfer ne comprenait pas cette langue, ce qui était sans importance puisque c'était le nom de son auteur qui avait provoqué cette poussée d'adrénaline.

Il s'appelait Kaldan.

Nick Kaldan.

35

Le chauffeur Uber, un Black impeccable dans son costume bleu marine, ouvrit la portière à Heloise qui descendit de voiture et mit le pied sur un chemin gravillonné. Elle le remercia pour la course et traversa la rue, traînant derrière elle sa petite valise à roulettes gris métallisé.

L'hôtel se cachait derrière les arcades et on ne le voyait pas depuis l'élégante place des Vosges, mais Heloise savait exactement où elle allait. Elle avait déjà dormi là par le passé.

Elle ouvrit la grande porte vitrée et entra dans le patio où la façade lui apparut enfin dans toute sa splendeur. Une vigne vierge d'un vert de malachite, taillée uniquement autour des fenêtres à petits carreaux et des volets blancs, poussait sur le mur, luxuriante et infiniment décorative. L'édifice irradiait d'innocence et de beauté, telle une débutante attendant qu'on l'invite à danser.

« Bienvenue à Paris, mademoiselle », l'accueillit la réceptionniste dans son smoking rayé comme un bonbon. Elle s'adressa à Heloise dans un anglais volontairement teinté de français, le nom de la capitale sonnant plutôt comme « Bari » que comme « Paris », et elle lui remit la clé magnétique d'une petite chambre au troisième étage.

Heloise prit l'ascenseur qui avait la taille d'une boîte de conserve et entra dans la chambre 311 où elle se laissa tomber sur le couvre-lit amidonné d'un lit blanc immaculé.

Elle resta allongée là un moment, inspectant la chambre des yeux. Elle n'était pas grande. Une petite chambre dans un bel hôtel hors de prix. Le matelas touchait quasiment le papier peint damassé blanc et or de part et d'autre du lit, et la salle de bain, à quelques centimètres de la table de nuit, offrait une cabine de douche à la place d'une baignoire. La fenêtre à double battant donnait sur une cour et un grand noisetier dont les branches les plus hautes atteignaient la toiture. À la saison, on pouvait cueillir des noisettes sans sortir de son lit, si on avait envie.

Mais Heloise n'en aurait pas eu envie, de toute façon.

Elle tendit la jambe et ouvrit d'un geste un peu brusque le mini-bar qui se trouvait au pied du lit. La porte du petit réfrigérateur alla cogner contre celle de la chambre et les mignonnettes s'entrechoquèrent à l'intérieur. Elle s'assit et prit une bouteille au hasard.

Black Rhum.

Un craquement doux et métallique se fit entendre quand elle tourna le bouchon et rompit la bague hermétique. Heloise porta le flacon à ses lèvres et jeta la nuque en arrière. L'alcool lui brûla la gorge et réchauffa son estomac d'une manière étrange et agréable.

Elle décrocha le combiné du vieux téléphone à cadran

en bakélite ivoire posé sur la table de nuit et composa lentement le numéro de portable de Gerda, chiffre après chiffre, en écoutant le bourdonnement du vieil appareil.

« Allô ?

— Salut, c'est moi.

— Salut ! » Gerda lui répondit d'une voix surprise et gaie. « D'où est-ce que tu m'appelles ? Le numéro m'a paru bizarre à l'écran. Tu n'es plus à l'hôpital, si ?

— Je suis à Paris. »

Gerda mit quelques secondes à réagir. « À Paris ? ! » dit-elle enfin.

« Oui, confirma Heloise, doucement. Je me suis dit qu'il était temps que j'en finisse.

— Mais... pourquoi est-ce que tu ne m'as rien dit ? Je serais venue avec toi, si...

— Je sais. Tu es une bonne amie, Gerda. La meilleure qu'on puisse avoir. Mais c'est une chose à laquelle je dois faire face seule, tu comprends ?

— Je comprends. Mais, pourquoi maintenant ?

— Je crois que c'est ça qu'Anna Kiel attend de moi. J'ai l'impression qu'elle veut me parler de *lui*.

— Anna Kiel ? » Le ton était sceptique.

« Oui. »

Heloise raconta à Gerda le coup de fil de Schäfer, la veille. Elle lui parla des citations dans les lettres et de ce qu'elles signifiaient.

« Il n'y a pas d'autre explication possible. C'est avec lui qu'elle veut que je me mette en relation. C'est de lui qu'il s'agit dans les lettres qu'elle m'envoie. Tout s'explique, à présent : les détails très personnels qu'elle connaît à mon sujet, ses références à une fleur de cadavre qui se fait passer pour autre chose que ce qu'elle est – comme un pédophile qui se promène avec un paquet de bonbons et attire les enfants en leur faisant croire qu'il est un gentil papa gâteau. Il connaît mon adresse. Et la photo sur Instagram, c'est lui qui a dû la prendre avant d'être incarcéré. Ça ne te semble pas limpide ? »

Gerda s'efforça de paraître calme en lui posant la question suivante : « Tu as l'intention d'aller le voir ?

— Oui.

— Quand ? Aujourd'hui ?

— Je ne sais pas. J'appellerai la prison dès que nous aurons raccroché. Je ne sais pas quand je pourrai avoir un parloir.

— Promets-moi une chose, dit Gerda. Quand tu seras face à lui… essaye de lui pardonner. Pas pour lui, mais pour toi. Essaye de voir en lui l'homme qu'il était malgré tout. Un homme que tu as aimé. »

Heloise n'eut pas la force de répondre.

« C'est pour ton bien que je te dis ça, insista Gerda.

— Je te rappelle plus tard.

— Heloise, s'empressa de lancer Gerda avant que son amie raccroche. Fais attention à toi, d'accord ? »

Heloise promit. Elles se dirent au revoir et elle se mit en quête du numéro de la prison dans son calepin.

Elle appela et se présenta poliment dans un français scolaire avant de demander à son interlocuteur s'il parlait anglais.

C'était le cas.

« J'aimerais voir l'un de vos détenus.

— Son nom, je vous prie ?

— Nick Kaldan. Numéro de détenu : 819-11.

— Motif de la visite ? » Le ton du fonctionnaire était professionnel, sans affect.

« C’est personnel.

— Lien avec le détenu ? »

Heloise avala sa salive.

« Je suis sa fille. »

36

« Nom d'un chien ! »

Schäfer abattit violemment le livre sur la table devant Lisa, l'index enfoncé dans la couverture.

Elle posa son gobelet à distance prudente et fronça les sourcils. « Qu'est-ce qu'il y a ?

— Regarde ! Regarde le nom de l'auteur ! » Augustin obtempéra puis releva la tête, bouche bée.

« C'est le père d'Heloise qui l'a écrit, rugit Schäfer. L'écrivain et historien Nick Kaldan.

— Tu en es sûr ?

— À cent pour cent.

— Putain ! » La main de Lisa monta à sa bouche comme pour stopper d'autres jurons. « Alors, elle a forcément reconnu la référence ?

— Ouaip.

— Et elle nous a menti.

— Non, sans blague !

— Mais… » Lisa s'était assise au bord de la table, mais elle se releva aussitôt. « Mais pourquoi ?

— Je n'en ai pas la moindre idée. Je me suis un peu documenté sur lui en t'attendant et il semble que Nick Kaldan soit en prison, à Paris.

— En prison ?

— À Fresnes, en région parisienne. Un centre pénitentiaire assez sinistre, apparemment.

— Qu'est-ce qu'il a fait ?

— Pornographie infantile. »

Augustin ferma les yeux comme s'il venait de lui cracher à la figure. En les rouvrant, elle répéta du bout des lèvres : « Pornographie infantile ?

— Oui.

— Merde… Vas-y, je t'écoute. »

Schäfer alla s'asseoir devant l'ordinateur et il lui résuma le premier article sur lequel il était tombé quand il avait tapé le nom de Nick Kaldan dans la barre de recherche. « Il a habité plusieurs années à Paris où il enseignait l'histoire du Moyen Âge et l'histoire de la littérature à la Sorbonne. »

Suspendue aux lèvres de son collègue, Augustin prit son gobelet et en avala une gorgée.

« Lui et trois autres hommes ont été arrêtés quand la police locale a fait une razzia dans un appartement qui était au nom d'un pédophile notoire du quartier. Deux mineurs se trouvaient sur place quand la police a défoncé la porte. Les enfants et certains des hommes étaient nus.

— Salopards de psychopathes ! gronda Lisa d'une voix dure et haineuse.

— L'un de ces hommes était Nick Kaldan. Son logement a été fouillé également, son ordinateur confisqué et on l'a embarqué au commissariat pour l'interroger.

— Et ensuite ?

— Les enfants portaient des traces indiscutables

d'abus sexuel et la police a trouvé de nombreux documents de pornographie infantile dans l'ordinateur de Nick Kaldan. Des photos, des films, une belle saloperie.

— Et il s'est retrouvé en taule ? »

Schäfer acquiesça : « Et il s'est retrouvé en taule. »

Lisa enfouit son visage dans ses mains et poussa un long soupir. « Je comprends qu'Heloise n'ait pas envie de crier ça sur les toits.

— Oui. Ce n'est pas glorieux.

— À quand remonte cette histoire ? »

Schäfer consulta l'écran.

« Il a été arrêté il y a quatre ans. » Il pressa la touche retour et revint sur la page Google. « Attends, il y a autre chose… »

Il ouvrit un nouveau lien.

« Celui-ci a l'air d'être un compte rendu d'audience, mais il est en français. Il y a un portrait de lui, regarde. »

Lisa vint regarder l'écran au-dessus de l'épaule de Schäfer.

Le portrait au fusain représentait un homme corpulent avec des sourcils épais se rejoignant à la racine d'un nez proéminent et une barbe sombre et fournie qui venait rejoindre une chevelure noire bouclée au-dessus des oreilles.

« C'est lui, ça ? C'est Nick Kaldan ?

— Ouaip.

— Il ne ressemble pas du tout à Heloise. Ou plutôt, c'est elle qui ne lui ressemble pas. Tu es sûr qu'ils sont apparentés ?

— Oui, je viens de vérifier sur le registre de l'état civil en ligne. C'est bien son père et elle est bien sa fille.

— Bon. » Augustin fit un geste du menton vers l'article. « Que dit l'article ?

— Je n'en sais rien. Je ne lis pas le français.

— Alors sers-toi de Google Translate. » Augustin se pencha et fit un copié-collé du texte vers le site de traduction en ligne. « Ce n'est jamais très bien traduit, mais cela permet de saisir les grandes lignes. »

Elle cliqua sur « traduire » et les phrases en français contenues dans le rectangle situé à gauche de l'image apparurent dans un danois très approximatif dans l'encadré à droite.

« Voyons. » Lisa lut à haute voix : « "C'est dans une salle d'audience à l'atmosphère tendue que M. Nick Kaldan, citoyen danois, a pris connaissance de son jugement. C'est un homme brisé qui devant l'assemblée se tenait. Pendant tout le procès, il a montré remords et même versé des larmes." Ben voyons. Larmes de crocodile ! Euh… "Le juge qui présidait l'audience s'est montré indifférent à sa repentance et aux regrets de l'accusé et jugé M. Kaldan coupable des chefs d'accusation 1 à 3 et l'a condamné à huit ans de prison ferme." Bien fait pour lui !

— Huit ans, quand même ! s'exclama Schäfer. Ils n'y sont pas allés de main morte.

— Tu rigoles ! Il aurait dû écoper du double pour ce qu'il a fait !

— Huit ans à Fresnes, ça doit faire l'effet de cent ans dans un établissement pénitentiaire au Danemark. Je n'ai pas l'impression que l'univers carcéral en France ait grand-chose en commun avec la prison d'État de Vridsløselille ou avec le centre de détention de Nyborg.

Je doute qu'ils aient des lecteurs DVD dans leur cellule et des permissions de sortie pour l'anniversaire de la tante Ketty. On doit y purger sa peine à la manière dure. Je crois que je préférerais bouffer mon chapeau que de passer huit ans dans un endroit pareil.

— Eh bien, il n'aura eu que ce qu'il mérite, ce sale porc pédophile.

— Difficile de te contredire», dit son collègue d'un air dégoûté.

Augustin posa son café et alla se planter devant le tableau blanc. Elle s'empara d'un marqueur bleu et se mit à matérialiser une ligne chronologique des événements.

« Voyons. Anna Kiel égorge Christoffer Mossing en avril 2013. Puis elle disparaît dans la nature. »

Le feutre grinçait sur la surface lisse du tableau blanc, et Schäfer n'arrivait pas à déchiffrer un seul mot de ce qu'elle écrivait avec frénésie.

« On n'a aucune nouvelle d'elle pendant plusieurs années, jusqu'à ce qu'on apprenne par un témoin qu'elle se trouve en France, exact ?

— Exact.

— Puis elle se met à écrire des lettres à notre jeune journaliste…

— Je te signale qu'Heloise a presque huit ans de plus que toi.

— Mais elle est encore canon et l'amour n'a pas d'âge. » Schäfer haussa les épaules devant cette vérité incontestable.

« Donc, je disais : Anna Kiel écrit des lettres à notre jeune journaliste et nous constatons sur les cachets postaux qu'elle se déplace en France : de Cannes à Lyon en remontant vers le nord, et redis-moi de quelle ville elle a envoyé la dernière ? »

Schäfer hocha la tête. Il commençait à voir où elle voulait en venir. « De Paris, gare du Nord.

— C'est-à-dire pas très loin de l'endroit où se trouve le père d'Heloise en ce moment ?

— Exact.

— Et Anna termine toutes ses lettres par une référence à un couple d'amoureux qui vivait au Moyen Âge…

— … et sur lequel Nick Kaldan a écrit tout un livre.

— Exactement !

— Dans sa deuxième lettre, elle écrit… » Schäfer se leva et montra la lettre qu'il avait remise en place au tableau. « "Je sais tant de choses sur toi. Tu en sais beaucoup moins sur moi. Mais nous sommes liées à travers lui, je l'ai compris à présent…"

— Oui ? Et alors ?

— Nous sommes toujours partis du principe qu'elle parlait de Mossing, dans cette phrase, alors qu'en réalité, c'est le père qui est le lien. Le père d'Heloise. »

Lisa hocha la tête. « Oui, tu dois avoir raison. Surtout qu'Anna Kiel semble connaître des détails très intimes sur Heloise, des renseignements sur son enfance, comme son chiffre porte-bonheur et sa fleur préférée.

— Et son deuxième prénom, qu'elle n'utilise jamais.

— Hmm.

— Il est donc possible que ce soit le père d'Heloise qui lui ait donné ces informations.

— Peut-être.

— Mais ça n'explique pas en quoi elles sont liées, comme l'écrit Anna Kiel. »

Lisa haussa les épaules.

« Tu crois qu'il a… ? » Schäfer la regarda, un sourcil levé, essayant de se faire comprendre à demi-mot.

« Non, pas ça, dit-elle en ayant soudain l'air de quelqu'un qui a trop mangé. Tu ne crois tout de même pas que ce Nick Kaldan a abusé d'elle ? Je veux dire d'Anna ?

— D'Anna, d'Heloise – qu'est-ce qu'on en sait ? C'est peut-être pour ça qu'Heloise m'a menti quand je lui ai parlé hier soir, au téléphone, de cette référence au Moyen Âge. »

Lisa se remit à étudier le tableau, réfléchissant, les mains derrière la nuque.

« Mais si c'est le cas, pourquoi est-ce qu'elle n'écrit pas plutôt un truc du genre : "Hé ! Tu te rappelles ton sale porc de père ? Figure-toi qu'il m'a tripotée quand j'étais gosse. Toi aussi, il t'a mis ses sales doigts dans la chatte ? Et si on se voyait pour en parler ?" Ce n'est pas ce qu'elle écrit. Au contraire, elle tourne autour du pot et plagie des phrases incompréhensibles issues de vieilles lettres d'amour. »

Schäfer mâchouillait sa lèvre inférieure et on aurait entendu une mouche voler tandis qu'ils réfléchissaient, chacun de leur côté.

« Pourquoi parle-t-elle de Christoffer Mossing à Heloise ? Quel rapport a-t-il avec Nick Kaldan ? se demanda Schäfer à voix haute. Comment tout cela s'articule-t-il ? Si le père d'Heloise est ce qui lie Anna Kiel à Heloise, qu'est-ce que Christoffer Mossing vient faire là-dedans ?

— Son meurtre était peut-être un hasard, finalement, comme nous l'avons pensé dès le départ, suggéra Lisa.

— Non. » Schäfer secoua la tête. « S'il y a une chose dont je suis sûr, maintenant, c'est que rien dans cette affaire n'est le fruit du hasard.

— Et aussi qu'Heloise en sait plus qu'elle veut bien nous le dire », ajouta Lisa.

Schäfer prit ses clés de voiture sur la table et se leva. « Allons la chercher. »

37

Le téléphone d'Anna eut à peine le temps de sonner une fois avant qu'elle décroche.

« Allô ?

— C'est moi.

— Nick ? Elle a appelé ?

— Oui. »

Anna ferma les yeux et expira longuement, par la bouche. « Bon. Tant mieux. »

Il y eut quelques secondes de flottement au bout du fil. « Je ne sais plus très bien…

— Pardon ? Rappelez-moi depuis combien de temps vous attendez ce moment, Nick ?

— Je sais… mais… si elle changeait d'avis ? » Il semblait nerveux. Inquiet. Hésitant.

« Elle ne changera pas d'avis.

— Mais si… ?

— Arrêtez, Nick, ça suffit. Elle viendra ! »

Anna interpréta son silence comme une adhésion.

« À quelle heure vous a-t-on dit qu'elle avait un parloir ?

— À 14 heures. Aujourd'hui.

— Parfait.

— Et après, il va se passer quoi ?

— Après ?

— Oui.

— Qu'est-ce que vous voulez dire ?

— Je vous reverrai ? »

Anna faillit éclater de rire. Elle était sidérée. Elle contint son hilarité et répliqua : « Non, Nick, vous ne me reverrez jamais. »

Elle pouvait presque entendre ses épaules s'affaisser de déception au travers du téléphone.

« Qu'est-ce que vous allez faire, maintenant ? lui demanda-t-il. Où irez-vous ?

— Ce n'est pas votre problème.

— Et s'il vous retrouve ? Il faut que vous fassiez attention à vous… il…

— Je vous ai dit que ce n'était pas votre problème.

— Bon, alors… je suppose que c'est un adieu ?

— C'est ça.

— Merci d'avoir…

— Stop ! » cracha-t-elle, cinglante. Elle était incapable à présent de maîtriser le dégoût qu'il lui inspirait.

« Je ne comprends pas.

— Je vous interdis de me remercier. Je n'ai pas fait tout ça pour vous être agréable.

— Si, vous avez…

— Non, Nick. J'avais besoin d'informations. Vous étiez en mesure de me les donner. J'ai payé le prix pour les obtenir. Fin de l'histoire ! »

Silence.

« Rien de ce que j'ai fait n'était pour vous,

insista-t-elle d'une voix glaciale. Mettez-vous bien ça dans la tête.

— Non, bien sûr. Alors… prenez soin de v… »

Anna ne lui laissa pas le temps de finir sa phrase.

Elle vérifia l'heure sur le téléphone. Il était 11 h 21. Cela lui donnait le temps de se préparer et de se rendre à l'endroit où elle devait être. Puis d'attendre le bon moment.

Plus que quelques heures.

Et ce serait terminé.

… Enfin, presque.

38

Le trajet en voiture entre l'hôtel et la prison de Fresnes prit environ une heure. La circulation était dense ; les voitures klaxonnaient et les moteurs vrombissaient, les automobilistes accéléraient bruyamment, doublaient par l'intérieur et brandissaient le poing en proférant toutes sortes d'injures.

Heloise était indifférente à tout cela. Pour elle, cela aurait aussi bien pu durer un dixième de seconde. Le chauffeur de taxi s'arrêta devant une haute façade en béton gris et il se retourna sur son siège.

« Mademoiselle ?

— Mmm ? » Heloise s'arracha à ses pensées et leva les yeux vers lui.

« Voilà ! Vous êtes arrivée.

— Ah ? Déjà ? »

Elle regarda dehors sans faire mine de descendre. Subitement, ses muscles semblaient tétanisés. Toutes les cellules de son corps se révoltaient contre ce qu'elle était venue faire. Elle ne voulait plus entrer dans cette prison. Elle voulait faire demi-tour. Elle n'avait pas envie de le voir. Plus jamais. C'était ce qu'elle avait décidé, jadis. Ce qu'elle s'était juré.

Tu n'existes plus pour moi. Tu pourrais aussi bien être mort. Tu ne me reverras plus jamais. Jamais.

Le vieux chauffeur édenté regarda alternativement Heloise et la grande porte close.

« C'était bien là que vous vouliez aller, non ? À la prison de Fresnes ?

— Oui », répondit Heloise en posant la main sur la poignée de sa portière, à son corps défendant.

Elle descendit de voiture et contempla l'édifice qui s'élevait devant elle tandis que le taxi repartait tranquillement, pour aller chercher son client suivant, probablement à Paris. Le bâtiment était ancien et n'avait rien en commun avec les constructions ultramodernes et lisses, les prisons de haute sécurité qu'on voit dans les films américains. Avec sa clôture en fil barbelé au sommet du mur d'enceinte, tel un long serpent agrémenté de pointes acérées, et ses miradors blancs dans lesquels des gardes, armés de mitraillettes, attendaient le moindre mouvement pour tirer sur d'éventuels fugitifs, la prison ressemblait plutôt à celles qu'on pouvait voir dans les documentaires sur la Seconde Guerre mondiale.

Heloise frissonna.

Elle n'était jamais venue. Il y avait quatre ans que son père avait été incarcéré. Quatre ans qu'elle ne l'avait pas vu. Ils ne s'étaient parlé qu'une seule fois, au téléphone. Sur le moment, elle avait refusé de croire ce dont on l'accusait. Il s'agissait forcément d'un terrible malentendu, disait-elle. Quelqu'un a dû se servir de son ordinateur, quelqu'un avait abusé de sa générosité, de sa bonté. Son père n'était pas un monstre. Il n'aurait jamais fait de mal à un enfant. Il était doux et attentionné. C'était un homme qui savait remplir le monde de mots, de poésie et de beaux livres. Il était la nature même de l'art et de l'amour, de la sécurité et de la chaleur humaine.

Ce n'était pas un monstre ! Il devait y avoir une erreur !

Son père avait pleuré au téléphone. Heloise avait d'abord cru que c'était parce qu'il avait peur. Peur d'être condamné à tort. Peur d'être privé de sa liberté, de perdre sa renommée, sa vie.

« Pardon, avait-il pleurniché. Pardon, Heloise. Ne m'abandonne pas, ma chérie. Je ne peux pas vivre sans toi.

— Je ne t'abandonnerai jamais, papa. Je vais te sortir de là. Nous allons laver ta réputation, je te le promets.

— Je te jure que je n'ai jamais touché à ces enfants.

— Je sais, papa, je t'assure que…

— Mais je suis malade.

— Comment ça, malade ? Qu'est-ce que tu veux dire ?

— Je ne le fais pas exprès. Ce n'est pas ma faute si je suis comme je suis. »

Il avait sangloté sans retenue et l'avait suppliée de lui pardonner. Heloise avait eu du mal à comprendre ce qu'il essayait de lui dire.

« Qu'est-ce que tu dis, papa ?

— C'est vrai ce qu'ils disent de moi. Ce dont ils m'accusent : c'est la vérité. »

Heloise avait éclaté de rire. Un rire furieux, hystérique. « Bien sûr que ce n'est pas vrai ! De quoi est-ce que tu parles ?

— Je suis malade. C'est une maladie, je… Oh, mon Dieu, ayez pitié de moi ! »

C'était comme ça que ça s'était passé.

Et à partir de cet instant, l'existence d'Heloise, telle qu'elle l'avait connue, avait été anéantie. Elle s'était sentie comme une astronaute décrochée de sa ligne de vie, flottant librement dans la stratosphère – tournant sur elle-même, sonnée, perdue –, s'éloignant de la Terre à toute vitesse.

« Attends, Heloise, ne me quitte pas, j'ai besoin de toi ! »

Elle n'avait plus rien dit, mais lui avait continué à parler. Il s'était expliqué, avait tenté de se justifier. Il avait ouvert un tiroir secret de sa vie et lui avait fait voir son contenu monstrueux et répugnant, un contenu qu'elle aurait voulu ne jamais avoir vu.

« Je ne les ai jamais touchés. Je te le promets, Heloise. Mais j'en ai eu envie – oh, mon Dieu, si tu savais comme j'ai honte de l'avouer –, j'en ai eu envie et j'ai regardé les autres pendant qu'ils… J'étais là, et j'ai vu ce qu'ils… Je n'ai rien fait pour les en empêcher, mais je n'ai jamais touché les enfants. Je te le jure. »

Avec un sursaut, elle s'était brusquement réveillée au milieu de ses pensées et de cette conversation téléphonique surréaliste, comme on se réveille au milieu d'un rêve dans lequel on est en train de tomber.

« Stop ! avait-elle dit. Stop ! J'en ai assez entendu.

— Heloise, il faut que tu comprennes que…

— Non. Je ne veux plus rien entendre. Je ne veux plus te parler. »

Il avait pleuré de plus belle, et Heloise ne s'était jamais sentie aussi seule de toute sa vie. C'était pire que de la solitude. Elle avait l'impression de ne plus avoir sa place nulle part. Sa mère était morte, et son père – cet homme qu'elle avait chéri plus que n'importe qui sur cette terre, cet homme qu'elle croyait connaître mieux que personne – n'existait plus.

Elle était orpheline.

Perdue.

« Tu es mort pour moi, lui avait-elle déclaré avant de raccrocher le téléphone. Tu ne me reverras jamais. »

39

Schäfer appuya son pouce gercé sur le bouton de l'interphone et le laissa là jusqu'à faire vibrer tout l'immeuble, comme si un marteau-piqueur avait été en action sur le trottoir.

Il ne lâcha que lorsqu'une fenêtre s'ouvrit brusquement au quatrième étage et qu'un homme hirsute qu'il venait visiblement de sortir de son lit se pencha par la fenêtre pour voir ce qui se passait. Quand il aperçut Schäfer et Augustin devant la porte, il se mit à gueuler d'une voix éraillée :

« On peut savoir ce que vous foutez ?

— Kaldan, cinquième étage, rétorqua Schäfer. On a besoin de lui parler. Vous ne l'auriez pas vue, par hasard ?

— Non, je ne l'ai pas vue, et sauf si elle est devenue sourde, elle n'est probablement pas chez elle ! Pauvre con ! » L'homme claqua sa fenêtre assez fort pour exprimer sa contrariété.

Schäfer fut presque tenté, dans un élan de provocation puérile, de continuer à sonner, mais Lisa l'en empêcha.

« Allez, viens. Elle n'est pas là.

— Allons faire un tour à Store Strandstræde, voir si elle est au journal. »

La voiture était garée un peu plus bas dans la rue, ce qui leur laissa un peu de temps pour parler en marchant.

« Tu crois qu'elle a déjà repris le boulot ? demanda Lisa. Après une agression pareille ? »

Schäfer haussa les épaules. « Pourquoi pas ?

— Elle ferait peut-être mieux de se reposer, non ? De prendre une semaine ou deux pour décanter tout ça, éventuellement d'aller voir quelqu'un pour se faire aider ?

— Ouais, éventuellement. C'est ce qu'aurait fait une coiffeuse ou une prof de français à la fac, mais pas une fille comme Kaldan. Elle est comme nous. Elle ne fait pas ce job uniquement pour payer le loyer ; son travail, c'est sa vie. »

Lisa hocha la tête. « Ce qui explique qu'elle soit célibataire.

— Je ne vois pas le rapport.

— Bien sûr que si. Quand on est obsédé par son travail, on est incapable de vivre une relation de couple. Connie et toi, vous êtes juste l'exception qui confirme la règle. »

Se tournant vers son collègue, elle vit qu'il ne l'écoutait plus. Il avait les yeux fixés sur le bout de la rue.

« Ha ! s'exclama-t-il, pointant le doigt dans la même direction. Et là-bas, nous avons une autre exception qui confirme la règle. Une exception avec un sachet de viennoiseries à la main et un sourire béat aux lèvres. Il a tout du type qui a la tête à l'envers à cause d'une femme. Et qui est dans une relation de couple parfaitement fonctionnelle. »

Lisa suivit son regard et vit Martin Duvall, marchant vers eux. Il était en train de cueillir un petit pain dans le sachet brun qu'il avait à la main et ne les avait pas encore aperçus.

Schäfer l'interpella. « Duvall ! »

Martin Duvall releva la tête comme un cheval effrayé avec sur le visage une expression indéfinissable. Une lueur d'hésitation sembla traverser son regard quand il les reconnut. Mais il ne ralentit pas le pas, il les salua d'un signe de tête et continua à marcher vers eux.

Il tendit la main en arrivant à leur hauteur. « Bonjour ! »

Schäfer la lui serra. Pas assez pour lui broyer les phalanges, mais nettement plus fort que nécessaire. C'était une mauvaise habitude, chez lui. Une manière de se faire valoir face aux hommes en costume et aux suspects. Un truc de macho du genre : « J'en ai une plus grosse que toi. »

« Bonjour, dit-il. C'est amusant de vous rencontrer ici. Je croyais que vous habitiez Islands Brygge, au bord du canal ?

— C'est le cas.

— Vous alliez rendre visite à Heloise, peut-être ?

— C'est ça.

— Parfait. On va pouvoir y aller ensemble. J'ai quelques questions à lui poser.

— Elle n'est pas chez elle», répliqua Duvall en ralentissant l'allure.

Schäfer plissa le front. «Vous ne venez pas de me dire que vous alliez chez elle?

— Je vais dans son appartement, c'est exact.

— Mais elle-même n'y est pas?

— Non.

— Ce qui veut dire que vous avez votre propre clé?»

Duvall sourit, l'air amusé, regardant d'abord Schäfer puis Lisa Augustin qui ne fit pas de commentaire.

«Oui… C'est un problème?»

Les commissures de Schäfer s'affaissèrent, il haussa les épaules et secoua légèrement la tête.

«Non, je suppose que non. Elle est partie travailler?

— Oui. Elle avait une chose à régler. Elle est partie de bonne heure.

— Vous savez où on peut la trouver? L'inspecteur Augustin et moi-même avons, comme je vous l'ai dit, quelques questions à lui poser.

— Je n'en suis pas sûr, répondit Duvall en repliant méthodiquement le sachet de boulange. Vous avez essayé au journal?» Schäfer se gratta le cou en examinant Duvall avec circonspection: «Vous êtes directeur de la communication, n'est-ce pas?

— Je l'étais. J'ai démissionné.

— Vous étiez bon dans ce que vous faisiez?»

Duvall haussa les épaules, avec humilité. «Il fut un temps où je l'étais, oui.

— Hmm, dit Schäfer en exhumant un paquet de cigarettes de sa poche de poitrine et en en sortant une.

Moi aussi, il m'arrive de me frapper la poitrine en me disant que je fais bien mon métier. Et vous savez pourquoi je suis si bon ? » demanda-t-il à Martin Duvall du coin des lèvres, tout en allumant la cigarette fichée à l'autre coin. Il aspira une longue bouffée, plissa les yeux et regarda son interlocuteur dans les yeux.

Duvall sourit placidement. « Non, mais je suppose que vous allez me le dire.

— Parce que je sais quand les gens mentent.

— Ah oui ?

— Mmm, répliqua Schäfer en retirant un brin de tabac de sa lèvre inférieure sans quitter Duvall des yeux. Alors, si vous me disiez où elle est, en réalité ?

— Pardon ?

— Je vous demande où se trouve Heloise. Et ne me répondez pas qu'elle est au journal. Vous savez comme moi que c'est faux. »

Martin Duvall eut l'air de peser ses options. Puis il dit : « Elle m'a demandé de ne pas vous le dire.

— Connaissez-vous la peine prévue pour rétention d'informations pouvant permettre de résoudre une enquête criminelle ? »

Martin Duvall fronça les sourcils. « J'ai du mal à imaginer en quoi le fait de savoir où se trouve Heloise pourrait aider à résoudre une enquête criminelle.

— C'est pour ça que vous faites ce que vous faites et que je fais ce que je fais, rétorqua Schäfer avec une pichenette à sa cigarette pour faire tomber la cendre.

— C'est un gag, là, non ? demanda Martin Duvall à Lisa. Il plaisante, ou bien il est toujours aussi caricatural ? »

Lisa lui renvoya un regard sans expression.

« Écoutez, je sais très bien ce qu'Heloise a dans la tête, dit Schäfer. Elle veut son papier. Elle veut l'exclusivité de cette histoire. Et elle veut être dessus la première. En théorie, je la comprends et je trouve admirable qu'elle prenne son travail autant au sérieux. Mais cette affaire la dépasse. Elle va au-delà d'un article de presse. »

Duvall hésitait. « Il ne s'agit pas uniquement de l'article…, commença-t-il.

— Heloise est en danger ! Vous n'avez pas l'air de vous en rendre compte, intervint Lisa.

— Oui, merci, je suis au courant, rétorqua-t-il en montrant ses phalanges abîmées à la jeune femme.

— Bon. Alors si vous tenez à elle, dites-nous où elle est. »

Duvall secoua doucement la tête. « Je suis désolé. Je ne peux pas faire ça. »

Schäfer posa une main lourde sur son épaule.

« Martin, il faut absolument que nous lui parlions. C'est très important. Pas uniquement pour notre enquête. Ceux qui cherchent à la faire taire sont vraiment de sales types, vous comprenez ? Nous ignorons toujours les enjeux de cette affaire et si nous voulons garantir la sécurité d'Heloise, nous devons savoir où elle est.

— Je regrette, mais je ne peux pas vous aider. » Martin Duvall commença à s'éloigner.

Schäfer éleva la voix, juste un peu, en faisant mine de vérifier l'état de ses cuticules. « Que ferait Heloise, à votre avis, si elle apprenait que vous avez forcé une de vos collègues du ministère à faire l'amour avec vous ? »

Martin Duvall stoppa net et se retourna lentement vers l'inspecteur.

« La pauvre fille », dit Schäfer en secouant la tête.

Schäfer entendit à sa voix que Duvall était sur ses gardes quand il lui répondit. « Je n'ai jamais forcé personne à quoi que ce soit. La femme dont vous parlez cherchait à avoir de l'avancement. Il n'y a rien d'autre à aller chercher dans cette histoire.

— Ah, d'accord ! Alors, vous lui avez proposé une promotion à condition qu'elle couche avec vous ? »

Duvall secoua la tête avec hargne. « Je ne l'ai pas touchée. Elle a d'ailleurs retiré sa plainte quand il s'est avéré que je n'étais pas du tout au ministère ce jour-là.

— Bien entendu. » Schäfer hocha la tête avec une compassion feinte. « Vous n'oublierez pas de le préciser à votre nouvelle petite amie quand l'inspecteur Augustin et moi-même irons lui raconter l'histoire. »

Martin Duvall les regarda tous les deux à tour de rôle, puis il se rendit avec un long soupir. « Qu'est-ce que vous voulez savoir ?

— Eh bien, puisque vous nous le proposez si gentiment, nous aimerions bien savoir où se trouve Heloise en ce moment. »

Duvall posa sur Schäfer un regard vide. « Elle est allée à Paris.

— Pour voir son père ? » C'était Lisa qui posait la question.

« Comment savez-vous que…

— Est-ce qu'elle est allée rendre visite à son père? demanda-t-elle de nouveau.

— Oui.

— Quand? Quand doit-elle le rencontrer?

— Je ne sais pas. Je ne lui ai pas parlé depuis qu'elle est partie ce matin.

— Est-ce qu'il y a autre chose que nous devrions savoir?» continua Lisa.

Duvall hésita un instant avant de répondre. Il regarda Schäfer et inspira profondément. Puis il dit: «Anna Kiel l'a appelée au téléphone, hier.»

Schäfer hocha longuement la tête sans rien dire et passa un coup de fil.

«Allô? Ici l'inspecteur Schäfer. Contactez Interpol immédiatement pour les informer qu'Anna Kiel se trouve quelque part à proximité de la prison de Fresnes, au sud de Paris, et qu'elle a dû rendre visite à un de leurs détenus dans le courant de la semaine dernière. Un citoyen danois du nom de Nick Kaldan.»

Il écarta le téléphone de sa bouche et demanda à Duvall:

«Où Heloise est-elle logée, à Paris? Chez des amis? À l'hôtel?»

Martin Duvall leva les paumes vers le ciel en confessant.

«Dans un hôtel dans le Marais, répondit-il. Je ne sais pas comment il s'appelle.»

Schäfer lui tourna le dos et reprit sa conversation.

«Je voudrais également que vous vérifiiez les opérations de carte bleue d'une dénommée Heloise Eleanor Kaldan. C'est Heloise avec un H muet, E, L, O, I, S, E…

Oui, c'est ça. Kaldan. Elle a pris un avion à destination de Paris, ce matin, et elle est descendue dans un hôtel au centre de la capitale, quelque part. Trouvez-moi lequel. C'est urgent ! »

Il raccrocha et s'adressa de nouveau à Duvall. « Il y a autre chose que vous nous cachez ? » Il jeta le mégot de sa cigarette sans filtre sur le trottoir et l'écrasa avec le bout de sa chaussure.

Martin Duvall secoua la tête.

« OK, parfait. Si vous avez Heloise au téléphone, dites-lui d'arrêter cette stupide croisade en solitaire, d'accord ? »

Duvall acquiesça, un peu décontenancé.

« Dites-lui de m'appeler immédiatement et d'attendre dans son hôtel jusqu'à ce que nous la contactions. Vous avez compris ?

— J'ai compris, oui. Mais je ne crois pas que cela change quoi que ce soit.

— Pourquoi dites-vous cela ?

— Parce que… Écoutez, il n'y a pas très longtemps que nous nous voyons. Je ne la connais pas très bien, encore. C'est une femme très secrète et elle a du mal à faire confiance, à s'ouvrir aux autres. Elle peut paraître très cynique, parfois. Froide. Mais ce n'est qu'une façade. En réalité, c'est quelqu'un de sensible. Quant à son père… c'est son talon d'Achille et, si j'ai bien compris, c'est la première fois en quatre ans qu'elle accepte de le voir. C'est un énorme pas qu'elle vient de faire. Ça m'étonnerait beaucoup que j'aie le pouvoir de la faire renoncer.

— Essayez », répliqua Schäfer, impassible. Il fit un signe de tête à sa coéquipière. « Allez, on y va. »

Ils montèrent dans la voiture.

Dans le rétroviseur, Schäfer vit Martin Duvall qui les regardait.

« On va où ? » demanda Lisa.

Schäfer tourna la clé dans le contact, et le moteur se mit à ronronner. Il mit sa ceinture de sécurité d'une main tout en tournant le volant de l'autre pour s'engager sur la chaussée.

« À l'aéroport. »

40

Heloise le vit d'abord de dos et se demanda si on ne l'avait pas fait entrer dans la mauvaise pièce. L'homme assis à la table métallique sous la lumière fluorescente du néon qui clignotait au-dessus de sa tête n'était pas son père.

C'était un frêle vieillard aux cheveux presque entièrement blancs, hormis quelques touffes grises aux tempes. Un vieil homme amaigri. Il était assis, les épaules tombantes et la tête basse, sa colonne vertébrale apparaissant nettement sous son T-shirt élimé, comme les pointes sur le dos d'un stégosaure.

Mais alors qu'elle avançait vers lui, l'image se transforma sous ses yeux, comme ces œuvres d'art qu'on nomme anamorphoses. Un objet qui ressemble à une chose vue sous un certain angle et qui se dissout et se transforme en autre chose lorsqu'on le regarde sous un angle différent. Cela ne prit que quelques secondes. L'homme leva les yeux en l'entendant approcher. Leurs regards se croisèrent, et elle sut.

Heloise se plongea dans son regard brun et chaud, elle vit la cicatrice au-dessus de sa pommette gauche qu'il devait à la balançoire du terrain de jeu, près de l'église Sankt Pauls, la bouche qui se plissait vers le haut en un sourire timide tandis qu'il soupirait de soulagement.

« Heloise », dit-il en se levant doucement de sa chaise.

Elle recula d'un pas, bouleversée, et resta à l'observer sans rien dire, à un mètre cinquante de la table.

Elle n'en croyait pas ses yeux. Elle avait l'impression de retrouver le fossile de l'homme qui l'avait élevée, au fond d'un blockhaus de béton, inanimé. Il était beaucoup plus vieux que dans son souvenir. Différent, inconnu. On aurait dit un étranger. Et en même temps, non…

C'était vraiment lui.

« Heloise, répéta-t-il. Ma chérie ? »

Il tendit la main vers elle.

Heloise regarda cette main pendant plusieurs secondes. Puis elle croisa une nouvelle fois son regard, toujours sans rien dire.

Elle voulait le haïr. Elle voulait être méchante, odieuse. Lui dire qu'il ne signifiait rien pour elle, qu'elle ne l'aimait plus. Mais quelque chose montait en elle en le regardant, comme des bulles dans une coupe de champagne – une tendresse. Et bien qu'elle s'efforce de refouler le sentiment, elle savait qu'il ne pourrait jamais disparaître tout à fait. Qu'il resterait toujours vivant en elle.

Pour lui.

Il reprit lentement sa main. Puis il fit un signe de tête, hésitant, vers la chaise, face à lui. « Tu ne veux pas t'asseoir ? »

Heloise inspira profondément avec le ventre. Elle avait le vertige. Elle sentait comme un tremblement dans sa poitrine, sa vision devenait trouble, comme si elle avait mis une paire de lunettes qui n'était pas à sa vue.

Elle baissa les yeux et cligna plusieurs fois. Puis elle approcha de la table et écarta la chaise. Elle s'assit en face de lui et regarda son maigre corps s'affaisser lentement sur la dure chaise en métal.

Il se passa un long moment sans qu'aucun d'eux n'ouvre la bouche. Quand Heloise parla enfin, ce fut pour dire : « Tu as vraiment une sale gueule. »

Il eut un pâle sourire et hocha la tête. « Oui, j'imagine.

— On ne te donne pas à manger, ici ?

— Si, mais je n'ai pas beaucoup d'appétit, en ce moment. »

Puis ce fut le même silence. Heloise regardait ses ongles en luttant contre ses larmes.

Son père se pencha prudemment au-dessus de la table. Il semblait se demander s'il allait lui prendre la main, sans oser aller au bout de son geste. Au lieu de ça, il dit :

« Tu m'as manqué, chérie. »

Heloise le regarda dans les yeux. Son menton se mit à trembler et ses larmes à couler doucement sur ses joues, atterrissant sur la table en métal froid, où elles formaient une petite flaque d'eau salée.

« Tu n'as pas répondu à mes lettres, dit-il. Au bout d'un moment, elles ont commencé à m'être retournées, sans avoir été ouvertes, et quand je t'appelais, tu raccrochais. J'avais tellement besoin de te parler.

— Je n'avais pas envie d'écouter tes excuses, dit

Heloise en s'essuyant les yeux avec le dos de la main. Ce n'est pas non plus pour ça que je suis venue. »

Elle se redressa, ravala ses larmes.

Son père se mit à tousser et un long râle monta de sa gorge. Il trouva un mouchoir dans sa poche et s'essuya la bouche.

« Je sais, dit-il.

— Anna Kiel.

— Oui.

— Tu la connais ? »

Il acquiesça.

Heloise sortit un dictaphone de son sac. Elle pressa le bouton d'enregistrement et posa l'appareil sur la table devant son père.

« Qu'est-ce que tu fais ?

— Je vais enregistrer notre conversation. C'est la seule condition à laquelle j'accepterai de te parler. C'est comme ça et il n'y a pas à discuter.

— C'est une interview ? » Il sourit rapidement, courageusement.

« Oui. » La réponse tomba comme un coup de fouet : dure, cinglante.

La nostalgie qui tout à l'heure avait déclenché ses larmes était maintenant remplacée par une amertume dont elle n'avait jamais réussi à se défaire en quatre ans. De l'indignation et de la rancœur. Ce qui importait, à présent, c'était son article, son travail. Pas lui.

« Comment connais-tu Anna Kiel ?

— Elle est venue me voir, il y a quatre mois. »

Heloise secoua la tête, incrédule. « *Elle* est venue te voir ? Qu'est-ce que ça veut dire ?

— On m'a annoncé que j'allais avoir une visite, et comme tu peux te l'imaginer, j'étais content de l'apprendre. Je n'avais parlé à personne d'extérieur à cette prison, en dehors de mon avocat, depuis plusieurs années. Un jour un gardien est venu me dire qu'il y avait un parloir, pour moi. J'ai d'abord cru que c'était toi…

— Et elle est entrée ici, comme ça ? Anna Kiel, une femme recherchée pour meurtre au Danemark, poursuivie par Interpol, est entrée de son plein gré dans l'une des plus grandes prisons de France ?

— La police ne savait pas qui elle était.

— Comment est-ce possible ? Moi j'ai dû montrer mes papiers et on m'a fouillée, avant de m'autoriser à entrer.

— Ils m'ont dit qu'elle s'appelait Margaux. »

Heloise fronça les sourcils. « Margaux ? Pourquoi Margaux ?

— On m'a dit qu'une Margaux Perrossier demandait à me voir. Je me suis dit : "Voyons qui ça peut être et ce qu'elle a à me dire. Une étrangère, c'est toujours mieux que rien." » Il rit un peu, d'un rire sans joie. « Elle était mieux que rien. » Il hocha la tête pour lui-même.

Heloise ignora l'accusation sous-jacente. « Ensuite, que s'est-il passé ?

— Ensuite… Ensuite, nous étions assis ici, à l'endroit où nous nous trouvons, toi et moi, en ce moment. Elle m'a demandé si je savais qui elle était. Je lui ai dit que non. Que je ne me souvenais pas l'avoir déjà vue. Elle m'a demandé si j'avais des remords. Si je regrettais les actes pour lesquels on m'avait condamné.

— Et ?

— Et je lui ai dit que je les regrettais sincèrement. » Il gardait les yeux baissés sur la table en parlant. « Je lui ai dit que je m'étais toujours battu avec et contre les pulsions qu'il y avait en moi. » Il releva la tête. « Et je te promets que c'est vrai, Heloise, j'ai toujours lutté contre…

— Tais-toi ! Je ne veux pas entendre parler de ça ! » Heloise levait une main tremblante devant elle. « Contente-toi de me raconter la conversation que tu as eue avec Anna Kiel. Je ne veux pas entendre parler de tes sentiments et épargne-moi tes excuses, s'il te plaît. Il doit bien y avoir un aumônier quelque part dans cette maison auprès de qui tu peux quémander le pardon. Moi, je ne veux rien savoir, compris ?

— Oui.

— Je parle sérieusement. » Elle le jaugea avec froideur. « Si tu recommences avec tes foutues excuses, je m'en vais. »

Il hocha la tête.

« Ensuite, que s'est-il passé ?

— Elle a insisté. Elle m'a redemandé si je… si je me souvenais d'elle. »

Heloise ferma les yeux et elle enfouit son visage dans ses mains. Elle avait compris qu'elle ne pouvait plus l'empêcher de lui raconter ce qu'il avait fait. Si elle voulait en finir avec cette histoire – et permettre à Anna d'en finir également –, elle devait laisser son père lui révéler les détails de sa double vie, cette vie à laquelle, depuis quatre ans, elle avait essayé de ne pas penser.

Elle releva la tête. « Elle t'a demandé si tu te *souvenais* d'elle ?

— Oui.

— Et alors, c'était le cas ?

— Pas au départ. Mais ensuite, après que nous avons parlé un peu, oui.

— Qu'est-ce que tu t'es rappelé ? »

Il détourna la tête et ferma les yeux quelques secondes. Puis il les ouvrit de nouveau. « C'était au début des années 90. Nous étions plusieurs à nous retrouver, parfois, et à… échanger des histoires.

— Quelles histoires ?

— Des anecdotes. Et des photos, et ce genre de choses. C'était avant Internet, et les caméras ultra-perfectionnées qu'on trouve aujourd'hui qui permettent d'immortaliser n'importe quoi où on veut, quand on veut. Tout était analogique, nous avions des films, des négatifs, des photos que nous développions nous-mêmes et que nous nous échangions.

— Qui étaient ces gens avec qui vous vous réunissiez ?

— Il y en avait de toutes sortes, ça dépendait de quel genre de soirée il s'agissait. » Il haussa les épaules. « C'était des hommes tout à fait normaux. »

Heloise renifla avec mépris. « Normaux, tu parles !

— Non, bien sûr, mais tu vois ce que je veux dire. C'était des gens qui avaient une vie normale. Des instituteurs, des avocats, des banquiers, des médecins, tout ça. A priori, ils n'étaient ni des criminels ni des tueurs en série. Si on les avait croisés dans la rue, on leur aurait donné le bon Dieu sans confession. C'était souvent les mêmes, mais parfois, il y avait de nouvelles têtes.

— Où vous retrouviez-vous ?

— Au port, dans le quartier de Nordhavn. Dans un ancien entrepôt, pas très loin du quai où sont amarrés les paquebots de croisière, aujourd'hui.

— Comment connaissais-tu cet endroit ?

— Un ami m'a conseillé de devenir membre…

— Membre ? répéta Heloise. Comment devenait-on membre ?

— Il fallait être parrainé. Il s'agissait d'une sorte de… club privé. Comme une loge. On ne pouvait pas simplement arriver et frapper à la porte. Il fallait connaître quelqu'un qui savait qu'on… avait les mêmes… préférences.

— Aviez-vous des activités sexuelles, lors de ces rassemblements ?

— Certains d'entre nous, oui.

— Avec des enfants ? » Il acquiesça.

« Ils étaient pédophiles, donc ?

— Plus ou moins, oui.

— On n'est pas plus ou moins pédophile. C'était un club de pédophiles, oui ou non ?

— Oui.

— D'où venaient les enfants ? »

Il haussa légèrement les épaules. « Je… je ne sais pas.

— Quel âge avaient-ils ? »

Il secoua la tête, mal à l'aise. « Cela dépendait.

— Dix, douze ans ?

— Oui.

— Plus jeunes ?

— Parfois plus jeunes. »

Heloise se leva si brusquement que sa chaise se renversa avec fracas. Elle lui cracha au visage.

« Tu es un grand malade ! hurla-t-elle. Je te déteste ! Tu ne peux pas savoir à quel point je te déteste ! »

Une porte s'ouvrit au fond de la pièce et un gardien entra.

Heloise se ressaisit.

Elle signala d'un geste au gardien qu'il n'y avait pas de problème et qu'il pouvait repartir.

Quand la porte fut refermée, elle remit sa chaise sur ses pieds tandis que son père essuyait son visage. Il se mit à pleurer, à gémir, et ils restèrent un long moment sans se parler. Sans se regarder.

Puis Heloise reprit le fil de son interview.

« As-tu rencontré Anna Kiel à l'une de ces soirées ?

— On ne pourrait pas éviter de parler de… »

Elle haussa le ton : « As-tu rencontré Anna Kiel à l'une de ces soirées ? »

Il acquiesça.

« Une fois ? Plusieurs ?

— Je… je ne me souviens pas. Je n'y allais que de temps en temps, mais Anna dit qu'elle était présente à plusieurs reprises et qu'elle m'a vu plus d'une fois.

— Est-ce que tu l'as touchée ?

— Jamais.

— Tu n'as jamais abusé d'elle ? »

Il secoua la tête. « Non.

— D'autres hommes ont-ils abusé d'elle ?

— Oui, il y en a qui l'ont fait. » Il hocha la tête, sombre. « Quel âge avait-elle ?

— Je… je ne sais pas.

— Mais tu es sûr que des hommes l'ont violée. »

Il acquiesça.

Heloise secoua la tête, dégoûtée. « Comment le sais-tu ?

— J'étais là… je les ai vus.

— Tu les regardais ? »

Il ne répondit pas, mais il baissa les yeux. Évita de croiser son regard.

« Parle assez fort pour que je t'entende. Pendant que des hommes violaient Anna Kiel, tu les regardais faire ?

— Oui.

— C'était ça, ton truc ? C'est comme ça que tu te justifiais vis-à-vis de toi-même ? Tu ne touchais pas aux enfants, tu te contentais de regarder pendant que d'autres abusaient d'eux, parce que dans ton esprit malade, d'une certaine façon, c'était plus acceptable ?

— S'il te plaît, Heloise, chérie, arrête…

— Et moi ?

— Qu'est-ce que tu veux dire ?

— Toutes les fois où nous sommes allés à la plage quand j'étais petite ? Ou à la piscine ? Ou quand nous dormions ensemble, tous les deux dans le grand lit, à la maison ? Qu'est-ce que tu te racontais, dans ta tête ?

— De quoi est-ce que tu parles ?

— Tu pensais à ça ? Tu me regardais de cette façon-là, aussi ?

— Non ! » Son visage se décomposa et il eut l'air révolté à cette idée. « Ne dis pas des horreurs pareilles, Heloise. Bien sûr que non. Tu étais ma petite fille !

— Les autres aussi étaient les enfants de quelqu'un.

Des *enfants* ! Comment as-tu pu laisser faire une chose pareille ? Comment as-tu pu ? !

— Je te jure que… j'ai des remords. Je regrette ce que j'ai fait et Anna l'a compris. Elle sait que je n'étais pas comme eux.

— Tu es exactement comme eux, rétorqua Heloise.

— Non. Et Anna sait aussi que si je pouvais revenir en arrière, j'agirais différemment. Elle est venue me voir parce qu'elle a compris que je n'étais pas comme les autres.

— Qu'est-ce qu'elle te voulait ?

— Elle avait besoin de mon aide.

— Pour quoi faire ?

— Pour que je lui fournisse des preuves. »

Heloise s'enfonça dans sa chaise et l'observa pendant plusieurs secondes. « De quoi avait-elle besoin, plus précisément ?

— De noms. De mots de passe. D'un moyen pour accéder aux fichiers.

— Et tu as pu lui fournir tout cela ? »

Il hocha la tête.

« De quel genre de fichiers s'agit-il ?

— Avec l'arrivée d'Internet, c'est devenu plus facile d'échanger des éléments. Même sans participer aux soirées, on pouvait rester membre du *club*, ou quel que soit le nom qu'on donne à cette confrérie. Un site privé a été créé où nous pouvions chatter et échanger des photos, des récits, des films, ce genre de choses.

— Et tu as donné à Anna Kiel les codes pour accéder à ce site ?

— Oui.

— Qu'est-ce qu'elle a l'intention d'en faire ?

— Elle ne me l'a pas dit. Cela ne faisait pas partie du contrat.

— Quel contrat ?

— Elle avait besoin de preuves tangibles contre ses agresseurs, des adresses IP, des photos et des vidéos sur lesquelles ils apparaissent et moi... » Il la regarda dans les yeux, avec intensité. « ... Et moi, je voulais te voir. C'était ça, le contrat. Si elle trouvait un moyen de te faire venir ici, je lui donnais toutes les informations qu'elle me demandait. »

Heloise hocha la tête. Tout était clair, à présent. « Donc, c'était toi qui étais derrière tout ça depuis le début. Les lettres qu'elle m'écrivait avaient pour seul but de me faire venir ici ? »

Il haussa les épaules, timidement.

« Tu ne m'as pas laissé d'autre option. »

Heloise sentit la colère en elle se propager jusqu'au bout de ses doigts. « Il y a des gens qui sont morts à cause de toi. Tu t'en rends compte ?

— Quoi ? Non, je...

— Un de mes collègues journalistes est mort parce que je suis venue lui parler de ces lettres. » Elle écarta le col de son chemisier pour qu'il puisse voir les marques sur son cou. « Tu vois ça ? Je me suis fait attaquer, dans mon propre appartement ! J'aurais pu mourir ! Tout ça pour quoi ? Pour qui ? Pour toi ! Pour que monsieur puisse soulager sa conscience ! Parce que tu es ici en train de pleurnicher pendant que tes petits copains psychopathes tentent d'effacer vos traces ! »

Elle ouvrit la bouche et la referma une fois ou deux, mais pas un son n'en sortit.

« Qui est derrière cette confrérie ? exigea-t-elle de savoir. Qui ? Est-ce que c'est Johannes Mossing ? »

Le visage de son père devint subitement livide. « Reste loin de cet homme, Heloise.

— C'est bien lui, n'est-ce pas ? » Une vague d'adrénaline déferla dans ses veines. « Si tu sais quelque chose qui permette à la police de le faire tomber, il faut que tu me le dises, papa. Si, vraiment, tu veux me protéger de lui, tu dois parler !

— Anna sait tout ce qu'il y a à savoir, dit-il, décontenancé. Elle a toutes les preuves contre lui.

— Où est-elle en ce moment ?

— Je n'en sais rien… je…

— À quoi cela me sert-il qu'elle ait des preuves contre lui ou un autre, si je ne sais pas où la trouver ?

— Elle va te contacter. C'est le plan. Elle n'est pas loin. Elle est ici, je lui ai parlé et elle… » Il se remit à tousser.

Cette fois, il eut du mal à retrouver son souffle entre deux quintes. Il crachait et se raclait la gorge comme s'il avait avalé de travers.

Heloise le regardait sans réagir et ne fit pas semblant de lui taper dans le dos ou de lui proposer quelque aide que ce soit.

« Oh, Heloise, mon amour, gémit-il quand la crise fut calmée. Je suis malade.

— Ça suffit ! » Heloise se leva, agacée. « Je t'ai déjà dit que je n'avais que faire de tes excuses.

— Non… ce n'est pas ça. J'ai un cancer. »

Heloise se figea et baissa les yeux. Il se passa quelques secondes avant qu'elle réagisse.

« Un cancer ? »

Il hocha la tête et se toucha doucement la poitrine. « Aux poumons. Mais d'après les médecins, il y aurait aussi des métastases dans le foie et les os. Je… il n'y en a plus pour très longtemps. »

La main d'Heloise tremblait quand elle écarta la chaise pour revenir s'asseoir à la table.

« Mais tu… tu te soignes ? »

Il secoua la tête. « Non, plus maintenant. Il n'y a plus rien à faire. »

Heloise leva les yeux vers le plafond, essayant de retenir ses larmes.

« Tout va bien, dit-il. Je suis en paix avec ça. Et maintenant que je t'ai revue, je suis prêt à mourir. Je n'ai plus peur.

— Combien de temps ?

— Ils parlent de six mois. Neuf, si j'ai de la chance. Mais… » Il secoua doucement la tête. « Je n'ai pas l'intention de m'accrocher. »

Ils échangèrent un long regard.

Il sourit.

Heloise prit une longue inspiration tremblante. « Tu étais toute ma vie. Tu le sais, n'est-ce pas ?

— Et tu comptais pour moi plus que n'importe quoi. »

Elle hocha la tête et ne dit rien. Puis elle essuya résolument une larme restée accrochée à ses cils.

« Tu dis qu'Anna Kiel va chercher à me contacter ? Elle connaît tous les détails ?

— Oui.

— Parfait. »

Heloise se leva et commença à se diriger vers la porte.

« Attends ! » s'écria-t-il d'une voix désespérée.

Heloise se retourna et attendit ce qu'il avait à lui dire. Ses yeux étaient immenses et remplis de larmes.

« Je t'aime. »

Ses mots ne sonnaient pas comme un constat, mais comme une prière.

Elle lui renvoya un sourire plein de tristesse.

« Adieu, papa. »

41

Un choc sourd annonça l'ouverture du train d'atterrissage, et la voisine de Schäfer s'accrocha si fort aux accoudoirs que ses jointures virèrent au jaune pâle.

Il l'observa quelques instants. À en juger par les rides d'expression aux coins de ses yeux gris-vert et son front plissé et constellé de taches de vieillesse, elle devait avoir environ soixante-dix ans. Elle était jolie. Féminine et élégante, avec des traits fins dans un visage qui laissait à penser qu'elle avait dû avoir une vie à la fois enrichissante et paisible. Mais à ce moment précis, elle paraissait plutôt tendue. Elle reposa la tête sur le rectangle de tissu bleu roi qui protégeait le dossier de son siège et ferma les yeux en respirant par petits à-coups.

Schäfer se pencha vers elle. « Je suppose que vous ne prenez pas souvent l'avion ? »

La femme ouvrit les yeux pour voir le visage de l'homme qui venait de lui parler. Son regard flotta un peu, avant de se fixer sur celui de Schäfer. La mine un peu embarrassée. Puis elle secoua la tête.

« Non, pas souvent et je déteste cela.

— Vous savez ce que disent les statistiques, n'est-ce

pas ? » Il la gratifia d'un sourire rassurant. « C'est le mode de transport le moins dangereux de tous. »

L'avion vira brusquement sur son aile droite, faisant disparaître le ciel de l'hublot à côté de la passagère. Elle étouffa un petit cri et referma les yeux.

Schäfer jeta un coup d'œil vers la terre et l'autoroute en dessous d'eux. Les voitures ressemblaient à de petites fourmis courant les unes derrière les autres sur le bitume, et il suivit des yeux leur rythme lent.

« Ne vous inquiétez pas, rassura-t-il sa voisine, c'est bientôt terminé. »

Le pilote redressa l'appareil. Les immeubles miniatures se transformèrent en gratte-ciel et quelques minutes plus tard les pneumatiques glissaient sur le tarmac avec un roulement chuintant. Les volets s'ouvrirent à l'arrière des ailes, et Schäfer sentit la ceinture de sécurité lui écraser les côtes.

D'une main, il donna à la dame une petite tape d'encouragement, tandis que de l'autre il sortait son portable de sa poche. « Vous avez vu ? Tout s'est bien passé. »

La femme sourit, soulagée. « Oui, Dieu soit loué, merci, monsieur. »

Schäfer alluma son portable et appela sa collègue restée à Copenhague. Il laissa sonner longtemps.

« Allô ? répondit-elle, enfin.

— C'est moi.

— Salut. Tu es à Paris ?

— Ouaip. On vient juste d'atterrir. Ça n'a pas été une mince affaire. Mon passeport est périmé et il est actuellement entre les mains des services de l'état civil. J'ai loupé le premier vol, le temps que les autorités aéroportuaires me donnent le feu vert pour partir, mais maintenant j'y suis. Il y a du nouveau ?

— On a reçu les relevés de carte bleue d'Heloise pour les dernières vingt-quatre heures. Elle a pris un Uber à l'aéroport d'Orly ce matin et elle est descendue dans un hôtel du IIIe arrondissement qui s'appelle… » Il y eut une pause, le temps qu'elle cherche dans ses notes. « … Le Pavillon de la Reine. » Lisa Augustin prononçait le nom avec des *a* plats, à la danoise. « Ça se trouve dans le centre, pas loin de la Seine et de Notre-Dame.

— OK, et à part ça ? Elle s'est servie de sa carte ailleurs ?

— Oui. Elle a tiré de l'argent dans un distributeur à l'aéroport. Elle a pris deux cent cinquante euros. Sinon, rien.

— Tu as eu la police française au téléphone depuis mon départ de Copenhague ?

— Je viens tout juste de leur parler. Ils intercepteront Heloise s'ils la voient du côté de la prison de Fresnes, en attendant que tu… Attends une seconde ! Ne quitte pas… »

Il entendit qu'elle parlait à quelqu'un, mais la communication était mauvaise et les voix se mélangeaient. Quand elle revint en ligne, son débit était plus précipité : « Allô ?

— Oui, je suis là.

— Elle y est déjà passée !

— Où ça ?

— À la prison. Voir son père. Ils viennent de nous appeler. Elle est déjà repartie.

— Quand ? Il y a combien de temps qu'elle est repartie de là-bas ?

— À l'instant.

— Mais pourquoi est-ce qu'ils ne l'ont pas arrêtée, bon Dieu ?!

— Le personnel du centre pénitentiaire n'avait pas été informé qu'il devait…

— Merde ! »

L'inspecteur Augustin attendit quelques instants en silence, puis elle demanda : « Et maintenant, on fait quoi ? »

Schäfer réfléchissait, tordant la bouche dans un sens, puis dans l'autre. Enfin il dit : « Rappelle la police. Dis-leur qu'Heloise vient de partir de la prison et qu'Anna Kiel doit se trouver quelque part dans les parages.

— Entendu. Et toi, qu'est-ce que tu vas faire ?

— Je vais aller à Fresnes. Il faut que je parle à ce Nick Kaldan. Je veux savoir la raison de la visite de sa fille aujourd'hui. La raison de tout ça.

— Ça marche. Appelle-moi quand tu as fini, pour me tenir au jus ! »

Schäfer promit, raccrocha et poussa un long soupir par le nez, très énervé.

Un *ding* sonore retentit au moment où le signal lumineux au-dessus de la tête des passagers s'éteignit, aussitôt suivi d'une symphonie de cliquetis dans la cabine. Tous les passagers se levèrent en même temps, on ouvrit les volets des porte-bagages, des sacs et des valises passèrent au-dessus des têtes et les gens commencèrent à se bousculer dans l'allée centrale pour sortir.

« Vous avez remarqué ? Nous avons échangé les expressions de nos visages. »

Schäfer se retourna pour se trouver nez à nez avec la vieille dame qui n'aimait pas prendre l'avion.

« Pardon ?

— L'air inquiet », dit-elle en haussant les sourcils et en regardant son front plissé. « Maintenant, c'est vous qui vous faites du souci, alors que, moi, je suis contente d'être encore en vie. » Elle lui fit un large sourire. « Vous êtes sûr que tout va bien ?

— Ça va, merci. Juste un problème de boulot.

— Alors, tant mieux. » Elle lui administra à son tour une petite tape d'encouragement. « Du moment que ce n'est pas une question de vie ou de mort. »

Si, songea Schäfer. C'est exactement ce dont il s'agit.

*

Heloise cliqua sur l'application Uber de son smartphone, en vain. Elle vérifia la couverture et vit qu'elle n'avait pratiquement aucun réseau à l'endroit où elle se trouvait.

Elle inspecta la rue, dans une direction, puis dans l'autre, vit quelques voitures, circulant dans les deux sens, quelques piétons aussi, qui la dépassaient d'un pas vif sur le trajet monotone. Mais pas le moindre taxi en vue.

Elle commença à marcher dans le sens de la circulation, s'éloignant de la prison, en direction du centre-ville, son téléphone à bout de bras devant elle, comme un chasseur de Pokémon, espérant récupérer quelques barres sur son écran. Elle était épuisée. Vidée de toute énergie. Elle avait l'impression que son cerveau s'était transformé en une substance molle, flottant à l'intérieur de son crâne, une flaque rouge indéfinissable, un liquide en apesanteur dans la cabine d'une navette spatiale. Elle ne sentait plus son corps. Elle venait de voir son père pour la dernière fois de sa vie et elle ne ressentait *rien*.

Elle surveillait le coin supérieur gauche de son écran en marchant. Hypnotisée par l'écran, elle percuta quelqu'un sortant d'un Abribus, au moment où elle passait à côté de l'auvent en béton gris.

« Désolée », dit-elle, mécaniquement, sans quitter des yeux son téléphone. Elle continua sa route, dans une sorte de transe, levant l'appareil de plus en plus haut au-dessus de sa tête, le dirigeant vers des relais invisibles, comme si quelques centimètres de plus ou de moins pouvaient faire une différence.

« Heloise ? »

Elle se tourna vers la voix qui venait de l'interpeller. Plissa les yeux et regarda la femme qui marchait à quelques mètres derrière elle, se demandant si elle devait rester sur place ou continuer à marcher.

Anna Kiel ne la regardait pas directement.

Elle approcha de quelques pas, puis s'arrêta devant une colonne Morris, généreusement recouverte d'affiches de toutes sortes, un peu avant d'arriver à la hauteur d'Heloise.

« Heloise », insista-t-elle, en faisant mine de lire une affiche de théâtre à moitié déchirée.

Elle était différente des photos qu'Heloise avait vues d'elle. Pas de longs cheveux blonds, mais une coupe garçonne d'un châtain noisette. Elle avait un visage maigre et pâle, presque émacié, et elle était plus petite qu'Heloise se l'imaginait. Plus petite en tout cas que le mètre soixante-douze mentionné dans le rapport de police. On aurait dit une petite fille. Heloise avait du mal à voir en elle une femme capable d'assassiner de sang-froid un adulte normalement constitué, un homme de la stature de Christoffer Mossing.

Heloise acquiesça. « C'est moi.

— Suivez-moi. Gardez vos distances », ordonna Anna Kiel en commençant à marcher.

Heloise lui emboîta le pas, prenant soin de rester dix à quinze mètres en arrière. Elles marchèrent ainsi pendant presque un quart d'heure, longeant des rues flanquées de maisons délabrées des deux côtés, traversant une passerelle au-dessus d'une voie rapide, longeant de grands immeubles avec de petits balcons encombrés de bric-à-brac, de plantes vertes fanées, de fils à linge et de paraboles.

Quand enfin Anna Kiel ralentit, ce fut pour entrer dans un restaurant algérien, coincé entre une onglerie et une boutique d'alimentation animale.

Heloise hésita un instant à la suivre. Finalement, elle passa la porte, mais s'arrêta sur le seuil. Avec circonspection, elle inspecta des yeux le petit local sombre. Un homme et une femme à la peau noire, assis à une table dans un angle, mangeaient, à même un plat à tajine, une préparation qui dégageait un parfum de cannelle et d'anis étoilé. Derrière le bar, un homme brun, d'un certain âge, versait du thé dans des verres violets. À part eux, le restaurant était désert.

Aucune trace d'Anna Kiel.

Elle allait se renseigner auprès de l'homme derrière le bar quand celui-ci lui fit un signe de tête indiquant un passage au fond de la pièce.

Les perles rubis du rideau qui occultait la porte s'entrechoquèrent au passage d'Heloise. Elle pénétra dans une arrière-salle décorée de lampions orange suspendus au plafond. La pièce devait servir à des réceptions. Une grande table en chêne en occupait le centre avec une vingtaine de chaises autour et, au bout de la table, Anna Kiel.

Heloise se figea, dans l'expectative.

Anna Kiel lui désigna d'un geste du menton une chaise à côté d'elle. « Asseyez-vous. »

Heloise approcha. S'arrêta à trois chaises de distance, et s'assit. Elle ouvrit les mains, les croisa devant elle et dit :

« Vous vouliez me parler ? »

Anna Kiel sourit. « Ce n'était pas mon plan, au départ. Nick voulait vous voir, et mon rôle était de vous faire venir ici. J'ignorais qui vous étiez avant qu'il me parle de vous. Mais puisque vous êtes là… » Elle haussa les épaules. « Pourquoi pas ?

— En fait, vous n'avez pas du tout besoin de moi ?

— À vrai dire, non.

— Alors tout ça, tout ce qui est arrivé ces dernières semaines où j'ai marché dans vos pas pour tenter de comprendre quelque chose à l'affaire Mossing, ça n'a servi à rien du tout ?

— Ça a servi à vous amener ici.

— Pourquoi m'envoyer ces lettres ? Vous auriez aussi bien pu m'appeler et me dire de quoi il s'agissait.

— Vous seriez venue, si j'avais fait ça ?

— Pour connaître votre histoire ? Oui.

— Vous seriez allée voir votre père ? »

Heloise ne répondit pas immédiatement. « Non, peut-être pas.

— Et du coup, je n'aurais pas eu d'histoire à partager avec vous. Ou du moins, je n'aurais eu aucune preuve de ce que je vais vous raconter. »

Heloise la regarda sans rien dire.

« Je suis désolée que vous ayez été mêlée à tout ça, dit Anna Kiel. Mais vous avez la possibilité de transformer le mal en bien.

— Comment ça ?

— Vous pouvez veiller à ce que de mauvaises personnes soient punies pour ce qu'elles ont fait.

— Et vous ?

— Que voulez-vous dire ?

— Vous avez tué un homme. À mes yeux, vous ne valez pas mieux que ces gens que vous poursuivez. Pourquoi vous aiderais-je à mettre des criminels en prison alors que vous-même essayez d'échapper à une peine méritée ? »

Anna Kiel hocha la tête en se mordillant la lèvre inférieure d'un air songeur.

« Nous pouvons passer un accord, si vous voulez. Quand ces gens auront été confrontés à ce qu'ils ont fait, quand le monde entier saura quels monstres ils sont, vous pourrez vous en prendre à moi.

— Non, répliqua Heloise. Quand cette histoire sera terminée, je ne veux plus rien avoir à faire avec ça. Je ne veux plus entendre parler de vous. Tout ce qui se passera ensuite sera votre problème. D'accord ?

— D'accord.

— Vous ne pourrez pas fuir éternellement, vous le

savez ? » Anna Kiel sourit. « Je suis prête à prendre le risque.

— De quoi est-ce que vous vivez ? s'enquit Heloise. C'est Kenneth qui vous envoie de l'argent ? »

Une expression très douce passa sur le visage d'Anna Kiel. « Ne vous inquiétez pas pour ça.

— Si vous êtes vraiment son amie, cela ne vous dérange pas de savoir que vous risquez de lui attirer de sérieux ennuis avec la police en lui permettant de vous aider ? »

Anna Kiel souriait toujours. « Ne vous inquiétez pas pour ça. »

42

Les deux femmes se jaugèrent un long moment. Puis Anna rompit le silence : « Vous voulez l'entendre, mon histoire, oui ou non ? »

Heloise acquiesça. Elle sortit son dictaphone de la poche intérieure de son blouson et le montra à Anna.

« J'aimerais que vous m'autorisiez à vous enregistrer. D'accord ?

— Oui.

— Vous devez savoir que j'utiliserai probablement ce que vous allez me dire dans mon article. Je vais devoir vous citer. »

Anna se pencha, joignit ses mains devant elle et fixa le plateau de la table intensément pendant quelques secondes, comme si elle étudiait les nervures du bois. Puis elle commença à parler : « Avez-vous la moindre idée de ce que c'est que de grandir dans une maison vide ? Sans réel contact avec un adulte. Complètement seule. »

Heloise secoua la tête.

« Je sais. Votre père m'a parlé de votre vie ensemble. Vous avez eu une enfance heureuse, n'est-ce pas ?

— C'est vrai.

— Oui. » Anna Kiel hocha la tête. « C'est ce que j'ai cru comprendre. Il vous aime, vous savez ? Moi, je n'ai pas connu ça. Il n'y avait pas d'amour autour de moi. Pas d'adulte dans ma vie. Mon père était toujours au travail ou sorti en ville, quant à ma mère… ». Un sourire sarcastique plissa ses lèvres.

« … elle était trop occupée pour être une mère. Il fallait qu'elle aille dépenser tout l'argent que mon père s'échinait à gagner.

— Au jeu ?

— Au jeu, oui. Évidemment. » Elle marqua une courte pause. « Quoi qu'il en soit, il n'y avait jamais rien à manger dans le réfrigérateur, que des bières. Et personne pour venir me border le soir. Personne pour s'occuper de moi.

— Comment se fait-il que personne ne soit intervenu ? Quelqu'un de l'école aurait dû porter plainte à la police, aux services sociaux !

— Porter plainte pour quoi ? J'avais appris à me débrouiller, je restais dans mon coin, je ne me plaignais jamais. Mes instituteurs ne se sont jamais aperçus de ce qui se passait à la maison ; ils croyaient que c'était moi qui posais problème. Ou alors, ils s'en fichaient, je n'en sais rien. En tout cas, personne n'a rien dit.

— Et ensuite, que s'est-il passé ?

— À un moment donné, mon père a disparu. Je crois qu'il en a eu marre de la vie que nous menions, marre de nous. Il est parti au Groenland, il a trouvé du boulot là-bas. Les premiers temps, il nous envoyait de l'argent. »

Heloise faillit dire à Anna qu'elle avait rencontré Frank Kiel ; qu'il avait essayé de se servir de la situation de sa fille pour lui soutirer de l'argent. Mais elle se refusait à être la cause d'une nouvelle blessure dans le cœur d'Anna Kiel.

Alors elle se tut, et écouta.

« Quand l'argent a cessé d'arriver, ma mère a sombré dans un gouffre. Elle s'est mise à dépenser de l'argent que nous n'avions pas. Beaucoup d'argent. Elle empruntait des sommes importantes qu'elle dépensait au jeu et quand elle perdait, elle était incapable de rembourser ce qu'elle devait. » Elle se tut, tandis que les souvenirs remontaient à la surface, cligna des yeux pour les chasser. « Je me rappelle le soir où ils sont venus chez nous. Ma mère n'était pas là, elle était sortie. Je ne savais pas où. Je ne savais jamais où elle était. Mais il était tard et j'étais déjà au lit quand on a sonné à la porte. J'ai cru que c'était elle. Elle rentrait toujours saoule ou défoncée et elle avait souvent perdu son sac ou ses clés, ou les deux. Alors j'ai pensé que c'était ma mère qui était à la porte.

— Mais ce n'était pas elle.

— Non. C'était deux hommes.

— Vous les connaissiez ?

— Je ne les avais jamais vus de ma vie.

— Qu'est-ce qu'ils voulaient ?

— Ils ont demandé à voir ma mère et je leur ai répondu qu'elle allait rentrer bientôt. Mais je ne savais pas si c'était vrai. J'étais là, dans ma chemise de nuit, à trembler de peur, et à espérer qu'ils s'en iraient. L'un d'entre eux avait une attitude plutôt enjôleuse. Il a souri et il m'a dit que j'étais jolie. Il m'a demandé mon âge.

— Et quel âge aviez-vous ?

— Huit ans. »

Heloise secoua la tête, horrifiée.

« Et puis, il s'est penché, le plus glauque des deux, il m'a prise par la nuque et il m'a embrassée. Il a entré de force sa langue dans ma bouche. Je me souviens encore aujourd'hui de son goût de cigare et de vin, et de la sensation de sa salive gluante sur ma langue.

— Vous l'avez repoussé ?

— Non, j'étais pétrifiée de frayeur. Je l'ai laissé faire. Et pendant que j'étais debout, là devant eux, j'ai senti quelque chose de chaud couler entre mes jambes. C'était mon urine. J'ai fait pipi dans ma culotte tellement j'étais terrorisée. Quand ils s'en sont aperçus, ils ont éclaté de rire.

— Comment avez-vous fait pour vous en débarrasser ?

— Je ne sais pas comment, mais à un moment j'ai réussi à refermer la porte. Ensuite, je suis restée dans le noir de l'entrée à les écouter dans le petit jardin, côté rue, où ils attendaient le retour de ma mère. Quand elle est arrivée, j'ai entendu qu'ils l'empoignaient et qu'ils lui collaient quelques gifles. Je les ai entendus la menacer et lui parler de l'argent qu'elle leur devait. "Tu as jusqu'à vendredi", disaient-ils. Elle leur a répondu qu'elle ne pouvait pas réunir la somme qu'ils lui demandaient. Qu'elle ferait ce qu'ils voudraient, qu'il devait bien y avoir un autre moyen pour elle de payer sa dette.

— Et qu'est-ce qu'ils ont dit ? »

Anna Kiel haussa les épaules et sourit tristement. « Ils ont dit : "Ta fille, comment s'appelle-t-elle ?" »

Heloise sentit son estomac se retourner. « Ils vous ont réclamée, vous, en guise de remboursement ?

— Je me souviendrai toujours du soulagement et de la joie que j'ai perçus dans la voix de ma mère quand elle a compris qu'elle allait s'en tirer à si bon compte. Elle n'a pas hésité une seconde à me sacrifier.

— Elle a payé ses dettes de jeu avec vous ? »

Anna Kiel acquiesça. « Oui, elle m'a conduite dans un endroit quelques jours plus tard, une usine abandonnée dans Nordhavn, m'a déposée et m'a dit : "Amuse-toi bien !" Quand j'y pense, je n'en reviens pas qu'elle m'ait vraiment dit ça. » Anna Kiel ricana, incrédule. « J'ai donc entamé ma carrière sexuelle le jour de mes neuf ans. Ce fut le cadeau d'anniversaire que me fit ma maman. »

Heloise ferma les yeux. Il lui était impossible d'imaginer avec quel sentiment de trahison Anna Kiel avait dû grandir et elle ne pouvait que deviner ce que ce genre d'expérience pouvait faire à un enfant. À son psychisme.

« Je suis tellement désolée », fut tout ce qu'elle trouva à dire.

Anna Kiel hocha la tête sans la regarder. « La première fois, ils étaient trois à me prendre à tour de rôle. Ils sentaient la sueur et une autre odeur doucereuse que je ne connaissais pas ; un mélange de miel et de chlore : j'ai su plus tard que c'était l'odeur du sperme. Il y en avait d'autres qui se contentaient de regarder en se masturbant. Ils attendaient leur tour. Ça a continué comme ça pendant quelque temps. Ma mère me déposait devant l'entrepôt ; ils m'emmenaient à l'intérieur et ils me violaient.

— C'est arrivé combien de fois ?

— Vous voulez savoir combien de fois je suis allée là-bas, ou combien de fois ils m'ont violée ?

— Combien de fois êtes-vous allée dans cet endroit avec ces hommes ?

— Sept ou huit fois, je crois, sur une période d'un peu moins d'un an. À un moment, ils ont dû se lasser de moi, je suppose. Ils devaient avoir envie de chair fraîche. Ça s'est arrêté du jour au lendemain. Je n'ai jamais demandé à ma mère pourquoi. Nous n'en avons jamais parlé.

— Combien d'hommes ont participé à ce que vous venez de me raconter ?

— Je me souviens de neuf personnes.

— Neuf hommes ?

— Oui.

— Ils ont tous abusé de vous ?

— Oui. Il y en avait un dixième, mais il s'est toujours contenté de regarder. »

Heloise essaya d'avaler sa salive, mais sa bouche était trop sèche. « Est-ce que c'était mon père ? »

Anna Kiel acquiesça.

« Comment avez-vous fait pour le retrouver, tant d'années après ? Comment saviez-vous qu'il se trouvait à Paris ?

— Je l'ai appris par hasard. Je suis tombée sur un article, un jour. Un entrefilet dans un journal, au Danemark, qui disait qu'un citoyen danois avait été condamné pour pornographie infantile. Qu'il était incarcéré à Paris. Un certain Nick Kaldan. Le prénom avait une résonance familière dans ma tête : *Nick*. Je me suis souvenue des voix autour de moi dans l'entrepôt : *Allez viens, Nick. Viens l'essayer, Nick. Ne sois pas si timide, Nick.* J'ai vérifié le nom, j'ai trouvé une ancienne photo de lui sur la quatrième de couverture d'un livre et je l'ai reconnu.

— Et ensuite ? Vous êtes venue ici ?

— Non, pas tout de suite. D'abord, j'ai... » Elle passa son pouce tendu sur sa gorge. « Quand je me suis enfuie du Danemark, je suis venue ici. En France. J'avais gardé de votre père le souvenir d'un homme... » Elle chercha un mot qui convienne et s'arrêta finalement sur : « ... réservé. Il n'était pas comme les autres. Les articles que j'ai lus sur son procès m'avaient également donné le sentiment qu'il regrettait ce qu'il avait fait. Alors, je suis venu le voir, et nous avons passé un accord. Et nous voilà... »

Heloise expira longuement en se massant les tempes. « Bon, OK. Alors maintenant, vous pouvez prouver que vous avez subi tout ça ?

— Malheureusement non, je ne peux pas prouver ce qu'ils m'ont fait personnellement. À ma connaissance, il n'existe aucune trace de cette époque, ni photo ni film, et même si je disposais d'une preuve matérielle, le délai de prescription est passé. Il n'y a rien que je puisse faire. Juridiquement, en tout cas. » Elle s'interrompit, le temps de sortir un dossier jaune de son sac à dos. « Mais je peux prouver qu'ils ont fait la même chose à d'autres enfants », dit-elle en posant le dossier devant Heloise. « Votre père m'a donné accès...

— ... à leur réseau de communication. Je sais. Il me l'a dit.

— J'ai tout, là-dedans. Les coordonnées des neuf hommes dont je me souviens, ainsi que de trois autres qui sont arrivés depuis. » Elle tapota la couverture du dossier. « Il y avait aussi un jeune homme, à l'époque.

— Un jeune homme ?

— Je l'ai vu un jour où j'étais dans l'entrepôt. Il s'était caché dans un grand placard à outils et il avait laissé la porte entrebâillée. Il devait avoir environ quinze ans. Nos regards se sont croisés pendant qu'un des adultes me baisait par-derrière en ahanant. Pendant un moment, j'ai cru qu'il allait venir à mon aide, parce qu'au début il avait l'air choqué par ce qu'il voyait. Mais il n'a rien dit, il n'a rien fait. Il est juste resté planqué à me regarder. » Anna Kiel hocha la tête pour elle-même. « Je me souviens de ses yeux. Ils brillaient comme ceux d'un chat, comme des bandes réfléchissantes dans l'obscurité du placard. Mais alors que nous nous regardions, son expression a changé, brusquement : de compatissante, elle est devenue froide et pleine de mépris. Il est resté caché pour continuer à profiter du spectacle, et à un moment il m'a fait un clin d'œil. Pas un clin d'œil de connivence, un clin d'œil libidineux et terrifiant. Un clin d'œil qui voulait dire : “Tu souffres, et moi j'adore te regarder souffrir.”

— Qui était-il ? Et comment était-il arrivé dans ce placard ? » Heloise sentit un picotement dans sa nuque. Une de ses intuitions sans doute.

« J'ai cru que c'était un gosse du quartier qui s'était faufilé à l'intérieur de l'usine par curiosité.

— Et qui serait tombé sur cette scène par hasard ?

— C'est ça, oui, acquiesça Anna Kiel. Plus tard,

après que les adultes sont partis, je suis restée toute seule, couchée sur le lit. Je ne pleurais pas, parce que j'avais verrouillé mes sentiments, bloqué l'accès à mes émotions. Mais j'avais mal, physiquement. J'avais du sang entre les jambes et les genoux écorchés. Ils avaient été particulièrement durs avec moi, ce jour-là ; ils s'étaient bien amusés, en me passant de l'un à l'autre comme un joint qu'on se refile. »

Heloise inspira nerveusement, bouleversée, secoua la tête, terrassée par l'émotion.

« J'avais remis une partie de mes vêtements, ma culotte, ma robe, en attendant que ma mère vienne me chercher, et c'est alors qu'il est entré dans la pièce. J'ai voulu lui parler, mais il a mis son doigt sur ses lèvres et m'a dit : "chut !" Puis il est allé fermer la porte tout doucement et il s'est jeté sur moi. Il m'a prévenue qu'il me tuerait, qu'il me trancherait la gorge si je faisais le moindre bruit, si les autres nous entendaient.

— Qu'est-ce qu'il vous a fait ?

— Il a arraché ma culotte et il a fait sa petite affaire. C'était violent, brutal, il me frappait en même temps qu'il me baisait. C'était un sadique, un dominateur. Je crois qu'il avait une revanche à prendre. Il essayait d'imiter les adultes et de me faire du mal pour s'amuser. Il trouvait cela drôle. Il prenait du plaisir à me faire du mal. »

Le rideau de perles cliqueta et Anna regarda dans cette direction, traquée. Heloise se retourna en même temps. Le barman se tenait sur le seuil.

« Vous voulez commander quelque chose à boire ? leur demanda-t-il en français.

— Du thé, merci. Et une carafe d'eau», répondit Anna dans la même langue. Elle regarda Heloise qui hocha la tête.

«De l'eau, ce sera très bien.»

L'homme repartit.

«Vous me parliez du jeune garçon, dit Heloise.

— C'est la seule fois où je l'ai vu là-bas. Je ne sais pas pourquoi, mais ce soir-là, il a porté l'humiliation à un niveau supérieur. Peut-être parce que, l'espace d'une seconde, quand il était caché dans ce placard et que nos regards se sont croisés, j'ai cru qu'il allait... je me rends compte en le disant aujourd'hui que c'était ridicule de ma part, mais j'ai vraiment cru qu'il allait me sauver.» Elle sourit et secoua la tête comme pour chasser une pensée absurde. «Alors qu'il attendait simplement son tour.

— Vous n'avez jamais raconté tout cela à qui que ce soit? Il n'y a que votre mère qui sait ce que vous avez subi?

— Je l'ai raconté à Kenneth.

— Pensez-vous qu'il serait prêt à le confirmer? Vis-à-vis de moi, je veux dire. Afin que je puisse citer mes sources?

— Oui. Kenneth ferait n'importe quoi pour moi. Et moi pour lui.

— Et après, que s'est-il passé? Au bout d'un an, votre mère avait réglé sa dette, ou quoi?

— Je suppose, oui.

— Et vous n'êtes jamais retournée dans cet entrepôt? Vous n'avez jamais revu aucun de ces hommes?

— Je n'y suis jamais retournée, non. Mais dans ma

tête, je n'en suis jamais ressortie. Tous les soirs, quand je fermais les yeux, j'étais à nouveau dans cette pièce, sur ce matelas. Ils m'ont détruite. Je suis devenue dure, colérique, insensible. J'avais tant de haine en moi. Et je n'avais plus confiance en personne. »

Heloise hocha la tête. Cela collait bien avec le dossier scolaire d'Anna et l'avis des psychologues.

« Votre fiche signalétique, à la police, dit que vous êtes psychopathe. »

Anna Kiel haussa les sourcils : « Psychopathe, vraiment ? Whaouh, ça a l'air grave ! »

Heloise haussa les épaules. « Oui, assez.

— Hmm. Il me semble que j'ai quelques circonstances atténuantes. S'ils veulent me traiter de psychopathe, libre à eux. Mais c'est peut-être ce que je suis, en effet. C'est peut-être ce que je suis devenue, par leur faute. »

43

Le barman vint leur apporter à chacune un verre d'eau et une tasse. Puis il remplit leurs tasses à l'aide d'une petite théière en céramique noire qu'il posa ensuite exactement au milieu avant de ressortir tranquillement de la salle en traînant des pieds dans ses babouches.

Heloise tendit la main pour ouvrir la chemise cartonnée, mais Anna Kiel se leva et vint poser sa main sur la sienne, l'en empêchant doucement.

« Non, dit-elle. Tout ce dont vous avez besoin se trouve dans ce dossier. Quand nous en aurons fini, ici, vous pourrez commencer à écrire votre histoire. Vous ferez passer tous les éléments à la police et, avec son aide, vous démolirez ces ordures, un par un. Mais le temps que nous avons à passer ensemble est compté – nous nous voyons aujourd'hui et nous ne nous reverrons plus jamais. Alors pour l'instant, c'est moi qui parle. Vous lirez plus tard. »

Heloise reposa sa main à côté du dossier jaune. Elle lança un rapide regard sur le dictaphone pour s'assurer qu'il tournait toujours. Le voyant était allumé, et les variations des ondes sonores apparaissaient sur le diagramme comme des battements de cœur sur un électrocardiogramme.

« D'accord, dit-elle. Continuez.

— J'ai rencontré Kenneth quand j'étais en cinquième. Il était une classe au-dessus de moi, et nous avions surtout en commun d'être seuls. Au collège, nous étions très isolés, nous nous sentions rejetés et différents. Inadaptés. Nous sommes devenus très proches. Contrairement à moi, Kenneth vient d'un foyer heureux, il est entouré par une famille aimante et stable. C'est lui qui m'a appris qu'il existe sur cette terre des êtres bienveillants, des gens qui seraient prêts à tout pour aider leur prochain. Des êtres sur qui on peut compter. Ce n'était facile ni pour lui ni pour moi, au collège, mais nous étions là l'un pour l'autre. Nous nous sommes soutenus mutuellement et j'ai lentement commencé à me sentir mieux.

— Vous avez réussi à vous remettre de tout ça ? »

Anna Kiel sourit. « J'ai dit que j'avais commencé à me sentir mieux, pas que j'allais bien.

— Vous voulez bien m'en dire un peu plus à ce sujet ? »

Anna Kiel but une gorgée de thé et reposa la tasse. Puis elle reprit :

« Pendant des années, j'ai essayé d'oublier ce qui m'était arrivé. Je suis partie de la maison dès que j'ai été assez grande pour trouver du travail, et je ne suis jamais revenue en arrière.

— Votre mère m'a dit, en effet, qu'elle ne vous avait jamais revue.

— Vous avez vu ma mère ?

— Oui.

— Alors ça ne doit pas vous étonner que je n'aie pas éprouvé le besoin de la revoir. »

Heloise secoua la tête.

« Non, hein ? Je me suis débrouillée sans elle. J'ai travaillé dans des tas d'endroits : dans des cafés, dans des restaurants, dans des boîtes de nuit. Des jobs d'étudiant, vous voyez ? La plupart de mes collègues allaient à l'université et ils ne prenaient pas le travail au sérieux. Ils s'abaissaient à faire des métiers de service en attendant d'être diplômés et d'avoir une vie meilleure. Moi, je ne savais pas ce que je pourrais faire d'autre. Je n'avais pas le sentiment que la vie me réservait mieux que cela.

— Vous n'aviez pas envie de faire des études ?

— Si, peut-être. » Elle haussa les épaules. « Mais je ne savais pas quoi faire. J'étais paumée et le temps a filé. Et puis un jour, j'ai su qu'il était trop tard. Je n'en avais tout simplement plus le courage. J'avais trouvé une sorte de quiétude, une routine, dans mon travail, dans ma vie. Ce n'était pas le bonheur, mais je n'étais plus à la dérive. J'allais mieux.

— Et alors, qu'est-il arrivé ?

— À l'époque, cela remonte à quelques années, je travaillais dans un restaurant à Store Kongensgade, Madklubben. »

Heloise hocha la tête. Elle connaissait l'endroit.

« C'était un bon job, j'avais des collègues sympathiques. Il venait une clientèle variée ; il y avait des étudiants, des membres de la jet-set, des retraités, des touristes, des célébrités, toutes sortes de gens. J'aimais bien cet endroit. J'étais contente de travailler là-bas.

— Et qu'est-ce qu'il s'est passé ?

— Un soir, au briefing, le chef de rang m'a attribué la salle de réception. Un groupe assez important l'avait louée, pour un enterrement de vie de garçon. Ils étaient vingt-deux à table pour dîner et on m'a demandé de les servir. Ça ne me posait aucun problème. J'étais une bonne serveuse et tout à fait capable d'assurer le service toute seule. Les convives sont arrivés vers 20 h 30. Ils étaient déjà saouls, de très bonne humeur. L'hôtesse les avait installés dans une salle à part, loin des autres clients, et pendant qu'ils s'asseyaient, j'ai commencé à apporter du vin à table. J'ai attendu qu'ils se taisent pour leur souhaiter la bienvenue et leur présenter le menu. »

Elle s'interrompit un long moment pour se remémorer la soirée. Heloise allait l'inviter à continuer quand elle se remit à parler.

« Tous les regards étaient tournés vers moi tandis que je leur parlais de coquilles Saint-Jacques et de crème au lait fermenté avec une poudre de croquants à l'amande amère. J'étais là, les mains croisées devant mon tablier en train de regarder l'assemblée avec amabilité… » Elle fit une pause, inspira : « … quand nos regards se sont croisés.

— Avec qui ? demanda Heloise.

— Le garçon du placard. C'était lui. C'était un adulte, à présent, comme moi, et il était différent, ou peut-être simplement plus vieux. Il avait les épaules plus larges, il était plus grand. Il avait quelques rides très fines et un peu de barbe au menton et sur les joues. Mais c'était bien lui. Il n'y avait aucun doute là-dessus.

J'ai failli vomir. J'ai commencé à trembler ; j'avais effroyablement peur qu'il me reconnaisse.

— Et il vous a reconnue ?

— Pas tout de suite, non. Je crois qu'il ne me voyait même pas, alors que j'étais là, debout devant eux, en train de parler. Vous avez remarqué cette façon qu'ont les riches de regarder les domestiques et les serveuses ? Sans réellement les voir. Vous pouvez servir tout un dîner à des rupins, danser le french cancan sur la table sous leur nez et, cinq minutes plus tard, ils seraient incapables de vous reconnaître dans une parade d'identification. Les filles comme moi sont tout simplement invisibles pour ces gens-là. »

Heloise haussa les épaules. Anna n'avait sans doute pas tort.

« À un moment donné, dans la soirée, il est venu me voir. Il voulait que ses invités boivent un cognac spécial avec le café. Celui que je leur avais servi n'était pas assez bon, apparemment. Mais j'ai dû lui répondre que nous n'avions que ces marques-là. Alors il a sorti son portefeuille et il en a extrait une carte de visite qu'il a glissée dans la poche de mon tablier. "Allez faire un saut dans le restaurant d'en face, m'a-t-il dit. Demandez-leur deux bouteilles de Remy Martin Louis XIII, montrez-leur ma carte et dites-leur que c'est pour Christoffer Mossing. Ils me connaissent. Ils n'auront qu'à m'envoyer la facture." »

Heloise cligna des paupières et sentit sa respiration s'accélérer. « C'était Christoffer Mossing ? Le type du placard était Christoffer Mossing ?

— C'était lui, oui. Quand je l'ai vu au restaurant ce soir-là, je me suis dit qu'il s'en était drôlement bien sorti dans la vie, dit Anna Kiel. Notre rencontre dans l'entrepôt, les coups qu'il me donnait pendant qu'il me violait… » Elle grinça des dents, les poings serrés. « … n'avaient manifestement pas détruit son existence à lui. Il n'avait eu aucune difficulté à faire des études, ni à se construire une belle vie. D'après sa carte de visite, il était avocat de la défense dans un grand cabinet des quartiers chic au nord de la capitale et il devait être bourré de fric. Il avait l'air d'aller très bien.

— Qu'est-ce que vous lui avez dit ? »

Elle haussa les épaules. « Rien du tout. Je suis allée chercher les bouteilles d'alcool qu'il m'avait demandées et je les ai posées devant lui sur la table. » Son regard se fit lointain. « À la fin de la soirée, je l'ai revu au vestiaire. Il cherchait son paquet de cigarettes dans la poche de sa veste, il était ivre. Il a attrapé mon bras au passage. J'ai essayé de me dégager, mais il a tiré plus fort et l'a serré à me faire mal. Je lui ai dit de me lâcher, mais il a serré plus fort encore et il s'est collé contre moi. Il m'a dit : "J'ai oublié comment tu t'appelles", et il m'a fait un clin d'œil ! Il m'a fait un foutu clin d'œil. Ce porc ! Déjà à ce moment-là, j'étais à deux doigts d'aller prendre un couteau dans la cuisine et de le lui planter dans la gorge. »

Heloise se tortilla nerveusement sur sa chaise. « C'est à ce moment-là que vous avez décidé de le faire ? De tuer Christoffer Mossing ?

— Même pas. J'avais juste envie de m'enfuir le plus loin possible. J'ai dit à mon chef que je ne me sentais pas bien et il m'a laissée partir. J'ai pris mes jambes à mon cou.

— Vous l'avez revu ? Enfin, je veux dire, avant le soir où…

— Oui. Les premiers temps, j'ai essayé d'oublier cette rencontre, mais je n'y suis pas parvenue. Les mois suivants ont été terribles, et tous les cauchemars de mon enfance sont revenus. J'allais mal, très mal.

— Vous aviez peur de lui ?

— Je n'avais pas peur, non. J'étais… » Elle s'interrompit et croisa les doigts derrière sa nuque. « J'étais furieuse, j'étais dévorée par une rage incandescente qui bouillait et menaçait à chaque instant de déborder. Il ne me considérait pas comme un être humain. Il ne voyait en moi qu'un objet sans aucune valeur. Une quantité négligeable ! Un pauvre jouet avec lequel il s'était amusé quand il était gosse.

— Alors qu'est-ce que vous avez fait ?

— J'ai commencé à enquêter sur lui. J'ai cherché à savoir qui il était et où il habitait. J'ai lu sur la Toile des articles sur son travail, sur les affaires qu'il plaidait, les gens qu'il défendait. À un moment, alors que je faisais une recherche avec son nom, je suis tombée sur une interview de son père dans le magazine financier *Børsen*. Le puissant Johannes Mossing. Et là… » Elle ouvrit les mains et un pâle sourire effleura ses lèvres. « Et là, tout est devenu clair.

— Que voulez-vous dire ?

— C'était lui, dit Anna Kiel. L'homme qui est venu sonner à la porte de la maison de mon enfance, ce soir-là. Celui qui m'avait choisie. Qui m'avait achetée à ma mère.

— C'est Johannes Mossing qui vous a embrassée sur le pas de votre porte quand vous aviez huit ans ? »

Anna Kiel hocha la tête.

« Et il a participé aussi aux viols qui ont suivi ? Il était présent dans l'entrepôt sur le port ?

— S'il était présent ? » Elle ricana. « Il était l'organisateur et l'hôte de ces soirées. C'était son bâtiment, son idée. C'est à cause de lui que ma vie s'est arrêtée le soir où deux hommes sont venus sonner à notre porte. »

Tout le corps d'Heloise vibrait d'adrénaline. « Vous pouvez le prouver ?

— Tout est là-dedans, répondit-elle en montrant la chemise cartonnée jaune. Il y a des photos, des conversations, des liens vers des fichiers audio. »

Heloise se laissa aller à la satisfaction d'avoir bouclé un sujet. Avant la fin de la semaine, elle allait révéler à tous que non seulement Johannes Mossing était un criminel, mais qu'il avait abusé sexuellement de jeunes enfants en compagnie d'autres membres d'une loge de pédophiles créée par lui. Que son fils était mort à cause de cela. C'était du lourd. Énorme.

« Pourquoi avoir tué Christoffer Mossing ? demanda Heloise. Pourquoi ne pas avoir laissé la police se charger de lui ? »

Anna Kiel se cala au fond de sa chaise.

« Il a eu ce qu'il méritait.

— Il a eu le temps de voir ce qui lui arrivait ? Ou bien vous l'avez égorgé dans son sommeil ?

— Il dormait. Mais je l'ai réveillé avec un premier coup de couteau, juste là. » Elle désigna un point au-dessus de sa clavicule gauche. « Ç'aurait été nettement moins satisfaisant s'il n'avait pas eu le temps de me reconnaître. S'il était mort sans savoir qui lui avait pris la vie.

— Et la caméra de surveillance dans l'allée ? Qu'est-ce qui vous a pris ? Pourquoi ne vous êtes-vous pas dépêchée de vous enfuir ?

— Je savais qu'on montrerait cette bande à Johannes Mossing. Même si lui ne me reconnaissait pas, quelqu'un m'identifierait, et mon nom serait révélé. Alors il se souviendrait de qui j'étais et il comprendrait que son fils était mort à cause de lui. Car il n'y a rien de pire que de perdre un enfant, ce n'est pas ce qu'on dit ? »

Heloise acquiesça. « Il paraît.

— Hmm. Je me suis dit que c'était une juste rétribution de ce qu'il m'avait fait subir. Un bon début, en tout cas.

— Mais vous avez tué un homme, Anna. Comment pouvez-vous vivre avec cette idée ?

— Je ne vais pas vous mentir. C'est très agréable.

— Mais on ne tue pas les gens comme ça ! Même pas les violeurs et les gens qui font du mal aux enfants. Ce que je veux dire, c'est : vous avez vécu une chose épouvantable ! Innommable ! Ceux qui vous ont fait ça méritent la peine la plus sévère qui soit. Mais ça ne fonctionne pas comme ça. Ils doivent être jugés, condamnés et punis – pas assassinés froidement dans leur sommeil. »

Anna secoua la tête, avec un sourire indulgent. « Le problème, c'est que cela ne fonctionne pas. Le système ne fonctionne pas. Souvenez-vous d'affaires similaires, au Danemark. Donnez-moi un exemple où un homme de ce genre a été puni à la hauteur de son crime ! »

Heloise chercha une réponse, mais elle n'en trouva pas. Alors, elle dit : « Vous allez finir en prison pour ce que vous avez fait, Anna, vous le savez ? »

Elle haussa les épaules. « Peut-être. Et peut-être pas. Il y a des femmes battues qui ont tué leur conjoint et ont été acquittées. Même le juge a compris qu'elles n'avaient pas eu d'autre solution. Peut-être m'accordera-t-on la même clémence.

— Vous aviez d'autres solutions.

— Pas si je voulais retrouver la paix. Pas si je voulais obtenir réparation de ce qu'on m'avait fait.

— Votre vie n'était pas en danger.

— Je crois que la plupart des gens seront de mon côté quand ils connaîtront mon histoire. Quand ils comprendront mes motivations.

— Si vous le croyez vraiment, rentrez au Danemark avec moi, proposa Heloise. Allons voir la police ensemble. Je peux appeler mon contact à Copenhague. Il travaille sur votre affaire et vous pourrez tout lui raconter sur…

— Non.

— Mais il va bien falloir que vous…

— Non. » Anna leva une main pour arrêter Heloise. « Comme je vous l'ai dit tout à l'heure : nous nous sommes parlé aujourd'hui et nous ne nous reverrons plus jamais.

— Je voudrais vous aider, Anna.

— Vous le faites déjà.

— Que voulez-vous dire ?

— Je veux dire que j'ai commencé ceci à ma manière et que je vous laisse le terminer à votre manière. » Elle tendit le bras pour poser la main sur le dossier et heurta sa tasse qui se renversa. Le thé tiède se répandit, déborda de la table et coula sur le pantalon d'Anna Kiel. Elle se leva brusquement et essuya le liquide d'un geste vif.

Elle chercha autour d'elle ce qu'elle pourrait utiliser pour l'essuyer.

« Voulez-vous que j'aille chercher quelque chose ? proposa Heloise.

— Non, laissez, je vais aller demander un torchon dans le restaurant, je reviens. »

Anna Kiel traversa le rideau de perles dans un cliquetis joyeux et dès qu'elle eut disparu, Heloise se précipita sur le dossier jaune. Elle n'avait plus la patience d'attendre. Il fallait qu'elle jette un coup d'œil à son contenu. Elle ouvrit la chemise au hasard et survola une page. Il s'agissait d'un *chat* entre deux personnes. Leurs noms et adresses IP figuraient au bout de chaque phrase, de chaque commentaire répugnant. Ils étaient surlignés au Stabilo jaune fluo et Heloise les mémorisa machinalement : Reinar Boysen, Poul Mark Iversen. Elle n'avait entendu parler ni de l'un ni de l'autre et se concentra sur leur conversation.

— Ils ont ouvert la piscine du port, aujourd'hui.

— Je sais, j'y étais. J'ai des photos d'une jolie petite nymphette en bas de maillot jaune soleil.

— Elle n'avait pas de haut ?

— Non.

— Blonde ?

— Évidemment.

— Quel âge ?

— Six. Peut-être sept. Un peu du genre JonBenét Ramsey, la petite Américaine qu'on a trouvée morte dans la cave de la maison de ses parents.

— Mmm. J'adore ! Envoie !

— Ce soir.

— Je suis trop impatient !

— J'ai dit ce soir.

— OK. Autre chose ? D'autres photos ?

— Le terrain de tir dans le quartier de Vesterbro. J'y suis passé cet après-midi, après la piscine. Ils ont rempli la pataugeoire. On peut s'asseoir au bord, avec son portable et prendre autant de photos qu'on veut. Les mères n'y voient que du feu.

À la page suivante elle trouva une pochette plastique mate. On ne voyait pas au travers et elle renversa son contenu sur la table, loin de la flaque de thé qui avait déjà été presque entièrement absorbée par le bois.

C'était des photos. Des photos d'enfants. Mais celles-ci n'avaient pas été prises par une belle journée d'été à Copenhague, et on n'y voyait pas de petite écolière en maillot jaune. Ces photos-là représentaient des enfants nus – un enfant différent sur chaque cliché – couchés sur un matelas rayé bleu et blanc posé à même le sol dans un local nu et sordide. Autour du matelas se tenaient des hommes, des adultes, certains torse nu ; ventres pâles et flasques, poitrines velues ; d'autres, le sexe à l'air.

Heloise en eut les larmes aux yeux. Elle n'avait jamais rien vu de plus révoltant. Mais les enfants sur les photos ne pleuraient pas. Ils n'avaient même pas l'air d'avoir peur. Leurs visages étaient sans expression, indifférents.

Heloise leva les yeux et prit conscience que plusieurs minutes s'étaient écoulées. Anna Kiel n'était pas encore revenue. Elle bondit de sa chaise et se rua sur le passage entre les deux salles. Elle regarda autour d'elle. Le couple qui dînait dans le coin tout à l'heure était parti.

Anna Kiel aussi.

Heloise s'adressa à l'homme qui leur avait servi le thé. « Dites ! La femme avec qui j'étais, vous savez où elle est ? »

Il la regarda d'un air désolé en secouant la tête et en levant les paumes au ciel.

« English, non. »

Heloise se précipita dans la rue et l'inspecta de haut en bas. Personne. Elle choisit une direction au hasard et se mit à courir en regardant fébrilement de tous les côtés. La frustration déformait sa voix quand elle lança un inutile :

« Anna ! »

En parcourant la rue des yeux, elle remarqua deux petites allées conduisant derrière les barres HLM, plusieurs camionnettes de livraison garées le long des trottoirs, une énorme femme en burka marchant vers elle, un enfant sur les bras.

Mais pas d'Anna Kiel. Elle s'était volatilisée.

Heloise mit ses deux mains sur sa tête, puis elle les laissa retomber le long de son corps, frustrée, désespérée.

Alors elle pensa au dossier.

Elle retourna rapidement au restaurant, repassa devant l'homme derrière son bar, traversa le rideau de perles et poussa un soupir de soulagement.

Il était toujours là. Les photos également, dispersées sur la table, et le sac à dos d'Anna Kiel était encore pendu au dossier de sa chaise, à trois places de celle d'Heloise.

Elle alla le décrocher, fouilla dans toutes les poches, intérieures et extérieures, le secoua et le retourna comme une chaussette. Il était vide. Il ne contenait pas le moindre petit ticket de caisse, pas la plus petite clé correspondant à quelque appartement ou à un coffre à la banque. Pas de mystérieux message susceptible de mettre la police sur une piste. Rien.

Elle venait de le jeter par terre, furieuse, quand le serveur attira son attention en se raclant la gorge dans l'encadrement de la porte. Heloise se tourna vers lui.

« You… OK ? » s'enquit-il en la montrant du doigt.

Heloise acquiesça.

Elle pêcha un billet de vingt euros dans sa poche arrière, montrant la table d'un geste circulaire indiquant qu'elle voulait payer. Il ressortit. Heloise écarta une chaise et s'assit.

Elle se remit à regarder les photos étalées sur la table en secouant la tête. Puis elle pressa la paume de ses mains sur ses yeux, jusqu'à ne plus voir que des taches de couleur.

44

« On aurait pu l'avoir, cette fois-ci ! Vous comprenez ? ! Mais qu'est-ce qui vous est passé par la tête, bon Dieu ? ! »

Schäfer faisait les cent pas en râlant. Il avait la figure presque aussi rouge que le divan d'angle bordeaux sur lequel Heloise s'était écroulée.

Elle ne répondait rien. Le laissait se défouler. Attendait tranquillement qu'il se calme.

« Putain, Heloise, pourquoi ne m'avez-vous pas prévenu que vous alliez venir ici ? On aurait cueilli Anna Kiel devant la porte de la prison. Vous vous imaginez ? Ç'aurait été une simple formalité. Elle aurait pu se trouver là, en ce moment, menottée ! » Il montra, très excité, le sac à dos vide à côté d'Heloise.

Elle hocha la tête.

« Qu'est-ce qu'elle a dit ? Où est-ce qu'elle est allée ? »

Heloise haussa les épaules. « Je ne sais pas. Elle a disparu, voilà tout.

— Elle a disparu ! Elle s'est volatilisée ? Une seconde, elle est avec vous et la seconde d'après, pfffuitt, plus personne. »

Heloise n'avait pas d'autre solution que de continuer à hausser les épaules. « C'est ce qui s'est passé, oui.

— Votre père n'a rien voulu me dire quand je suis allé le voir, alors nous allons retourner à Fresnes tous les deux, ensemble. Et vous allez le faire parler !

— Il ne sait pas où elle est.

— Comment pouvez-vous en être aussi sûre ? Il vous a peut-être menti. Il me semble que ce ne serait pas la première fois. »

Heloise leva la tête. « Ne faites pas ça.

— Quoi ?

— Ne me parlez pas de ma relation avec mon père. Je sais que j'aurais dû vous tenir au courant. J'aurais dû vous parler de lui quand vous m'avez posé la question sur mon prénom. Mais ce qui se passe entre lui et moi, nos rapports privés, ne concerne que moi. Cela ne regarde ni vous ni personne d'autre. Alors vous feriez aussi bien de laisser tomber. Je ne retournerai pas là-bas. »

Ils se jaugèrent un long moment. Aucun des deux ne baissait les yeux.

« Il ne sait pas où elle est, persista Heloise. D'ailleurs, je pense que vous n'aurez aucun mal à retrouver sa trace. Il doit y avoir des caméras de surveillance devant la prison et sur le trajet que nous avons emprunté. Pareil pour le restaurant. Leur caméra doit avoir filmé la direction dans laquelle elle est partie. Je croyais que les Français étaient les rois de la sécurité !

— On est déjà en train de vérifier.

— Qui ça, on ?

— Mes contacts, ici. La police française », répondit Schäfer en s'asseyant face à Heloise.

Par la fenêtre, derrière lui, les lueurs bleues des voitures de police éclairaient le hall d'entrée à travers la porte vitrée. La PJ, Interpol, ils étaient sur place quand elle était rentrée à l'hôtel. Et Schäfer. Ils l'attendaient et, dès son arrivée, ils s'étaient tous précipités sur elle comme une horde de petits mendiants. Agressifs, avides. Affamés d'informations.

Dans le foyer, les clients formaient un petit groupe jetant des regards curieux dans le salon-bar où Schäfer et elle discutaient. La porte à double battant qui séparait le hall du bar était gardée par deux agents en uniforme, et le gérant de l'hôtel piétinait nerveusement à leurs côtés. La présence massive des forces de l'ordre était une très mauvaise publicité pour son établissement. Dans une ville qui avait été aussi durement touchée par les attentats terroristes, ces dernières années, les gyrophares rappelaient de mauvais souvenirs.

Schäfer, qui s'était enfin assis, se pencha dans le fauteuil, les coudes appuyés sur ses genoux.

« OK, dit-il. Alors, racontez-moi au moins ce qui s'est passé. Qu'est-ce qu'elle vous a dit ? »

Heloise mit la main sur le sac à dos d'Anna Kiel posé à côté d'elle.

« C'est bon, vous avez fini de m'engueuler ? »

Schäfer leva un sourcil et haussa les épaules, résigné.

« Très bien, alors je crois que vous allez être de meilleure humeur quand je vous aurai dit ce qu'elle m'a raconté. »

Il se redressa dans son fauteuil. « Je vous écoute. »

Heloise sortit le dictaphone de sa poche et le posa devant l'inspecteur Schäfer, sur la table de marbre vert foncé.

Ensemble, ils écoutèrent la voix rauque d'Anna Kiel pendant les quarante-sept minutes qui suivirent.

Quand ce fut fini, Schäfer s'écria : « Dites-moi que vous avez les documents dont elle parle. »

Il s'était remis debout à la moitié de l'enregistrement, trop nerveux pour rester immobile. À présent, il se tenait devant Heloise, les mains sur les joues, avec l'air d'un participant à quelque jeu télévisé qui attend de savoir s'il a gagné le jackpot.

« Je les ai », confirma Heloise.

Schäfer ferma les yeux et serra le poing en un geste de triomphe.

Heloise sortit le dossier et le lui tendit.

« C'est ça ? Toutes les preuves sont là-dedans ?

— Oui. Je n'ai fait que les survoler, mais ce que j'ai eu le temps de voir est absolument démentiel. Il y a des DVD de pornographie infantile, des photos d'abus sexuels sur des enfants, des messages par *chat* et des tas d'autres horreurs. Il y a le nom des personnes impliquées dans ce trafic, avec leurs adresses IP et des photos sur lesquelles on les reconnaît. On va épingler ces ordures, Schäfer. Tous autant qu'ils sont. »

Schäfer leva les yeux vers Heloise. « On ?

— Oui.

— Je suis désolé, Heloise, je ne vous laisserai pas écrire un article là-dessus. Pas pour l'instant.

— Pardon ? » Elle se leva, offusquée. « C'est moi qui

suis venue jusqu'ici chercher cette histoire ! Elle est à moi !

— C'est trop tôt. Je regrette. Vous allez devoir attendre mon feu vert.

— L'un des hommes les plus riches du Danemark a violé des enfants. Si je n'écris pas cette histoire, un autre le fera, croyez-moi. C'est mon scoop, Schäfer ! C'est moi qui dois écrire cette histoire.

— Je vous le promets, mais pas tout de suite. Pas avant qu'on ait bouclé cette enquête. Si vous publiez quoi que ce soit avant qu'on ait mis ces trous du cul en prison, ils seront prévenus. Et je ne laisserai pas Johannes Mossing m'échapper encore une fois. »

Heloise croisa les bras sur sa poitrine. « Alors, qu'est-ce que vous suggérez ? »

Schäfer passa à côté d'elle et alla s'entretenir un instant avec les deux policiers en faction devant la porte. Puis il ferma à clé l'accès au salon-bar de sorte qu'Heloise et lui ne soient pas dérangés.

« Je suggère que nous nous préparions sérieusement avant la phase suivante », dit-il en s'installant confortablement dans le fauteuil, le dossier bien en main.

« Venez. Asseyez-vous », dit-il en lui désignant le canapé. « Commençons par la première page. »

45

« Non, mais c'est pas vrai ! »

Schäfer feuilletait les documents de A à Z pour la troisième fois, photos et copies volant de la table basse pour atterrir sur le tapis à poils longs en dessous.

« Dites-moi que je RÊVE !

— Je ne comprends pas, bredouilla Heloise.

— Mais il n'y a rien, là-dedans ! Il n'y a absolument rien sur Johannes Mossing.

— Anna m'a dit que c'était lui. Elle a dit qu'il y avait des preuves dans le dossier qu'il…

— MERDE ! » rugit Schäfer en donnant un énorme coup de pied à la chemise cartonnée qui alla voler à l'autre bout du salon. « Où sont-ils ? Où sont les documents qui incriminent Mossing ? Où est la photo de lui, la queue à la main ? »

Heloise secouait la tête, déroutée. « Ça n'a pas de sens. Pourquoi aurait-elle menti à ce sujet ?

— Elle a dit la vérité, bouillonnait Schäfer. C'est Mossing qui est derrière tout ça. Je le sais. C'est sa peau à lui que veut Anna ; elle vous l'a dit. Toute cette affaire tourne autour de lui. Si seulement on pouvait la convaincre de témoigner…

— C'est ce que j'ai essayé de lui dire. Je lui ai conseillé de porter plainte. Mais elle m'a répondu que c'était trop tard. Que les faits remontaient trop loin en arrière et qu'il y avait prescription. »

Schäfer secoua la tête. « C'est faux.

— Je vous assure que c'est vrai. Vous l'avez entendu vous-même sur le dictaphone.

— Elle l'a dit, mais elle se trompe. Le délai de prescription pour les actes de viol aggravé, comme c'est le cas dans cette affaire, est de quinze ans. Et si la victime avait moins de quinze ans au moment du viol, on calcule ce délai à partir de son vingt et unième anniversaire. Anna Kiel a encore deux ans pour porter plainte avant qu'il ne soit trop tard.

— Certes, mais elle l'ignore. »

Schäfer plissa les yeux et posa sur Heloise un regard sceptique. « Moi… je crois qu'elle le sait très bien. »

Heloise se leva et se mit à ramasser les documents dispersés dans tous les coins de la pièce, tandis que Schäfer respirait profondément en relisant les notes qu'il avait prises pendant qu'ils épluchaient le dossier.

« Nous avons douze noms, dit-il. Douze personnes autour desquelles nous pouvons ouvrir une instruction.

— Mais il nous manque Mossing. »

Il se grattait la nuque en réfléchissant. « Anna a dit que c'était dans son entrepôt qu'avaient lieu ces soirées, que Mossing en était le propriétaire. Si j'arrivais à faire témoigner l'un des douze autres contre lui… Il doit bien y en avoir un qui sait quelque chose d'assez important pour le faire tomber. Il doit bien y en avoir un sur les douze qui sera prêt à négocier une fois qu'il sera dans la nasse. »

Heloise soupira.

« J'ai toujours su que ce sale type était mêlé à des activités illégales. Mais qu'il soit à ce point tordu, taré et cruel, j'avoue que ça me dépasse. Des gosses, putain… » Schäfer faisait défiler les photos et Heloise voyait au mouvement de ses mâchoires qu'il grinçait des dents. « Ce ne sont que des gosses, nom de Dieu.

— Qu'est-ce qu'on fait, alors ? » Heloise lui tendit la pile des documents qu'elle avait ramassés par terre.

« Vous n'avez qu'à commencer à écrire votre histoire, pour qu'elle soit prête. Mais vous devez me promettre de la garder sous le coude jusqu'à ce que je vous donne mon accord pour la publier, compris ? »

Heloise acquiesça à contrecœur.

Schäfer regarda dans le patio de l'hôtel, maintenant éclairé par des guirlandes d'ampoules à incandescence, suspendues en treille entre deux bâtiments. Il consulta sa montre. Il n'était pas loin de minuit.

« Vous n'avez plus rien à faire ici ? À Paris, je veux dire. »

Heloise inspira profondément et secoua la tête.

« Parfait. Alors nous prenons l'avion pour Copenhague demain matin. »

*

La presse du jour les attendait devant la porte d'embarquement, l'encre encore fraîche sur le papier craquant.

Heloise s'empara d'un exemplaire du *Demokratisk Dagblad* et ouvrit le journal dans la file d'attente avant de monter à bord.

L'article de Bøttger sur le rebondissement de l'affaire Skriver était en première page. Mogens y expliquait comment l'une de ses consœurs journalistes avait été victime de désinformation de la part d'une source au sein du ministère de l'Industrie, concernant les méthodes de production en Inde de l'entreprise textile. Il décrivait la façon dont on l'avait sciemment abreuvée de fausses informations visant à discréditer la société Skriver.

Le nom d'Heloise n'était pas cité.

Le papier était illustré par une caricature du ministre du Travail et de son conseiller Carsten Holm, l'adepte de l'autobronzant. Sur le dessin, les deux hommes étaient équipés de dents de vampire et de tridents. Carsten Holm parlait à l'oreille de son ministre avec des airs de conspirateur et son interlocuteur réagissait avec le rire de Dracula : MUAAAHAHA !

Heloise avait survolé la une et était passée directement à la tourne, en pages quatre et cinq, où l'affaire était développée de manière exhaustive.

Martin était cité comme source.

Une sensation de chaleur envahit le corps d'Heloise en lisant son nom. Elle n'avait pas eu le temps de penser à lui depuis son départ vingt-quatre heures plus tôt. Elle avait pensé à son père, à Anna, à son papier. À présent, elle avait envie de rentrer à la maison. Envie de passer l'éponge et de recommencer de zéro.

Elle prit son téléphone dans la poche intérieure de son blouson de cuir noir et rédigea un SMS.

Hey. Suis sur le chemin du retour. On se voit ce soir ?

La réponse arriva moins d'une minute après.

Ce soir ? Pourquoi pas cet après-midi ?

Heloise sourit.

Je suis dans le hall de départ en train de lire le journal. Tu dois être harcelé par les rédactions de News ? Nyhederne ? Deadline ?

Gagné. Ça n'arrête pas de sonner. Je suis en route pour la maison de la radio. Et toi ? Ça va ?

Je te raconterai. Mais oui. Ça va.

Tu me manques.

« Qu'est-ce qui vous donne l'air aussi niais ? »

Heloise leva les yeux vers Schäfer qui s'était retourné dans la queue et la regardait, un sourcil en l'air.

« Pardon ?

— Vous avez reçu un message de l'homme aux boutons de manchettes ?

— Je vous emmerde », répliqua-t-elle, avec le sourire.

Schäfer hocha la tête, compatissant. « Vous avez l'air drôlement pincée, Kaldan. Cupidon a sorti les balles dum-dum. Celles qui font le plus de dégâts. »

Heloise l'ignora et envoya un dernier message vers Copenhague avant de mettre l'iPhone en mode avion.

Toi aussi.

46

« C’est hors de question ! » Le rédacteur en chef Mikkelsen appuya son propos en frappant d’un index boudiné le plateau de table en acajou. « Si c’est tout ce que tu as, on ne le publiera pas. »

Heloise contre-attaqua. « Et pourquoi pas ? »

Mikkelsen regarda alternativement Aagaard et sa journaliste, n’en croyant pas ses oreilles.

« Tu me demandes pourquoi ? Mais tu n’as donc rien retenu de l’affaire Skriver ? As-tu la moindre idée du nombre de notes de déjeuner que j’ai dû régler au Café Victor pour caresser ces foutues gens de la mode dans le sens du poil ? De quels talents de diplomatie j’ai dû faire preuve pour te sauver la mise ?

— Pour me sauver moi ou pour sauver le journal ?

— Ne fais pas ta maligne, Kaldan. Si tu avais vérifié tes sources au départ, nous n’aurions pas eu tous ces problèmes avec Skriver. Et maintenant tu me demandes de me porter garant d’une histoire qui expose Johannes Mossing comme prédateur pédophile, une espèce de Jimmy Savile, sans avoir la moindre preuve de ce que tu avances ? »

Heloise hocha la tête pour ne pas le contrarier. « J'ai parfaitement conscience que j'ai déconné avec Skriver. Mais avoue que ça s'est plutôt bien terminé pour le journal. Le rôle du ministre du Travail dans cette affaire défraie la chronique depuis que *Demokratisk Dagblad* a révélé le scandale la semaine dernière ! Je te rappelle qu'il a dû démissionner !

— Grâce au papier de Bøttger, renâcla Mikkelsen.

— Mais c'est Heloise qui lui a donné le scoop, intervint Karen Aagaard.

— L'important est que la vérité ait fini par éclater, dit Heloise. Où serions-nous aujourd'hui si nous avions eu peur de jeter le pavé dans la mare ? Nous aurions un ministre en fonction qui aurait saboté impunément l'une des entreprises les plus florissantes du pays.

— C'était une affaire très différente.

— C'était la parole de Martin Duvall contre celle du ministre de l'Industrie. Je ne vois pas en quoi celle-ci est différente.

— Duvall s'est révélé être une source fiable.

— Et Anna Kiel, non ? C'est ce que tu oses me dire ?

— Cette femme est recherchée pour meurtre, Kaldan. Elle a égorgé un type qui était associé dans l'un des plus éminents cabinets d'avocats du pays. Elle est déclarée psychologiquement instable, voire psychopathe, et tu serais prête à salir la réputation d'un vieil homme sur le témoignage d'une criminelle mentalement perturbée qui porte des accusations sans preuve ?

— Tu ne penses pas réellement ce que tu dis, je te connais trop bien.

— Pardon ?

— Tu ne penses pas une seconde que Mossing est innocent. »

Mikkelsen secoua la tête, agacé. « Tu es à côté du sujet, miss. Ce que nous pensons, toi ou moi, n'a aucune importance. La seule chose qui m'intéresse est ce que tu peux documenter. Trouve des preuves contre Mossing ! Amène-moi des éléments solides sur son implication dans cette "loge" pédophile, et on mettra le paquet sur cette histoire. On lynchera ce salopard en première page. Mais je ne détruirai pas la vie d'un homme sur des bases aussi minces. » Il désigna l'ébauche d'article qu'Heloise avait apportée à la réunion matinale. « Sous aucun prétexte ! » ajouta-t-il en conclusion.

Heloise se tourna vers Karen Aagaard, frustrée. « Dis quelque chose, toi !

— Je regrette, Heloise, mais il a raison », répondit sa chef. Heloise ferma les yeux et poussa un soupir.

« Que dit la police ? Où en est l'enquête ? » demanda Aagaard.

Heloise secoua doucement la tête, sans lever les yeux. « Elle a arrêté onze hommes, elle perquisitionne leurs maisons, confisque leurs ordinateurs, à la maison et au bureau. Elle avait un douzième individu dans le collimateur – un professeur de lycée dans la région d'Aarhus – mais il a disparu.

— Il s'est enfui ? » demanda Aagaard.

Heloise eut un geste las. « On n'en sait rien. Il a disparu il y a plus d'un mois et la police avait commencé par ouvrir une enquête pour disparition suspecte. Elle pensait qu'il avait pu être victime d'un meurtre. Mais maintenant, elle pense plutôt qu'il a disparu volontairement.

— Alors je ne comprends vraiment pas pourquoi tu fais la gueule », lança Mikkelsen, grognon, en se levant. « Tu as tout ce qu'il faut pour nous pondre un super papier. Onze hommes sont poursuivis pour avoir participé à cette saloperie et un douzième a quitté le navire avant qu'il coule. Il y a déjà matière à faire un article monumental ! Alors rentre chez toi et mets-toi au travail, Heloise ! »

Mikkelsen sortit de la salle de conférence, et Heloise et Aagaard l'entendirent pester dans sa barbe en s'éloignant d'un pas lourd dans le couloir de la rédaction.

*

L'inspecteur Erik Schäfer avait eu une semaine chargée avec des perquisitions et des interrogatoires à n'en plus finir. Après que lui-même et Heloise étaient rentrés de Paris, le commissaire divisionnaire avait rassemblé une équipe de dix-huit hommes qui travaillaient sur l'enquête vingt-quatre heures sur vingt-quatre. Schäfer dirigeait l'instruction et l'affaire avait été classée haute priorité au sein de la section criminelle.

Cette dernière semaine, il s'était trouvé à plusieurs reprises en face de chacun des salopards inculpés, dans l'une ou l'autre des salles d'interrogatoire de l'hôtel de police. Il avait plongé son regard vide dans les yeux de tous et en avait vu plusieurs transpirer et trembler, et gémir à mesure que la réalité de leur situation leur tombait sur la tête avec la force d'une massue. Quelques-uns avaient essayé de jouer les fiers-à-bras et de le prendre de haut, indifférents aux accusations et à la perspective d'un avenir sous la garde de l'administration pénitentiaire. Quant aux derniers, ils avaient littéralement paniqué et s'étaient montrés absolument prêts à n'importe quel arrangement. Trois d'entre eux avaient même éclaté en sanglots au cours de leur interrogatoire. Mais aucun – pas un seul parmi les onze prévenus – n'avait mentionné une quelconque implication de Johannes Mossing dans l'affaire, malgré tous les efforts de Schäfer. Et Dieu sait s'il avait resserré l'étau autour des trois pleurnichards, en particulier, allant jusqu'à menacer de communiquer leurs photos aux médias et d'envoyer les films à leurs enfants.

Je crois que j'appellerai le film : Les Tubes de Papa. *Quand elle aura vu ça, votre fille risque de vous rayer de la liste des cadeaux de Noël, cette année ! Comment s'appelle-t-elle déjà – Vivian ? Et en plus je vois qu'elle est bénévole dans une association qui s'appelle « Sauvez les enfants » ! Ça ne manque pas de sel, pas vrai ? Elle ne va pas être contente quand elle verra comment son propre père traite les bambins.*

Plusieurs inculpés étaient disposés à accepter les plus lourdes peines pour éviter de blesser leurs familles plus que nécessaire. Ils avaient proposé de révéler les noms d'autres pédophiles et de témoigner contre leurs amis, interrogés dans le même temps par d'autres policiers.

Mais, dès qu'il était question de Johannes Mossing, ils se fermaient tous comme des huîtres.

Tous, sans exception.

De son côté, Schäfer n'avait rien trouvé qui le lie à l'affaire. Il n'y avait aucune usine dans le port de Nordhavn qui appartienne ou ait appartenu à Mossing.

Schäfer avait traîné Jonna Kiel à l'hôtel de police pour l'interroger, mais la mégère avait prétendu mordicus qu'elle ne se souvenait de rien entre la fin des années 80 et le milieu des années 90. Elle se rappelait vaguement avoir eu un problème de jeu, mais expliqua que, pendant ces années-là, elle avait une telle consommation d'alcool et de haschich que sa mémoire était plus trouée qu'un morceau de gruyère. Elle n'avait jamais entendu parler de Johannes Mossing et elle ignorait si sa fille avait subi des abus sexuels dans son enfance.

La nouvelle des arrestations, qui jusqu'à présent avait échappé à la presse, semblait en revanche avoir fuité jusqu'à Vedbæk. Johannes Mossing avait disparu de la circulation. Schäfer était venu plusieurs fois dans la semaine frapper à sa porte d'un poing furieux. Les trois premières fois, il avait été reçu par l'avocat nain, Marcus Plessner, le lèche-cul des nantis, qui lui avait assuré n'avoir aucune idée de l'endroit où se trouvait le vieux en ce moment. Ce matin, Schäfer était tombé par hasard sur Ellen Mossing dans l'allée, un tapis de yoga sous le bras. Elle avait fondu en larmes quand il lui avait révélé que son fils était mort à cause de l'appétence sexuelle de son mari pour les mineurs.

Mais elle n'avait pas dit un mot.

Schäfer, qui était maintenant dans son Opel Astra, en route vers sa petite maison en briques rouges du quartier des écrivains, à Valby, avait l'impression d'être passé sous un rouleau compresseur. Il était si épuisé que, s'il avait pu, il aurait sauté dans le premier avion pour Sainte-Lucie, envoyé paître Johannes Mossing et toute cette affaire, accroché un hamac entre deux palmiers et bu des bières fraîches à la chaîne en admirant les rondeurs de Connie s'ébrouant dans les vagues bleu azur de la mer des Caraïbes.

Plus que trois semaines, se consola-t-il en levant le pied de l'accélérateur. Plus que trois semaines.

Il arriva chez lui et gara sa voiture à sa place habituelle, à côté de la boîte aux lettres rouillée fixée de travers à la barrière blanche du jardin.

Le ronron de la hotte jouait la mélodie familière de l'heure du dîner sur le mur au-dessus de la cuisine et avait sur Schäfer le même effet que les clochettes sur les chiens de Pavlov. L'odeur du chili con carne de Connie envahit ses narines alors qu'il approchait de la porte d'entrée, l'estomac gargouillant d'anticipation.

Il entra et jeta son blouson en daim sur la chaise du vestibule.

« Salut, chérie ! C'est moi !

— Super, tu es là ! lança Connie depuis la cuisine. C'est prêt dans dix minutes ! »

Schäfer ouvrit les deux premiers boutons de sa chemise et traversa le salon d'un pas tranquille, attiré par les bonnes odeurs des casseroles sur le feu.

Il entendit Connie rire dans la cuisine et sourit, un peu surpris.

Puis il l'aperçut dans l'entrebâillement de la porte. Elle portait une robe couleur beurre frais. Elle riait en découpant des avocats sur la planche à découper de l'îlot central. Ses épais cheveux crépus étaient détachés et encadraient son visage comme la crinière d'un fauve. Elle avait l'air heureuse. Elle était belle. Tellement belle.

Schäfer la rejoignit en souriant.

« Qu'est-ce qui te fait rigo... »

Le sourire s'effaça instantanément de ses lèvres et il porta instinctivement la main à son 9 mm Heckler & Koch, rangé dans son holster d'épaule.

« ... Salut, bébé. » Connie leva les yeux vers lui une seconde, puis se remit à découper l'avocat pour la salade. Ses dents d'un blanc immaculé scintillaient et éclairaient son visage tout entier.

« Salut », lui répondit son mari, sans la regarder. Il avait les yeux fixés sur le vieux fauteuil en cuir défoncé dans le coin de la cuisine.

Johannes Mossing y était confortablement installé, les jambes croisées. Une bière à la main. Parfaitement à son aise.

« Ah, te voilà ! dit-il, le tutoyant. Je commençais à croire que tu avais oublié notre rendez-vous.

— Tu aurais dû me dire que nous avions un invité, gronda gentiment Connie en venant lui planter un baiser sur la bouche tout en essuyant ses mains dans un torchon. J'aurais fait un peu de ménage.

— Ne vous inquiétez pas, Connie, c'est parfait », dit Mossing avec un regard concupiscent qui donna envie à Schäfer de sortir son arme et de la vider dans la poitrine de ce porc.

« Notre rendez-vous ? » dit-il, à la place. Sa voix était neutre, mais il était tendu comme un arc. « Je dois avoir un trou de mémoire. De quel rendez-vous s'agit-il ?

— Tu m'as dit que tu voulais me parler de quelque chose.

— Il paraît que Johannes et toi travaillez ensemble depuis peu, intervint Connie. Il m'a dit qu'il te donnait

un coup de main sur certaines affaires en ce moment.»
Elle se tourna vers Mossing. «Excusez-moi, Johannes, je n'ai pas retenu votre nom de famille?

— Madsen, répondit-il avec empressement. Normalement, je fais partie de la police du nord du Seeland, mais on m'a appelé en renfort sur une enquête à Copenhague. Votre mari est tout simplement débordé. Il cavale de tous les côtés, enfonce les portes et pose un tas de questions. Ce serait dommage qu'il nous fasse un burn-out. Alors du coup, quelqu'un en haut lieu a trouvé qu'il avait besoin d'un coup de main.

— Eh bien, vous voyez, là, vous me faites plaisir, monsieur Madsen», commenta Connie en se penchant pour prendre des assiettes dans un placard bas devant elle.

Mossing regarda Schäfer. Il ne souriait plus.

«Tu m'as dit que le dîner était prêt dans dix minutes?» demanda Schäfer sans quitter Mossing des yeux.

Connie jeta un coup d'œil au minuteur du four. «Plus que huit, maintenant.

— OK. Effectivement, il y a quelques papiers auxquels je voudrais que *tu* jettes un coup d'œil», dit Schäfer à Mossing en s'effaçant pour lui permettre de passer dans le salon et surtout de sortir de la cuisine.

«Ah oui?» Mossing croisa les mains sur ses genoux. Patient. Défiant l'adversaire.

Schäfer détailla sa tenue. La veste bleu marine recouvrait un pantalon de forme ample. Mossing dissimulait-il une arme? Un pistolet, un couteau?

«J'ai les papiers dans ma voiture, tu m'accompagnes?»

Mossing se leva et montra la porte. « Après toi ? »

Schäfer ferma la main sur la crosse de son 9 mm.

« Mais non, je t'en prie. »

Ils avaient à peine passé la porte que Schäfer dégainait son arme et qu'il la pointait sur Johannes Mossing.

« Espèce d'ordure. Vous vous croyez tout permis ? Vous vous pointez chez moi ? Vous parlez à ma femme ? Je devrais vous coller une balle entre les deux yeux, connard ! »

Mossing regardait, impassible, le canon du pistolet braqué sur lui.

« Laissez-moi plutôt vous proposer un marché, dit-il. Vous nous foutez la paix, à ma femme et à moi, et je vous promets de ne plus venir vous ennuyer, votre épouse et vous. » Sa voix était calme, presque courtoise. « Mais si vous n'arrêtez pas de venir frapper à ma porte, toi et la négresse, vous irez finir au fond du détroit de l'Øresund. Compris ? »

Schäfer attrapa Mossing au collet d'une main et pressa le canon de son arme sous son menton de l'autre.

« Ben voyons ! Et vous n'avez pas peur que je décide plutôt de vous buter ici et maintenant ?

— Vous pourriez, en effet. Mais nous savons tous les deux que ce n'est pas votre genre.

— Je sais ce que vous avez fait, et je ferai en sorte que vous alliez croupir en prison pour ça. C'est une simple question de temps. Mais je vous jure que vous finirez vos jours en cellule !

— La question n'est pas ce que vous *savez*, Schäfer. Mais ce que vous êtes capable de *prouver*.

— Vous allez payer pour ce que vous avez fait à ces enfants. »

Mossing se dégagea de l'emprise de Schäfer et commença à marcher vers le portillon au bout de l'allée gravillonnée.

« Vous avez entendu ce que je viens de dire, espèce d'ordure ? cria Schäfer dans son dos. Vous allez payer pour ce que vous avez fait à ces gosses ! »

Mossing se tourna vers Schäfer, l'air très content de lui.

« C'est ça que vous n'avez pas encore compris, Schäfer, dit-il en poussant le portillon. J'ai déjà payé. »

47

Heloise était assise dans le salon, les yeux rivés sur l'écran de son ordinateur. Le curseur clignotait en haut d'une page blanche.

Quand elle avait enfin réussi à joindre sa chef de rubrique ce matin, elle lui avait demandé une journée de congé. Un peu de temps pour elle. Juste aujourd'hui. Dès demain, elle serait de retour au bureau.

Il y avait trois semaines que son histoire de réseau pédophile avait été publiée. Le procureur avait mis en examen les onze hommes arrêtés, et les médias s'étaient jetés sur le scandale comme des loups, l'écume aux lèvres. Les tabloïds continuaient de presser le citron avec des portraits des différents inculpés, allèchaient leurs lecteurs avec des suppléments d'enquête et des reportages avec profusion de photos bestiales et de détails violents choisis dans le dossier de l'instruction. Des détails que ni *Demokratisk Dagblad* ni aucun journal avec un minimum de respect pour lui-même n'auraient osé faire paraître.

Depuis, plusieurs victimes s'étaient présentées à la police. Sept femmes âgées de quinze à vingt-sept ans.

Elles avaient reconnu plusieurs des accusés, mais il n'y avait toujours rien de probant concernant Mossing. Personne n'avait à ce jour pointé un doigt accusateur sur lui. Aucune preuve, aucun témoignage ne permettait de le confondre dans cette affaire.

Heloise regarda sa montre. Il était 13 h 27. Elle se leva et alla chercher une bouteille de vin blanc dans le réfrigérateur et un verre. Elle allait boire la première gorgée quand son téléphone sonna. Elle réussit à le dénicher et vit le nom d'Erik Schäfer affiché à l'écran.

Ils ne s'étaient pas parlé depuis leur retour de Paris et elle fut surprise du plaisir que lui faisait son appel.

« Bonjour.

— Bonjour, Kaldan, ça boume ? » Il avait la voix grave et fatiguée, mais un ton agréablement jovial. « Vous nous avez pondu quelques bons articles ? Ruiné la réputation d'un ou deux salopards ?

— Moui… Ça commence à ressembler à quelque chose.

— Content pour vous ! s'exclama-t-il. Et à part ça, vous allez bien ? »

Heloise se surprit à acquiescer. « Oui, je vais bien. Et vous ?

— Tip top. J'ai été un peu occupé, mais ça, vous le savez. J'ai vu dans les journaux que vous suiviez l'affaire de près. C'est d'ailleurs l'une des raisons de mon appel. J'ai du nouveau, si ça vous intéresse.

— Et comment ! » Heloise posa son verre et s'empara d'un stylo. Un clic au bout du Bic, et elle était prête. « Qu'est-ce que vous avez pour moi ?

— Je viens de recevoir un coup de fil de la police de

l'est du Jutland. Le professeur de lycée, vous savez, le douzième homme ?

— Oui ?

— Il vient d'être repêché par un chalutier au large du port d'Aarhus, ce matin.

— Il est mort ?

— Oui. Ou alors, il a battu le record mondial de plongée en apnée. Le médecin légiste estime qu'il a passé près de deux mois dans l'eau.

— Depuis sa disparition, donc ?

— Ouaip.

— Il s'est noyé, vous croyez ?

— Le cadavre était entortillé dans une chaîne de mouillage.

— Ah… » Heloise hocha la tête. « … Alors forcément…

— Nous sommes d'accord, commenta Schäfer. La famille est déjà au courant, et je me suis dit que ce serait bien que vous ayez le scoop avant qu'*Expressen* en ait vent d'une manière ou d'une autre.

— C'est sympa. Merci.

— Je vous en prie.

— Autre chose ? Des nouvelles d'Anna ?

— Aucune.

— Et Mossing ? »

Schäfer soupira si fort qu'Heloise pouvait presque sentir son haleine de fumeur à travers le téléphone. « Toujours rien. »

Il y eut un blanc de part et d'autre de la ligne. Puis Heloise dit : « Mon père est mort. Il s'est pendu dans sa cellule.

— Oui, dit Schäfer, je sais.

— Comment le savez-vous ? s'exclama Heloise, étonnée.

— La police de Fresnes m'a appelé ce matin pour me prévenir.

— C'est pour ça que vous m'avez appelée ? »

Schäfer s'éclaircit la voix. « Je… hmm… je voulais m'assurer que vous alliez bien. »

Heloise réfléchit quelques instants. « Oui. Je vais bien », répondit-elle, et c'était vrai.

« OK, dit Schäfer. Vous avez quelqu'un pour rester avec vous, ce soir ?

— Martin vient passer la soirée avec moi.

— Bon, tant mieux… c'est bien. »

Heloise entendait un genre d'annonce résonner derrière lui. Une voix de femme. Un grésillement de haut-parleur.

« Où êtes-vous ?

— À l'aéroport.

— Où allez-vous ?

— Dans les Caraïbes.

— Sérieux ?

— Sérieux. »

Heloise se tourna vers la fenêtre. De gros duvets blancs posés dans le ciel d'automne brillaient au-dessus du dôme de Marmorkirken et les feuilles du petit figuier sur son balcon étaient brunes et fripées.

« Vous en avez de la chance. Je vous souhaite un bon séjour, dit-elle.

— J'y compte bien.

— Et, au fait. Appelez-moi quand vous rentrerez ! On ira manger quelque part.

— À une condition, répliqua Schäfer. Pas vos conneries véganes, d'accord ? »

Heloise sourit. « Promis. »

Elle but une unique gorgée de vin après avoir raccroché. Puis elle se mit en quête d'un numéro dans son répertoire de téléphone.

Elle attendit en pianotant impatiemment que quelqu'un décroche.

« Bonjour. Heloise Kaldan à l'appareil, *Demokratisk Dagblad*, se présenta-t-elle. Il paraît que vous avez repêché un cadavre au large du port d'Aarhus ce matin. »

48

Il n'était que 9 heures du matin, mais l'asphalte du trottoir devant l'hôtel commençait déjà à fondre dans la chaleur estivale. Depuis le balcon de sa suite, Anna surveillait les allées et venues de chaque pensionnaire. Sur la plage privée du Grand Hyatt Martinez, de l'autre côté de la route, les plagistes en polos blancs et shorts lavande ouvraient les parasols, posaient des draps de bain sur les transats et servaient des mojitos en guise de petit déjeuner à des milliardaires hors d'âge et à des femmes en bikinis format fil dentaire.

Dans l'allée, les voitures étaient garées à la queue leu leu, uniquement des modèles de grand luxe – Ferrari, Bentley – étincelantes et hors de prix, immatriculées en Russie ou dans les pays arabes. Les véhicules moins prestigieux avaient été rangés discrètement dans le parking souterrain.

Anna était installée dans ce palace depuis la mi-mai, ce qui lui avait donné deux semaines pour se familiariser avec l'endroit, se renseigner sur les diverses issues, l'emplacement des suites, les horaires du personnel et la couleur des uniformes.

Elle était prête.

Il était arrivé le 1er juin, exactement comme Nick l'avait dit. Lorsqu'elle l'avait revu pour la première fois, elle avait ressenti un étrange picotement dans le corps et jusqu'au bout de ses doigts. Un goût de fiel lui avait rempli la bouche et ses tempes s'étaient mises à battre. Les six premiers jours, elle l'avait observé à distance. Elle avait attendu, noté chacun de ses déplacements, l'heure où il prenait ses repas, ses habitudes.

Elle prenait son temps.

À présent arrivée au bout de la mission qu'elle s'était fixée depuis si longtemps, maintenant que son issue devenait une réalité, étrangement, elle avait envie de faire durer. Besoin de profiter encore un moment de l'attente.

Elle eut un haut-le-cœur en le voyant sortir par la porte tambour, deux étages plus bas.

Il descendit les marches, traversa la rue et elle le regarda faire sa petite promenade de santé sur la Croisette. Elle ne le quitta pas des yeux tandis qu'il prenait son bain de soleil, pendant deux heures, sur son transat bleu de France.

Il n'alla se baigner qu'une seule fois, juste pour se tremper, avant de retourner s'allonger sur sa chaise longue.

Comme tous les jours, à l'heure du déjeuner, Anna s'assit à trois tables de la sienne dans le restaurant de plage, au pied de la promenade. Il ne la remarqua pas plus qu'il ne l'avait fait la veille ou l'avant-veille.

Il commanda des huîtres et une bouteille de sancerre blanc. Comme d'habitude. Et une crème brûlée pour le dessert, comme d'habitude.

Pendant qu'on le servait, une petite Asiatique en maillot et en brassards s'approcha de sa table et attira l'attention du serveur en le tirant par le bras.

Les lèvres de la petite fille bougeaient.

Anna n'entendit pas ce qu'elle disait mais elle se retourna dans le restaurant pour repérer les parents de la fillette. Elle aperçut une femme, assise sur une chaise de plage au bord de l'eau, qui suivait des yeux en souriant les premiers pas de sa fille dans le monde.

Le serveur alla chercher un soda à la gamine. Elle lui donna une poignée de monnaie en retour et courut se jeter au cou de sa maman en lui montrant fièrement son achat.

Anna eut un rictus.

Puis elle reporta son attention sur lui. Elle vit les muscles de ses mâchoires s'activer tandis qu'il mangeait. Elle vit aussi ses yeux pendant qu'il regardait la fillette. Ils se voilèrent et son regard, à la fois somnolent et concentré, se colla au petit corps innocent.

Anna reconnut l'expression.

Pendant une heure, il suivit des yeux la petite fille qui trempait ses pieds au bord de l'eau en poussant des cris ravis chaque fois que les vagues venaient se briser sur la grève, et Anna sentit à la douleur qui enserrait sa poitrine que l'heure était venue.

Elle savait qu'il allait se reposer dans sa suite entre 17 heures et 19 heures. Ensuite, il se rendrait au bar, il commanderait un pisco sour et s'installerait au piano où il jouerait des morceaux de Billie Holiday en attendant qu'on prépare sa table sur la terrasse.

Il avait suivi ce programme tous les jours depuis son arrivée.

Ce soir, il n'arriverait pas jusque-là.

*

Elle frappa deux coups secs à la porte de sa suite. Il l'ouvrit et elle lui présenta une pile de serviettes bien pliées en baissant la tête.

« *Fresh towels.* »

Il la regarda à peine. La laisser entrer sans dire un mot. Se contenta de laisser la porte ouverte et de lui tourner le dos.

Le cœur d'Anna battait fort quand elle pénétra dans le vestibule.

Elle se rendit dans la salle de bain et déposa les serviettes sur la table de toilette en tendant l'oreille. La télévision était allumée dans le salon. Elle reconnut un programme d'information de la BBC et entendit le présentateur annoncer une brutale attaque terroriste à Amsterdam, quatre-vingts morts. Cent quarante-deux blessés. Un quartier en ruine.

Elle sortit de la salle de bain et jeta un coup d'œil dans le salon.

Il lui tournait le dos et écoutait la voix rapide et catastrophée du reporter. Il se tenait les bras croisés, concentré sur ce qu'il voyait à l'écran. Images d'immeubles dévastés, sang, panique.

Anna allait faire un pas vers lui quand elle vit la valise.

Une valise rouge à roulettes, posée sur le lit, ouverte mais pas encore déballée. Elle regarda rapidement son contenu.

De la dentelle blanche.

Un motif léopard.

… Un maillot de bain noir.

Une vague de panique l'envahit et elle se sentit prise au piège. Elle allait faire demi-tour et quitter la chambre quand elle entendit le bruit d'une clé magnétique dans la porte. Elle sut qu'il était trop tard.

La femme était entrée avant qu'Anna ait eu le temps de réagir.

Elle la reconnut pour l'avoir vue sur d'anciennes photos datant d'une époque où elle devait être heureuse. Et sur d'autres prises à Holmens Kirke, à côté d'un corbillard qui emportait son fils. Sur celles-là, elle avait le visage décomposé. Dévasté de chagrin.

À présent, elle avait simplement l'air d'un être brisé. Elle était vieille et triste, comme une femme prisonnière d'une vie qu'elle n'avait plus la force de quitter.

Anna resta immobile et la regarda approcher. Attentive. Prête. Sa main derrière son dos tenait le manche du couteau.

La femme leva les yeux et son expression se figea. Elle s'arrêta au milieu du couloir.

Anna soutint son regard.

Ni l'une ni l'autre ne dit rien. Les deux femmes se regardèrent longuement tandis que le son de la télévision emplissait l'espace et les enveloppait.

Les pensées galopaient dans l'esprit d'Anna.

La femme connaissait-elle les mœurs de son mari ?

Savait-elle de quoi il était capable – ce qu'il avait fait ? Avait-elle compris qui était réellement responsable, en fin de compte, de la mort de son fils ?

« Ellen ! » appela-t-il, sans se retourner et sans quitter l'écran des yeux. « Viens voir ce qui s'est passé en Hollande. Il y a eu un attentat. »

Son épouse jeta un coup d'œil vers l'ouverture entre le vestibule et le salon puis elle regarda de nouveau Anna et hocha imperceptiblement la tête. Comme une bénédiction.

« J'arrive », dit-elle les yeux toujours fixés sur la fausse femme de chambre.

Puis elle tourna les talons et ressortit de la suite.

Anna n'attendit pas que la porte se referme derrière Ellen Mossing et entra dans le séjour.

Elle s'approcha de lui – sans bruit, rapidement – et ne s'arrêta que lorsque sa poitrine fut à quelques centimètres de son dos.

« Regarde, dit-il, hypnotisé par l'écran. Ils ont fait exploser une bombe. »

Elle sentait la chaleur de son corps à travers son peignoir. Elle reconnaissait son odeur.

« Mossing », murmura-t-elle. Presque dans un souffle.

Il sursauta au son de la voix et commença à se retourner.

49

La circulation glissait mollement le long des palmiers de la Croisette et des stands de lunettes de soleil de contrefaçon et de bijoux en plastique fluorescent.

Un jeune homme coiffé de pas moins de douze chapeaux se planta subitement devant Anna. Il écarta les bras et lui décocha un sourire éclatant.

« *Ten euros*, annonça-t-il en enlevant un chapeau de sa tête. *Pick one, pick one !* »

Anna rit de bon cœur. Elle dénicha la somme dans sa poche et choisit un panama écru avec une bande noire.

Elle poursuivit sa route vers le casino et le manège couvert de dorures, scintillant au soleil au bout de la promenade. Elle profitait avec délice de la brise du soir sur ses épaules et sur ses jambes nues.

Quand les sirènes déchirèrent le paysage sonore, elle arrivait à la marina. Les voitures se rangèrent péniblement au bord du trottoir et les badauds s'arrêtèrent pour regarder passer les secours.

Un convoi de voitures de police et d'ambulances éclaira la nuit, fonçant vers sa destination.

Anna continua tranquillement à marcher. Son pas était léger à présent. Presque élastique.

Elle s'arrêta au bout du débarcadère et regarda derrière elle. Elle chercha des yeux la façade blanche du palace de l'autre côté de la baie en se disant que les secouristes avaient tort de se presser et que bientôt les sirènes se tairaient.

Il n'y avait plus rien à faire.

Elle saisit la main qu'on lui tendait et mit le pied sur l'étroite passerelle. Le yacht attendait, amarré depuis plusieurs semaines. À présent, il était prêt à appareiller.

« On met le cap sur Palma, mademoiselle ? »

Anna acquiesça. « Oui, allons-nous-en. »

L'homme vêtu de blanc remonta la passerelle et leva la tête vers le pont supérieur. « Il vous attend là-haut. »

Anna monta l'escalier en courant, sentant le grand bateau osciller doucement sous ses pieds.

Une coupe de champagne surgit gaiement à l'instant où elle mit le pied sur le pont.

Kenneth en but une rapide gorgée en la regardant depuis son fauteuil roulant. Il prit délicatement la tige d'une deuxième coupe pleine et la tendit vers elle.

« Tu penses qu'il serait déplacé de trinquer ? » lui demanda-t-il.

Anna sourit et accepta l'invitation de Kenneth.

PAPIER À BASE DE FIBRES CERTIFIÉES

Le Livre de Poche s'engage pour l'environnement en réduisant l'empreinte carbone de ses livres. Celle de cet exemplaire est de :
300 g éq. CO_2
Rendez-vous sur www.livredepoche-durable.fr

Composition réalisée par Soft Office

Achevé d'imprimer en mai 2020 en Espagne par Liberdúplex
08791 St. Llorenç d'Hortons
Dépôt légal 1re publication : juin 2020
LIBRAIRIE GÉNÉRALE FRANÇAISE
21, rue du Montparnasse – 75298 Paris Cedex 06

41/3379/5